U0602087

推荐序

　　我国古代流传下来的诗文浩如烟海，其中有些名篇已融入我们中华民族的基因之中。自从南朝第一部诗文总集《昭明文选》问世以来，历代编辑的诗文选本很多，各有千秋，功用不一，其中流传最广、影响最大的恐怕要算《千家诗》《唐诗三百首》《古文观止》了。

　　即便是这些读本，对我们今天的普通读者而言，也需要做一些注释、翻译、讲解之类的普及性工作。中央人民广播电台《阅读和欣赏》节目就是这类普及工作的典范，自20世纪50年代开播以来，一直受到广大听众特别是古诗文爱好者的喜爱。因为这个节目讲解的大都是古典诗文名篇，为节目撰稿的作者多是学养深厚的古典文学专家，而播出这些赏析稿的又都是著名的播音员，收听这个节目的确能给人以精神的享受和养分。

　　多年前，我曾给这个节目写过稿，北大中文系的许多老先生也都是他们的作者。古诗文的赏析看似简单，实则不易，与课堂教学或在报刊发表文章有所不同。既不能重复某些重点，也没有板书等辅助形式，只能通过播音员的朗诵，将一篇古典诗文讲解得深入浅出，并将其意蕴阐发得淋漓尽致，使听众心领神会，陶醉在古诗文的意境之中。这绝不是轻而易举的事情。

王能宪在20世纪80年代跟随我攻读博士学位之前，曾在江西师范大学中文系任教，那时就给中央人民广播电台的《阅读和欣赏》节目写稿，到北京后在从事学术研究工作的同时，仍孜孜不倦于古诗文的普及工作，继续为《阅读和欣赏》写了三四十篇稿件。他具有扎实的文学功底，又长于分析和感悟，文笔亦佳，那些名作一经他讲解赏析，更加沁人心脾，因此他写的这些赏析稿播出后大受欢迎。这些赏析稿十几年前被结集出版，很快便销售一空。这次重新出版，配以中央人民广播电台那些著名播音员的录音，以及书画名家创作的书画作品，更丰富了讲解的内涵和表现形式。

阅读古代优秀的文学作品是继承传统文化的一条重要途径，相信此书一定会受到广大读者的喜爱，也希望能宪今后仍不舍弃古诗文的普及工作，为读者提供更多的精神滋养。

袁行霈

乙未（2015）新春

自序

如何读懂古人

奉献在读者面前的这本小册子，绝大部分是为中央人民广播电台《阅读和欣赏》节目撰写的中国古典诗文赏析稿，因此有必要对这个节目以及我与这个节目的因缘做一些介绍。

《阅读和欣赏》是中央人民广播电台一个历久不衰的王牌节目。记得小时候在偏僻的乡村无书可读，更没有电视可看，收听《阅读和欣赏》成了我的必修课。节目中介绍的大都是古今中外的佳作名篇，以中国古典文学作品居多。那深入浅出的讲解，鞭辟入里的分析，加上播音员充满激情、富有表现力的播讲，真是莫大的精神享受。我由一名忠实听众成为一名作者，这要感谢《阅读和欣赏》节目的资深编辑刘刈先生。

那是十多年前的事了，当时我在江西师范大学中文系任教，刘刈先生看到我在杂志上发表的一篇文章就直接给我写信，约我给《阅读和欣赏》节目写稿。我如约写了几篇，都被采用并播出了。随后不久，我考入北京大学中文系攻读博士学位，与刘先生有了直接见面的机会，联系也多了起来。开始是刘先生出题，我写好稿后寄给他，经他编辑加工后再进行录播，每次都要及时通知我播出时间，让我听后注意有无错误，有时还真能发现一两处差错，即在重播或汇编出版时予以订正。后来写得多了，刘先生认为我的赏析稿写得很对路，完全适应了广播稿的特点和要求，就干脆让我自己确定选题，当然都是我专业范围之内的古典诗文，稿子寄给他几乎不做什么改动就播出了。这样持续了两三年，后来因为工作变动未能继续下去，却不料竟积累了这几十篇稿子。

最近，中央人民广播电台的副台长王燕春先生，在中国广播电视出版社出版的《〈阅读和欣赏〉读听两用丛书》的序文中讲到《阅读和欣赏》节目的特色时说，人们把它概括为"三名"，即名人介绍名作，由名播音员广播。的确，担任《阅读和欣赏》节目播音的，都是大家熟悉的中央人民广播电台著名播音员，如夏青、葛兰、方明、林如、丁然等。稿子一经他们播出，往往就能产生神奇的效果，使古典名作的神韵声情并茂地传达给广大听众。至于说名人介绍名作，名作当然是没有问题的，但介绍名作的即撰写赏析稿的是否都是名人呢？未必尽然，因为连我等无名之辈也厕身其间。诚然，撰稿人当中也的确有不少名人，许多甚至是我们敬仰的大学者，如叶圣陶、夏承焘、萧涤非、周振甫、吴小如、袁行霈等人。

我这几十篇古典诗文赏析稿，正是在听了和读了前辈学者的赏析文章之后尝试着撰写而成的，虽然远不能达到他们的境界，却也是十分认真、十分用心地写的。在写作的过程中，有几点感触颇深，愿意提出来与读者诸君共同探讨。

第一，力求体悟古人写作时的心境、情感、笔墨。这当然殊非易事，因为写作是一个极为复杂的过程。金圣叹说过："饭前思得一文未作，饭后作之则为另一文。""饭前"与"饭后"的差别尚且如此，何况是相隔了千百年的古人之作，更何况那些根本就无法给予准确系年的作品，有的甚至究竟是早年之作还是晚岁之作都是一笔糊涂账。连年代都无法确考，又如何能体察其写作时的所思所感呢？据我的体会，尽管如此困难，还是应当努力也能够做到这一点的。这首先要知人论世。孟夫子说："颂其诗，读其书，不知其人可乎？"岂止知其人，还要知其世。不仅要了解、研究作者的生平经历、志趣、交游，等等，还要了解、研究作者所处的时代和社会。这就需要阅读作者的全部作品和相关的史籍，全面地、系统地了解作者的时代背景和人生态度。这样才能很好地理解作者的为人和为文。其次是不能孤立地理解某一篇作品。我们阅读和欣赏任何一篇古典诗文，都不能只见树木不见森林，不能孤立地理解"这一篇"，要与作者的其他作品联系起来，与作者师友的有关作品联系起来，与作者同时代人或后人的评论联系起来。只要做到了这两条，就能够从总体上把握作者的思想脉络，就能够大体上体会到作者写作时为什么这样想，而不那样想；为什么这样写，而不那样写。

第二，力求避免主观性。人们常说，"一千个读者就有一千个哈姆雷特"，讲的就是主观性亦即所谓接受美学的问题。读者的主观性—即读者阅读作品时不同的主观感受—导致对作品理解的差异性。每一个读者自身的经历、学识、情趣，乃至思想立场、道德观念、思维方式，都会自觉不自觉地影响到对作品的理解。阅读同一时代人或者相去不远时代人的作品尚且如此，那么阅读古人的作品，由于历史时代、生活环境、人情风俗等的差异，这种主观性带来的问题尤为突出。也正是从这个意义上讲，才有"诗无达诂""文无定解"的感叹。冯友兰先生在他所著的《中国哲学史》一书中谈到历史与历史教科书的区别时讲过这样的话：真实的历史是客观存在，人写的历史则是主观认识（大意）。这是十分精辟的见解。我常常想，写古典诗文的赏析稿，相对于古典诗文"文本"这一客观存在也便是主观认识了，这与写阐释历史的教科书同客观存在的历史之间的关系颇有相似之处。问题是这种主观认识如何做到"与历史的本来面目"相一致或者相接近，尽量避免或减少由于主观性造成的对作品理解的偏差。这就是我在收集到本书的一篇赏析文章中提出的，虽不能达到其"绝对值"，但应尽可能寻求其"近似值"。虽说"今人不见古时月"，但毕竟"今月曾经照古人"，只要我们认真努力去理解古人及其作品，力求使赏析稿符合古人的原意，尽量避免或减少自己的主观性，这不是不可以做到的。

第三，力求赏析文稿语言的通俗和文辞的优美。深入浅出，是做学问值得倡导、值得称道的一种精神和境界，也是写赏析文章应当追求、应当做到的。尤其是作为广播稿的《阅读和欣赏》，更要以浅近通俗的语言和优美动人的文辞，把古典诗文名篇丰富的内涵和美妙的意境加以解析和阐发，再通过播音员富有激情和创造力的播讲，传达给广大听众。因为电台播音播过即逝，不可能重复，必须让听众听明白，绝不可用太生僻和艰深的词语，更不允许"掉书袋"，过多地旁征博引。这就是为什么广播赏析稿特别要力求深入浅出的道理。同时，古典诗文名篇大都文采斐然，如果赏析文章写得干涩呆板，不仅不能很好地阐发和体现原作的艺术魅力，恐怕也难以引人入胜，有效地帮助读者（听众）欣赏古典诗文的深厚意蕴。因而赏析文章也应当讲究文采，成为与原作相称的艺术品。

以上几点是我在写赏析文章时感受最深的体会，也是我始终如一去追求并努力去实践的，至于做得如何，达到了什么程度，这就有待于读者诸君阅读了本书之后予以评判。我在这里恳切地希望，能够得到各位的批评指教。

书中所收录的都是中国古典诗文名篇的赏析文章，大体由三部分组成：绝大部分（约为80%）是为中央人民广播电台《阅读和欣赏》节目撰写的赏析稿；此外有几篇是给周振甫先生主编的两本书写的，并得到周先生的复函称赞；另有几篇则是根据我在大学讲授古典文学的讲稿改写而成的。这几类赏析文章，因为撰写的目的和对象不同，各有不同的特点，汇编时没有刻意统一体例，文字上也没有做太多的改动，基本上保留了各自原有的特色。

王能宪

2000年春节写于京城什刹海畔之忘机斋

篆刻释文：负者歌于途（邵晨 作）

● 竖子烹鹅图　范曾　作　（范曾，中国艺术研究院终身研究员，北京大学中国画法研究院院长）

壹

庄子行于山中，见大木，枝叶盛茂，伐木者止其旁而不取也。问其故，曰："无所可用。"庄子曰："此木以不材得终其天年。"

夫子出于山，舍于故人之家。故人喜，命竖子杀雁而烹之。竖子请曰："其一能鸣，其一不能鸣，请奚杀？"主人曰："杀不能鸣者。"

明日，弟子问于庄子曰："昨日山中之木，以不材得终其天年；今主人之雁，以不材死。先生将何处？"庄子笑曰："周将处乎材与不材之间。"

《庄子·山木》（节选）

庄子是我国战国时代著名的哲学家。他和老子一样，主张清静无为，就是要求生活在世界上的人们一切都要顺应自然，不要有任何人为的、主观的努力。因此，总体上说来，庄子的思想是消极的。不过，另一方面，庄子的学说中又包含着许多辩证的思想、许多合理的成分，充满智慧和哲理，富于思辨逻辑。而且，他的"十余万言"作品大抵用寓言的形式写成，不仅篇幅宏大，汪洋恣肆，而且想象丰富，寓意深刻，有很浓的文学意味。

这篇寓言题为《山木》是因为文章开头的一句中有"山"和"木"这两个字。我国古代早期诗文，往往没有标题，后人采用"首句标其目"的办法，即用开头两个字，或开头一句中包含的两个字作题目。可见，"山木"这个标题，不是由文中的内容概括出来的，不同于庄子的其他寓言，像《逍遥游》《庖丁解牛》等标题是总括全篇内容的。《山木》这篇文章篇幅很长，内容很丰富，我们这里只欣赏它的开头一段文字。

文章以叙述故事的方式开头："庄子行于山中，见大木，枝叶盛茂。"庄子带着他的一群学生在山中行走，看见一棵大树，长得枝叶繁茂。"庄子行于山中"，字面上只写庄子一个人行于山中，实际上联系后文看，他是同他的学生在一起的。"见大木"中的"大木"，就是大树。"见大木"，自然没有什么新奇，庄子感到有点儿奇怪的是"伐木者止其旁而不取也"，伐木的人只是站在大树的旁边，却并不砍伐，取以为用。这里，"伐木者止其旁"中的"止"，是"停"的意思，"止其旁"，就是停在那棵大树的旁边。"不取"的"取"，是取材、取以为用的意思。这棵枝叶繁茂的大树，为什么伐木者"不取"呢？庄子便上前向伐木者打听。"问其故，曰：'无所可用。'"问是什么原因，伐木者告诉庄子说，这棵树不成材，派不上什么用场。于是，庄子回过头来向他的学生们说道："此木以不材得终其天年。"这棵大树是因为没有什么用处才能活到它的自然寿限的呀。"不材"就是不成材、不能作材料、没有用处的意思。注意："不材"是这篇文章中的一个关键词语。"天年"，就是自然的寿命。"此木以不材得终其天年"，实际上是说，这棵大树因为不成材，才没有像那些可以作材料用的树木一样被伐木者砍伐掉，因此得以枝叶繁茂地一直生长下去，直到老死为止，也就是享尽它自然的寿命。

以上一层意思是说庄子在山中见到一棵不成材的大树，悟出了"此木以不材得终其天年"的道理。《庄子·逍遥游》说："物无害者，无所可用。"一种物体，如果没有谁加害于它，说明它一无所用，一无可取。对于伐木者来说，他来到山林中，当然要选取一些有用的树木，砍伐下来，取材为用；对于山中的树木来讲，可用的木材总是先被砍伐，可以说成材为患，成材的反而倒霉。而无用的树木则可以免遭砍伐的厄运，得以终其天年。从这一角度来看，那棵不成材大树的一无可取，对它自身来说，倒成为另一种最大的"可取"——得以保存自己的生命。这一现象引起了庄子的注意，庄子并且将它同自己后来碰到的另一相反的现象联系了起来。

"夫子出于山，舍于故人之家。"庄子和他的学生从山中出来之后，住在他的一个朋友家里。"夫子"，这里是对庄子的尊称，因为这篇文章是他的门徒弟子整理的，所以门徒弟子称他们的老师为"夫子"。"舍"，是住宿、歇息的意思。"故人"，老朋友。"有朋自远方来，不亦乐乎。"庄子来到老朋友家里，"故人喜"，老朋友非常高兴，于是十分热情地招待他，"命竖子杀雁而烹之"，就让家里的童仆杀鹅烹调做菜招待他。"竖子"，是对童仆的称呼，即家中的佣人。这里的"雁"，据考证就是鹅。"烹"，即烹饪；一说作"享"，享用的意思，当然也可以解得通。这位故人见庄子到来，连忙吩咐童仆杀鹅摆酒，为他接风洗尘。"竖子请曰：'其一能鸣，其一不能鸣，请奚杀？'"童仆得到吩咐，就问主人老爷：一只鹅会叫，一只鹅不会叫，杀哪一只呢？"请奚杀"的"奚"，是疑问代词，"奚杀"就是"杀奚"，杀哪一只。大概庄子的这位朋友家中共养了两只鹅，"其一能鸣，其一不能鸣"。这里的"不能鸣"，是说养着没有什么用处的意思，与上文的"不材"意思相同，也是一个关键词语，不可忽略。主人听了童仆的请示之后，立即回答道："杀不能鸣者。"杀那只不会叫的。

以上是第二层意思，写庄子来到朋友家中，朋友杀鹅款待他，两只鹅，一只会叫，一只不会叫，那只不会叫的被杀掉了。从第二层意思看，不成材也为患，不成材的也倒霉。这就与上文写到的山中大木的情形正好相反。大木因为没有用处而得以终其天年，而这只鹅却因为没有用处而被杀掉。前后发生的两件事凑到一块儿，很自然地引起了庄子和他的学生们的一番议论，这就是下面第三层的内容。

"明日，弟子问于庄子曰"，第二天，弟子们就向庄子请教。请教什么呢？"昨日山中之木，以不材得终其天年；今主人之雁，以不材死。先生将何处？"昨天山中的那棵大树，因为不材得以享尽自然的寿命；如今主人家里的鹅，却因为不材被杀，先生如何看待这个问题呢？遇到这种情况，先生将如何自处呢？山中之木，成材的被砍掉，不成材的得以终其天年。按照这个逻辑，主人之雁，就应当是那只会叫的当宰，可主人偏偏杀了那只不会叫的。同为"不材"，却得到了截然相反的两种结果。那么，到底是成材好，还是不成材好呢？

庄子微微笑道："周将处乎材与不材之间。""周"是庄子的名字，庄子姓庄名周，这里是庄子自称。庄子说，我庄周将处于材与不材之间。"材与不材之间"，就是介乎成材与不成材二者之间。

以上就是节选的这篇寓言的开头的一段文字。介绍到这里，您也许早已明白了，原来庄子是通过"山中伐木"和"故人烹雁"这两个前后矛盾的故事来阐述他的处世哲学的。苏舆在评论《山木》的创作思想时说过："旨同于《人间世》，处浊世避患害之术也。"说《山木》的主题思想与庄子的另一篇《人间世》一样，是要阐明在污浊的社会中如何全身远祸的道理。《人间世》描写的是社会上人际关系的复杂与争斗，指出如何处人与自处的方法。庄子生活在一个权谋争霸的战乱时代，他很有才能，却不愿做官，采取消极避世的态度。据《史记》记载，楚威王曾经派遣使臣，带着很多钱财，请他出任楚国国相。庄子却拒不接受，表示不为有国者所左右，要终身不仕，以快其志；宁可穿破衣，处陋巷，自得其乐。所谓"处乎材与不材之间"，大概就是这样一种处世哲学和人生态度。

诚然，庄子的这种处世哲学与人生态度并不值得赞扬和效仿。但是，庄子之所以采取这种处世哲学与人生态度，又何尝不是对那个现实社会不满和抗争的一种方法呢？庄子曾经激烈地抨击当时极不合理的社会现象。他说："窃钩者诛，窃国者为诸侯，诸侯之门而仁义存焉。"偷一个铁钩子的小偷要被刑律处死，掠夺国家的大盗却可以做诸侯；而一说起那些侯门上族，总是认为他们是最讲仁义道德的，但实际上，那些侯门上族哪有什么仁义道德可讲。因而，庄子在那个污浊的社会里洁身自好，也是难能可贵的。《山木》这篇寓言，所表达的就是庄子对当时现实社会全身远祸之难的愤懑和感慨，它对于今天的读者了解当时的那个社会，仍有深刻的认识意义。

扫码收听

后皇嘉树，橘徕服兮。受命不迁，生南国兮。

深固难徙，更壹志兮。绿叶素荣，纷其可喜兮。

曾枝剡棘，圆果抟兮。青黄杂糅，文章烂兮。

精色内白，类可任兮。纷缊宜修，姱而不丑兮。

嗟尔幼志，有以异兮。独立不迁，岂不可喜兮？

深固难徙，廓其无求兮。苏世独立，横而不流兮。

闭心自慎，终不失过兮。秉德无私，参天地兮。

愿岁并谢，与长友兮。淑离不淫，梗其有理兮。

年岁虽少，可师长兮。行比伯夷，置以为像兮。

《楚辞·橘颂》

楚辞是继《诗经》之后中国文学的又一高峰。楚辞是在楚国民歌的基础上发展起来的，带有鲜明的地域特色，即所谓"书楚语，作楚声，纪楚地，名楚物"。屈原是楚辞的奠基者和主要作家，其代表作品有《九歌》《九章》《天问》《离骚》等，体现了楚辞的最高成就。

《橘颂》是《九章》之一。《九章》包括《惜诵》《涉江》《哀郢》《抽思》《怀沙》《思美人》《惜往日》《橘颂》《悲回风》九篇作品，这些作品并非一时一地之作，是汉人刘向编辑《楚辞》时汇集而成，并冠以此名。一般认为，《橘颂》是屈原早期的作品。这主要从两方面分析：从内容上看，通篇咏物言志，充满了积极向上的精神，没有丝毫悲愤痛苦的情绪，可以看出是作于政治上失意之前；从形式上看，基本上继承了《诗经》的四言形式，句法没有多少变化，不像后来成熟时期的作品那样句式参差，变化多端。

这是一首托物言志的诗，全诗以拟人化的手法颂橘抒怀，字面上歌颂橘树的品格，实则是在歌颂自己的理想人格，那就是"受命不迁""苏世独立，横而不流""秉德无私"等高尚情操和坚贞品质。

全诗分为两部分，第一部分写橘的形貌，即外在之美。

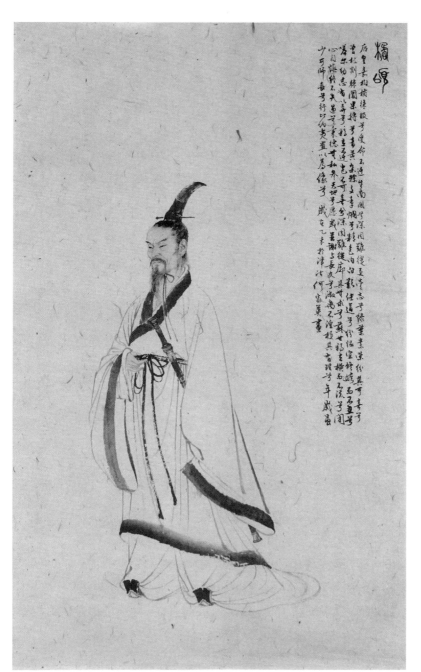

● 屈子咏橘图　何家英　作　（何家英，中国美术家协会副主席）

第二部分写橘的本质，即内在之美。

我们先来看第一部分。

"后皇嘉树，橘徕服兮。受命不迁，生南国兮。深固难徙，更壹志兮。"这几句说橘树是一种只宜生长在南方楚地的皇天后土中的佳木，不能迁移到别处。后，是后土、大地的意思；皇，即皇天。这里所谓的皇天后土，是诗人用来形容和赞美自己祖国的。嘉树，则是对橘树的赞美和称颂。徕，同"来"；服，是适合、适宜的意思。兮，是楚地方言，也是楚辞中使用得最多的感叹词，用在句末以增强咏叹的语气和韵味。"后皇嘉树，橘徕服兮"，这两句说橘树生来就适宜在楚地这皇天后土中生长。"受命不迁，生南国兮"，是说橘树禀受自然的天性，只能在南方生长，不能迁移到别的地方。《周礼·考工记》上说："橘逾淮而北为枳。"橘树只适宜在南方温和的土壤中生长，迁移到淮河以北就变种为枳了。"深固难徙，更壹志兮"，这两句进一步强调橘树品性专一、坚贞不移的特征。

"绿叶素荣，纷其可喜兮。曾枝剡棘，圆果抟兮。青黄杂糅，文章烂兮。"这几句描写橘树的枝叶、花朵和果实的美丽。"绿叶素荣，纷其可喜兮"，是说橘树绿叶白花，枝繁叶茂，蓬蓬勃勃的样子，十分可爱。素荣，是指白色的花。纷，指枝叶纷繁茂盛。"曾枝剡棘，圆果抟兮"，进一步描写橘树枝干上长着尖尖的刺，枝头挂着圆圆的果实。有人说这是形容橘树具有方圆统一、刚柔相济的品性，似乎有一定道理。曾，同"层"，重叠的意思。剡棘，锋利的刺。橘树的枝干上都长有尖锐的刺。抟，通"团"，描述橘子的形状，即"圆果"。"青黄杂糅，文章烂兮"，接着描写果实的色彩：橘子未成熟时是青的，已成熟时是黄的，将熟未熟时，则是青黄杂糅，颜色十分鲜艳好看。"文章"是形容橘子的色彩，"烂"是灿烂艳丽。

"精色内白，类可任兮。纷缊宜修，姱而不丑兮。"这两句总写橘的形貌特征。"精色内白，类可任兮"：橘子的外表色泽精美，而内瓤晶莹剔透，这好像是可以担当大任的君子。精色，是承接前一句"青黄杂糅，文章烂兮"，称赞橘子的外表色泽精美。内白，是说橘子的内瓤洁白，这与我们今天所见到的橙红色的橘瓣不同，不知道是物种的进化，还是品种的不同。类，是"像"的意思。可任，即可以担当重任。"纷缊宜修，姱而不丑兮"：由于橘树具有与众不同的品性，无论怎样修饰都得体而美好。纷缊，茂盛的样子。宜修，适宜于修饰。姱，美好。不丑，超群出众。以上第一部分，描写橘树的生存环境、枝叶、花果，从外表到内质，都美好可嘉。

再来看第二部分。

"嗟尔幼志，有以异兮。"这一句总领，说橘树自幼具有与众不同的优秀品质。嗟，是感叹之词，在这里表示赞许的意思。尔，指吟咏的对象"橘"；也有说是作者自况。本来，诗人就是托物言志，写橘即是写己，物己融为一体。有以异，即有所以异，也就是说橘树与其他树相比有异常之处。那么，橘树有哪些异常之处呢？

首先，具有独立性。"独立不迁，岂不可喜兮？深固难徙，廓其无求兮。苏世独立，横而不流兮。"这几句是称赞橘树具有苏世独立、不随流俗的品格，这是对第一部分"受命不迁，生南国兮。深固难徙，更壹志兮"这些内容做更进一步的强调和发挥。廓，是广大的意思；廓其无求，这里指胸怀广阔，一无所求。苏世独立，即清醒地独立于世，也就是众人皆醉我独醒之意。不流，即不随波逐流。

其次，有高尚的道德。"闭心自慎，终不失过兮。"这句说橘树具有谦虚谨慎，不致招致过失的品德。闭心，指加强自我修养，不受外界的诱惑；自慎，即"慎独"之意，闭心自慎，就是谨慎自守。"秉德无私，参天地兮。"是说橘树具有无私的美德，可以与天地并立。"愿岁并谢，与长友兮。"由于橘树有这样美好的品德和修养，因此希望永远与它做朋友。愿岁并谢，是说愿意与橘一起度过岁月，一同终其一生。岁，指岁时、岁月。谢，即消逝、逝去。

再次，有耿介正直的品格。"淑离不淫，梗其有理兮。"这句说橘树既有内美，又有外美；既刚强正直，又通情达理。淑，内心美好。离，同"丽"，这里指外在之美。不淫，不过度，恰到好处。梗，同"耿"，梗其有理，是正直而有法度。因此，接着说："年岁虽少，可师长兮。行比伯夷，置以为像兮。"年岁虽少，是呼应前面"嗟尔幼志"的，说橘树虽然年幼，但它的优秀品质和道德修养却是可以作为师长加以效法的。行比伯夷，是说橘树的品行可以与古时候的贤人伯夷相比。伯夷是商朝末年孤竹君的长子，他和弟弟叔齐反对武王伐纣，武王灭商后，因耻食周粟，饿死在首阳山上。因而，后人把伯夷当作坚持操守、品格高尚的典型。置以为像，说是作为榜样。"行比伯夷，置以为像兮"，最后这两句可以看作是对全诗的总结。诗人以行比伯夷的橘树为榜样，表明自己要砥砺品质和情操，做一个品格高尚的人。

前面说到，这是一首托物言志的诗，通过对橘的赞美和讴歌，体现了诗人对理想人格的向往和追求。这种理想人格最突出的一点，就是诗中反复吟咏的独立不迁的精神。屈原的一生，"路曼曼其修远兮，吾将上下而求索"，他始终热爱自己的祖国，与邪恶势力做不屈的斗争，就是对这一人格精神不懈地追求和实践。香港电影《屈原》以《橘颂》为主题歌，可以说是抓住了屈原精神最本质的一点，起到了有力的烘托作用。诗中对橘的形状和特征的描写，赋予了它人格化的情感，橘这一艺术形象实际上就是诗人自己的形象。诗人把自己的主观意志完全倾注到客观物象之中，使二者达到完美的统一，首开了后代咏物诗文的先河。

文姬览镜图　赵建成　作

（赵建成，中国艺术研究院国画院画家，艺术委员会主任）

叁

心犹面首也，是以甚致饰焉。面一旦不修，则尘垢秽之；心一朝不思善，则邪恶入之。咸知饰其面，不修其心，惑矣。夫面之不饰，愚者谓之丑；心之不修，贤者谓之恶。愚者谓之丑，犹可；贤者谓之恶，将何容焉？

故览照拭面，则思其心之洁也；傅脂，则思其心之和也；加粉，则思其心之鲜也；泽发，则思其心之润也；用栉，则思其心之理也；立髻，则思其心之正也；摄鬓，则思其心之整也。

《女训》 蔡邕

人们常说："爱美之心，人皆有之。"尤其是女性特别注意修饰和打扮，这就是一种爱美之心的表现。如果说一个男子不修边幅还能表现出某种风度的话，那么一个女子蓬头垢面、邋里邋遢，就很难说她懂得什么是美，也肯定不会给别人留下什么美感。然而，这仅仅是一种外表的美，如果只注重外表的修饰，而不注意内在美，也就是心性的修养、灵魂的净化和道德的完善，还不能算是真正的美，至少不是一种完全的美。我国自古以来就非常重视人的内在美的修养。这种内在的修养比起外表的修饰和打扮更为重要。东汉时候的著名文学家蔡邕写的这篇《女训》，认为人的心灵就像容貌一样，需要修饰和美化，强调修身养性的重要意义，今天读来仍然很受启发，很有教育意义。

蔡邕是东汉末年人，字伯喈，陈留郡圉县人（有说为河南尉氏县人，也有说法是现在的河南杞县人）。汉灵帝时他担任议郎，因上书批评朝政而获罪，被流放到朔方。后来被起用为祭酒、侍御史，一直做到中郎将，因此历史上又称他为"蔡中郎"。蔡邕精通经史、音律、天文、书法，是当时著名的文学家和书法家，著有《蔡中郎集》。这篇《女训》是他教育女儿蔡文姬的一篇训词。"训"，就是教训的训、训练的训，有训教、开导的意义。古人教育子女，常常有一些近乎格言的家训、家规，并流传后世。譬如，南北朝时期颜之推的《颜氏家训》，从各个方面教育子弟如何立身做人，如何读书治学，是一部很有名的著作。蔡邕的这篇《女训》主要是教育女儿必须重视道德修养以及要重视道德修养的原因。

蔡邕的女儿蔡文姬，是我国历史上杰出的女诗人，她名琰，字文姬，博学多才，精于音律。她的一生也十分坎坷，曾被匈奴掳去为妻，在那里生活了12年，后来曹操把她赎回，她抑郁而死。她著有著名的《悲愤诗》《胡笳十八拍》等。这篇《女训》大概是在蔡文姬年幼的时候，父亲蔡邕写给她的，从中可以看出父亲对女儿的谆谆教诲和殷切期望。

文章是这样开头的："心犹面首也，是以甚致饰焉。"说人的心灵就像面孔一样，必须好好修饰和美化。"面首"就是面貌、面容，也就是脸蛋儿。"甚"是强调程度，要求必须好好地、认真地注意心灵的修养。"致饰"，"致"是给予的意思，"饰"是修饰的意思，"致饰"就是给予修饰。作者开门见山，用一个十分通俗浅显的比喻，指出修养心性的必要性。这个取自日常生活的比喻，既通俗易懂，又新奇有趣，富有启示意义。并且，文章题为《女训》，是写给女儿的，这个信手拈来的比喻也十分贴切自然。作者用这个比喻简洁而鲜明地揭示了文章的主旨：修心就像修饰面容一样重要。一个女子，面容不可不加修饰；而心性的修养，包括道德的陶冶，品格的提高，才艺的学习等等，尤为重要，更加不可忽视。下文就围绕修心与饰面两方面进行对比，阐明修身养性的重要意义。

"面一旦不修，则尘垢秽之；心一朝不思善，则邪恶入之。"人的面容一旦不加以修饰，不梳头、不洗脸，就会尘垢满面，肮脏不堪；心灵一旦不注意修养，不追求真善美，邪恶的东西就会乘虚而入。这个道理看起来十分简单，谁都能够明白；但是，人们往往"咸知饰其面，不修其心"，大家都知道修饰自己的面容，却并不知道修饰自己的心性。这种情况不能不使作者大为感慨，所以他说"惑矣"真是不可理解啊！

接着分析"不修其心"会带来怎样的后果："夫面之不饰，愚者谓之丑；心之不修，贤者谓之恶。"如果人的面目不加修饰，污秽不堪，连最普通的人都会说：多么难看！如果心灵不注意修养，胡作非为，圣贤就会说：这是邪恶！请注意，这里的"愚者"和"贤者"两相对比，"愚者"并不是指愚蠢的人，而是指修养不高的人，"贤者"则是指修养很深的圣贤。文章接着说："愚者谓之丑，犹可，贤者谓之恶，将何容焉？"这两句意思是说，人们认为不修饰面容是一种丑陋，这倒是无关紧要；而圣贤认为不修养心性这种恶行是万万不可的，否则真不知如何在人世间安身立命！

以上是文章的前半部分，强调修养心性就像修饰面容那样不可或缺，不可忽视。接下来用一组排比句进一步说明应该如何修养心性。文章说："故览照拭面，则思其心之洁也"，对着镜子擦洗面孔的时候，就应该想到如何使心灵保持高洁和清白，不被外界的邪恶所污染。"傅脂，则思其心之和也"，涂抹胭脂的时候，就应该想到如何使心灵吸收外界的种种美好事物，与自己融为一体。"加粉，则思其心之鲜也"，擦拭香粉的时候，就应该想到如何使心灵光鲜活泼，保持旺盛的生命力和进取心。"泽发，则思其心之润也"，泽润头发的时候，就应该想到如何使心灵中正平和，不要焦急浮躁。"用栉，则思其心之理也"，用梳子、篦子梳理秀发的时候，就应该想到如何使心灵有条有理，不可有丝毫紊乱。"立髻，则思其心之正也"，挽扎发髻的时候，就应该想到如何使心地正直，不偏不倚。"摄鬓，则思其心之整也"，整理云鬓的时候，就应该想到如何使心性严整，不为外物所动。在这一连串排比句中，览照拭面、傅脂、加粉、泽发、用栉、立髻、摄鬓，这些都是古时候女子在闺房内每天必须认真仔细完成的功课，作者用来比喻如何修养心性、陶冶情操，两相比较，一一对应，与文章开头提出的心灵就像面容一样要很好地修饰的观点紧密呼应。

我国古代历来十分重视心性的修养，以涵养道德，砥砺节操。孔子认为首先必须修身诚意，然后才能治国平天下，曾子强调每天要"三省吾身"。孟子提出养"浩然之气"，要求读书人"穷则独善其身，达则兼善天下"。屈原缀兰树蕙，强调"既有此内美兮，又重之以修能"。诸葛亮曾说过

"静以修身，俭以养德"。欧阳修认为君子修身应当"内正其心，外正其容"。这些都是至今仍为人们奉为座右铭的格言警句。蔡邕的这篇《女训》的宗旨也是强调修身养性，但它与上面这些格言警句的不同之处，在于作者不是干巴巴地抽象说教，而是通过生动形象的比喻，把道理讲得既浅显而又深刻，既通俗而又透辟，使人更容易明了，更容易接受。蔡文姬之所以能够成为杰出的女诗人，恐怕与她父亲的谆谆教诲、与这篇《女训》不是没有关系的。

篆刻释文：后之视今亦犹今之视昔（逯国平 作）

扫码收听

永和九年，岁在癸丑，暮春之初，会于会稽山阴之兰亭，修禊事也。群贤毕至，少长咸集。此地有崇山峻岭，茂林修竹，又有清流激湍，映带左右，引以为流觞曲水，列座其次，虽无丝竹管弦之盛，一觞一咏，亦足以畅叙幽情。是日也，天朗气清，惠风和畅。仰观宇宙之大，俯察品类之盛，所以游目骋怀，足以极视听之娱，信可乐也。

夫人之相与，俯仰一世，或取诸怀抱，悟言一室之内；或因寄所托，放浪形骸之外。虽趣舍万殊，静躁不同，当其欣于所遇，暂得于己，快然自足，曾不知老之将至。及其所之既倦，情随事迁，感慨系之矣。向之所欣，俯仰之间，已为陈迹，犹不能不以之兴怀。况修短随化，终期于尽，古人云："死生亦大矣"，岂不痛哉！

每览昔人兴感之由，若合一契，未尝不临文嗟悼，不能喻之于怀。固知一死生为虚诞，齐彭殇为妄作。后之视今，亦犹今之视昔，悲夫！故列序时人，录其所述。虽世殊事异，所以兴怀，其致一也。后之览者，亦将有感于斯文。

《兰亭集序》　王羲之

《兰亭集序》（或简称《兰亭序》），以书法传世，几乎家喻户晓；而王羲之作为书圣，更是人人皆知。但实际上，王羲之不仅是著名的书法家，也是著名的文学家：《兰亭集序》不仅以行书法帖传世，也是千古传诵的散文名篇。

　　王羲之（321—379），字逸少，琅玡临沂（今属山东）人。出身贵族，曾任右军将军、会稽内史等，世称王右军。他生活的东晋时代，是一个政治黑暗而思想活跃的时代。王羲之与跟他差不多同时（稍后）的另一位大诗人陶渊明在生活态度和文学创作等方面都十分相似：陶渊明不为五斗米折腰，归隐田园，王羲之也以性好山水为由，称病辞官；他们在骈文大盛，浮词夸饰之风愈演愈烈的时候，都以散文著称，诗歌也崇尚自然，透出一股清新秀逸之气。

　　本文选自《晋书·王羲之传》。在《王羲之传》中，还有一段与本文相关的话："会稽有佳山水，名士多居之，谢安未仕时亦居焉。孙绰、李充、许询、支遁等皆以文义冠世，并筑室东土，与羲之同好。尝与同志宴集于会稽山阴之兰亭，羲之自为之序以申其志。"本文记载的就是他们这些文人宴集中的一次。晋穆帝永和九年（353）三月初三，王羲之与当时的名士在会稽郡山阴县境内的兰亭，举行了一次规模盛大的集会。参与这次文人雅集的有谢安、孙绰、支遁、许询及王羲之的子侄王凝之、王献之、王涣之等四十余人。兰亭，正如上文所说，是山水佳胜之地，暮春三月，春光明媚，与会者在水边临流赋诗，各抒怀抱。此次雅集共得诗三十七首，编为《兰亭集诗》，由王羲之撰写《兰亭集序》，孙绰撰写《兰亭集跋》。王羲之的这篇《兰亭集序》，对雅集的情况做了生动的描绘，并抒发了对人生的无限感慨。

全文分三个段落，以记叙雅集的盛况开始，围绕如何看待生死问题逐步展开议论。先来看第一段，开门见山叙述这次雅集的时间、地点、事由以及当时的环境、天气、人物和活动等。"永和九年，岁在癸丑，暮春之初，会于会稽山阴之兰亭，修禊事也。"古时风俗，人们在三月的上巳日（即上旬的"巳"日），聚集到水边洗濯，以消除不祥，称之为"修禊"。曹魏之后，修禊的日期定于每年的三月三日，这一风俗在南方的一些地区保留至今。王羲之他们这次文士雅集，就是根据这一风俗在兰亭水滨举行的一次大规模聚会。当然，他们倒不一定是为了什么消灾除病，只不过借此机会见见朋友，喝喝酒，作作诗而已。所以下文说，"群贤毕至，少长咸集"。参与这次集会的，不仅有当时著名的政治家谢安、文学家孙绰等，还有玄学家支遁、许询等；不仅有以上这些与王羲之同辈的好友，还有王凝之、王献之、王涣之这些子侄辈的后起之秀。所以用"群贤毕至，少长咸集"来描写当时名流汇集、少长皆欢的盛况，是十分恰当的。来赴会的人物都是一时之俊，那么这里的环境又如何呢？"此

慨係之矣向之所欣俛仰之間已為陳迹猶
不能不以之興懷況脩短隨化終期於盡
古人云死生亦大矣豈不痛哉每攬昔人
興感之由若合一契未嘗不臨文嗟悼不能
喻之於懷固知一死生為虛誕齊彭殤
為妄作後之視今亦由今之視昔悲夫故
列叙時人錄其所述雖世殊事異所以
興懷其致一也後之攬者亦將有感於
斯文

甲午年蘭亭序 祝帅 於燕園

● 祝帅 作 　（祝帅，北京大学图书馆副馆长、研究员、博士生导师）

永和九年歲在癸丑暮春之初會于
會稽山陰之蘭亭脩稧事也群賢畢
至少長咸集此地有崇山峻領茂林脩竹
又有清流激湍暎带左右引以為流觴
曲水列坐其次雖無絲竹管弦之盛一觴一
詠亦足以暢敘幽情是日也天朗氣清惠風
和暢仰觀宇宙之大俯察品類之盛所以遊
目騁懷足以極視聽之娛信可樂也夫人之
相與俯仰一世或取諸懷抱悟言一室之內或
因寄所託放浪形骸之外雖趣舍萬殊静
躁不同當其欣於所遇暫得於己快然自足

地有崇山峻岭，茂林修竹，又有清流激湍，映带左右"。前两句写山，后两句写水，山有起伏，水有回环，山间有竹木，水中有清流，山光水色，互为映照。置身于这样秀丽的山水胜景之中，怎能不引发文人雅士们的诗兴呢！"引以为流觞曲水，列座其次，虽无丝竹管弦之盛，一觞一咏，亦足以畅叙幽情。"把回环弯曲的流水用来流传酒杯，客人们列座在水边，虽然没有宫廷中丝竹和舞女的盛大排场，但酒杯顺流而下，停在谁的面前，谁就取而饮之，这样一边喝酒，一边作诗，也足以表达欢乐而幽深的情怀。文人雅士们以"流觞曲水""一觞一咏"这样别致的形式聚会，赶上当日的天气很好，"天朗气清，惠风和畅"，因而，"仰观宇宙之大，俯察品类之盛，所以游目骋怀，足以极视听之娱，信可乐也"。这里最可注意的是"仰观宇宙之大，俯察品类之盛"两句。文中反复出现多次而又与本文的主旨紧密关联的两个字——"俯""仰"，在这里第一次出现，表达了作者关注宇宙万物的博大胸怀。"品类"，就是物类，即宇宙间的各种物类。"游目骋怀"，是举目观览，任情欣赏。当然，从字面上看，作者这里"仰观""俯察"和"游目骋怀"的是"足以极视听之娱"的山水胜景和"群贤毕至"的文士雅集，因而最后归结到一个"乐"字，这是第一段的总结，也为下一段做了铺垫。

第二段由雅集的快乐情景联想到人生短暂，进而抒发感慨。"夫人之相与，俯仰一世，或取诸怀抱，悟言一室之内；或因寄所托，放浪形骸之外。"人生在世，俯仰之间一生就过去了。这是感叹人生易老，光阴易逝。注意，这里第二次出现了"俯仰"二字。"俯仰一世"，是感叹人生的短促，一低头一抬头之间，人的一生就过去了，真如白驹过隙，一闪而过。"人之相与"，是说人生活在社会中，必定要与各式各样的人接触和交往，人们对待人生的态度也各不相同，这里针对当时的社会现实，主要列举了两种不同的人生方式和态度："或取诸怀抱，悟言一室之内"，这是针对当时清谈玄学的风气而言的，他们为了辨析玄理，终日悟谈，不尚实务；"或因寄所托，放浪形骸之外"，这是针对当时一些人追求适己任性、放荡不羁、不拘节束的种种怪诞行为而言的。这两种不同类型的人生态度，"虽趣舍万殊，静躁不同，当其欣于所遇，暂得于己，快然自足，曾不知老之将至"。以上两种人，他们的人生态度和生活方式虽然千差万别，但是，当他们得到一时的快乐和满足的时候，就会高兴得忘乎所以，不知道生命在一天天走向衰老。"及其所之既倦，情随事迁，感慨系之矣。"等到自己对所钟情的事物产生厌倦的时候，则感慨万端。"向之所欣，俯仰之间，已为陈迹，犹不能不以之兴怀。"以往高兴的事情，俯仰之间就成了过眼烟云，怎能不令人伤感万分呢！这里第三次出现"俯仰"二字，也还是从时间和生命的角度，进一步深化文章的主题。因此接着说，"况修短随化，终期于尽，古人云：'死生亦大矣'，岂不痛哉！"更何况人的生命或长或短，那是由造化决定的；但无论长短，最终都有尽期，谁也免不了一死。古人说，死和生是一个大命题，"夫人之相与，俯仰一世""况修短随化，终期于尽"，这是多么哀伤多么悲痛啊！这里所谓古人云，乃是《庄子·德充符》中所引孔子的话，作者用来点明文章的主旨，即生死这一生命哲学的大命题。作者虽然感叹人生短促，最后落实到一个"痛"字，带有一种无可奈何的消极成分；但更主要的是警示和劝勉人们珍惜时光，在短促而有限的生命里，抓紧时间，奋发有为。作者所"痛"的不仅仅是生命短促，更重要的是对待生命的态度。文中列举的清谈玄学、不重实务的人生态度和放浪形骸、游戏人生的态度，都不是作者所赞成的积极的人生态度。

文章的最后一段交代作序的缘由，进一步阐发对生命哲学的认识。"每览昔人兴感之由，若合一契，未尝不临文嗟悼，不能喻之于怀。"这里所谓"昔人兴感"，应当是指古人关于生命问题的感受，如孔子见流水而感叹岁月不居，逝者如斯（《论语·子罕》）；屈原感叹日月不留，春秋代序，"老冉冉其将至兮，恐修名之不立"（《离骚》）；曹操则长歌当哭，"对酒当歌，人生几何"（《短歌行》）……作者说他与古人的感受完全相同，就像符契相合一般，因此读这些文章时，无不感慨万分，久久不能忘怀。接着，正面阐述了自己对生命哲学的认识："固知一死生为虚诞，齐彭殇为妄作。"这无疑是对当时老庄哲学盛行，一些人放浪形骸，浪费甚至自戕生命的行为和风气的有力批判。"一死生""齐彭殇"，是庄子生命哲学中的一个重要观点，《庄子·齐物论》一文中说："天下莫大于秋毫之末而太山为小，莫寿于殇子而彭祖为夭。天地与我并生，而万物与我为一。"在他看来，连肉眼都看不清的秋毫之末是天下最大的东西，而巍巍泰山却小得可怜；最长寿的莫过于早殇的孩子，而活了八百岁的彭祖与夭折的孩童没有什么两样。相对地看，这种说法虽然有一定的道理，但是，他把生和死、大和小、物和我等相对的哲学范畴完全等同起来，无视它们之间的差别，则陷入了虚妄荒诞的泥淖。王羲之不为当时的玄学迷雾所笼罩，能够正确地看待生死，提出"一死生为虚诞，齐彭殇为妄作"这样具有积极意义的生死观，实在是难能可贵的。文章最后说，"后之视今，亦犹今之视昔，悲夫！故列序时人，录其所述。虽世殊事异，所以兴怀，其致一也。后之览者，亦将有感于斯文。"这几句话仍然从生命哲学的高度，交代写作这篇序文的缘由。生命与时空是紧密相连的，前后、今昔，既是时间的概念，也与生死攸关。人的生命世代相传，生生不息，衍化成历史和时代。作者说，后人看待今天的我们，就像我们看待已经成为往昔的古人一样，也就是说，我们为后人留下什么，就看我们怎样对待人生。固然，后人看我们，我们的生命早已不复存在，生命的形体早已了无踪影，这实在是十分可悲的事情；但我们的思想和言论可以通过文字传诸后世，能够对后人有所启示和裨益，不也是足以令人感到欣慰的吗？因此，我把今天参与集会的人记载下来，把大家作的诗也收集起来，后人看到这些，尽管时代变迁，世事不同，但人们对待生死、快乐和悲伤的感受或许是一样的。这正如同我读古人的文章时，与古人"若合一契"；后人读我这篇文章，大概也会产生同样的感受吧！最后这一段话，实际上也是勉励同游之人积极面对人生，期望有所作为。

清人选编《古文观止》时收录了这篇文章，并评论说："通篇着眼在'死生'二字，只为当时士大夫务清谈，鲜实效，一死生而齐彭殇，无经济大略，故触景兴怀，俯仰若有余痛。但逸少旷达人，故虽苍凉感叹之中，自有无穷逸趣。"这个评论是很有见地的。王羲之虽然在一定程度上也受到老庄思想和佛教思想的影响，但儒家积极入世的思想仍然占据着主导的方面，他反对当时崇尚虚玄、放浪形骸的风气，并在文中有所针砭。（王羲之曾说过："虚谈废务，浮文妨要，恐非当今所宜。"）他的一生恬淡旷达，虽然辞官归隐，那是因为政治的黑暗。他的人生态度是积极而乐观的，因而反映在文中的人生哲学也是积极而健康的，尽管一定程度上也流露出消极无奈的情绪。本文在文风上也突破了当时玄言佛理盛行的风气，清新俊逸，朴素自然，写景时用抒情笔调，情景相生，议论则直抒胸臆，以情感人。总之，《兰亭集序》是一篇思想深刻、文笔优美、千古传诵的散文名篇，不仅文章使人百读不厌，书法为后世所珍重，而且兰亭也因这篇序文而成为后人追慕不已的山水胜景，而文人借流觞曲水赋诗抒怀的雅事也世代相传，沿袭至今。

伍

其一

少无适俗韵，性本爱丘山。误落尘网中，一去三十年。
羁鸟恋旧林，池鱼思故渊。开荒南野际，守拙归园田。
方宅十余亩，草屋八九间。榆柳荫后檐，桃李罗堂前。
暧暧远人村，依依墟里烟。狗吠深巷中，鸡鸣桑树颠。
户庭无尘杂，虚室有余闲。久在樊笼里，复得返自然。

其二

野外罕人事，穷巷寡轮鞅。白日掩荆扉，虚室绝尘想。
时复墟曲中，披草共来往。相见无杂言，但道桑麻长。
桑麻日已长，我土日已广。常恐霜霰至，零落同草莽。

其三

种豆南山下，草盛豆苗稀。晨兴理荒秽，带月荷锄归。
道狭草木长，夕露沾我衣。衣沾不足惜，但使愿无违。

《归园田居》　陶渊明

《归园田居》是陶渊明辞官归隐后写的一组诗，也是最能代表陶诗风格的名篇。诗中表现了诗人对黑暗官场的厌弃和对农村淳朴生活的热爱，具体描绘了归隐之后"躬耕自资"的生活。

　　这组诗一共有五首，这里选讲其中的三首。

　　先讲解第一首。

　　这首诗是组诗的第一篇，大约写于辞官归隐之后的第二年。诗可分为前后两部分，前面六句写辞官归隐的原因，后面十四句写归隐之后乡居生活的景况。

　　"少无适俗韵，性本爱丘山。"诗一开头，诗人就提出了自己爱好自然的本性以及这种本性和卑污世俗的对立。正是由于这种对立，诗人才决意摆脱庸俗不堪的官场，返归自然，回到宁静淳朴的田园生活。"韵"，是指人的气质、性格、情趣；"适俗韵"就是迎合、适应世俗的性格。"丘山"，即大自然，也就是农村的田园山川。陶渊明说自己从小就没有适应世俗的性格，本来就是爱好农村的田园生活的。这似乎是表白，似乎又是反省，更确切地说，似乎是在自我解嘲。为什么呢？"误落尘网中，一去三十年。""尘网"，这里指的就是官场。一旦做了官，一切活动就受到各种约束和限制，就像网一样，使你的思想和手脚不得自由。"三十年"，是表明自己在官场待的时间太久，并非确指。一说"三十年"作"十三年"，因为陶渊明从二十九岁做江州祭酒开始步入官场，到四十一岁从彭泽县令的任上辞职归隐，一共十二年。而这首诗写在归隐之后的第二年，头尾相加正好十三年。诗人既然"少无适俗韵，性本爱丘山"，如何还能"误落尘网中，一去三十年"呢？这里的原因是复杂的：一则陶渊明出身于一个世代官宦的家庭，曾祖陶侃官至大司马，祖父陶茂和父亲陶逸也做过太守、县令一类的官，虽然到陶渊明时家道已经衰落，但由于受家庭影响，陶渊明怀有"大济苍生"的壮志，希图干一番事业；再则也为现实生活所迫，诗人在《饮酒》诗中说过："畴昔苦长饥，投耒去学仕。"所以，十几年来，陶渊明几次出仕，又几次归田，过了一段徘徊于出仕与归隐的矛盾生活。况且陶渊明所做的不过只是祭酒、参军和县令之类的小官，壮志和抱负既无法实现，又何必继续降志辱身在官场周旋呢？这十几年的生活，诗人用一个字加以总结，那就是"误"，认为自己落入"尘网"是一个莫大的错误。这也就是诗人在《归去来兮辞》中所说的："悟已往之不谏，知来者之可追。实迷途其未远，觉今是而昨非。"所以，从此以后，诗人彻底告别了官场，再也没有出去做官，一直在农村过着隐居田园的生活。

"羁鸟恋旧林，池鱼思故渊。"这两句用具体形象进一步抒发自己思恋田园、归隐心切的感情。"羁鸟"是被束缚在笼中的鸟。"池鱼"是圈养在池塘中的鱼。这两个形象如同上面所说的"尘网"一样，都是比喻不自由的官场生活。就像笼中的鸟儿希望飞回山林田野，池中的鱼儿希望游归江河湖海，这便是诗人归隐前的心理状态。如今诗人真的脱离了官场，回到了田园，就像重新获得自由的鸟儿、鱼儿一样，该有多么轻松和愉快！

接下来就是描写归隐田园后的崭新生活。"开荒南野际，守拙归园田。"诗人一回到家中，就开始了躬耕生活。"南野"，大约就是陶渊明所隐居的江西庐山南麓。"拙"，是与"巧"相对而言的，在官场必须巧于钻营，可是陶渊明"性刚才拙"（《与子俨等疏》），不善逢迎，所以只好"守拙"回到田园山野来垦荒种地，过"躬耕自资"的生活。

"方宅十余亩，草屋八九间。榆柳荫后檐，桃李罗堂前。"这几句是描写自己的家园：十余亩宅基地，八九间茅草屋。堂前屋后，榆柳成荫，桃李满枝。普普通通的草屋茅舍，在诗人的笔下，简直是洞天福地一般美好。这里需要注意的是"榆柳荫后檐，桃李罗堂前"两句是互文见义，即榆柳和桃李堂前屋后都有，并不是说榆柳只掩荫于后檐，桃李只罗列于堂前。

诗人这样充满深情地描绘了自己的家园，那么，周围的环境又是怎样一番景象呢？"暖暖远人村，依依墟里烟。狗吠深巷中，鸡鸣桑树颠。"诗人举目远眺，但见远方村落

● 高士图 —— 田黎明 作 （田黎明，中国艺术研究院原常务副院长、国画院院长）

此中有深意　熊广琴 作　（熊广琴，中国国家博物馆专职画家）

依稀可辨，炊烟袅袅，不时还听到似乎是从深巷中传来的狗吠声，雄鸡则飞到树枝上引吭长鸣。这真是一幅充满农家意趣和乡土气息的美丽图画。诗人用白描的手法，写的不过是农村的寻常景物，却是那么优美，那么恬淡，那么富于诗情画意。这当然是诗人返归自然，热爱田园生活的心理反映。柳宗元说过："美不自美，因人而彰。"谁没有见过这样司空见惯的农村景物呢？可是唯有陶渊明才能写出这样美丽的诗句，这样自然的风光，这样动人的境界。尽管其中"狗吠深巷中，鸡鸣桑树颠"两句是从汉乐府的《鸡鸣》"鸡鸣高树颠，狗吠深宫中"直接借用来的，但诗人借用得如此恰到好处，了无痕迹，使我们觉得完全是从诗人的笔底自然流出，与前后浑然一体。

"户庭无尘杂，虚室有余闲。"这两句描写在家的生活。"尘杂"，即世俗的杂务；"虚室"，虚空闲静的居室，这里采用《庄子·人间世》"虚室生白"的意思，比喻内心的明净澄澈。嵇康在《与山巨源绝交书》中曾把"人间多事，堆案盈几""宾客盈坐，鸣声聒耳"视为不堪为官的理由。刘禹锡也曾在《陋室铭》中称赞其陋室"无丝竹之乱耳，无案牍之劳形"。陶渊明这两句诗便包含有这两方面的意思：我辞官归隐，虽然家徒四壁，但没有尘杂干扰，却有闲暇读书作文。这不正是诗人所要追求的淡泊与宁静的境界嘛！

最后两句"久在樊笼里，复得返自然"总结全诗。"樊笼"与"尘网"相呼应，"久"与"三十年"相呼应，"返自

● 陈步一作（陈步一，中国文物学会常务理事，中国美术家协会会员，北京文博学院院长）

野外罕人事穷巷寡輪鞅白日掩荆
扉虛室絕塵想時復墟曲中披草共
來往相見無雜言但道桑麻長桑麻
日已長我土日已廣常恐霜霰零落
同草莽

陶淵明歸園田居其二 丙申七月 步一

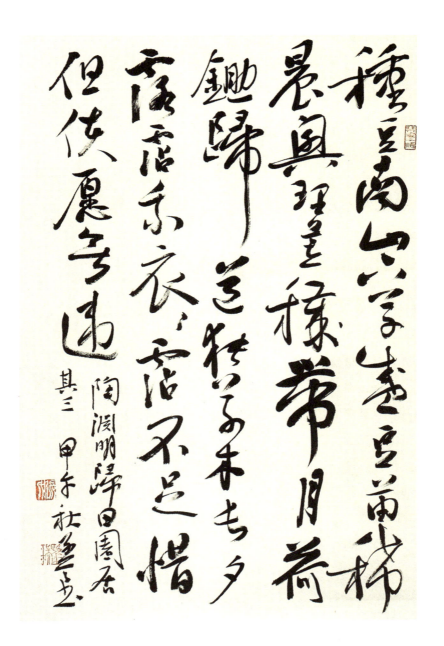

种豆南山下，草盛豆苗稀。晨兴理荒秽，带月荷锄归。道狭草木长，夕露沾我衣。衣沾不足惜，但使愿无违。

其三 陶渊明归园田居 甲午秋张鉴瑞书

● 张鉴瑞 作（张鉴瑞，江西师范大学美术馆馆长，江西师范大学美术学院副院长，江西省书法协会副主席）

然"与"爱丘山"相呼应。诗人再一次强调由"樊笼"返归"自然"的喜悦之情，就像全诗的主旋律一样，最后再一次奏响，给人以余音袅袅的感觉。

下面接着讲第二首。

这首诗共十二句，每四句一层意思。

"野外罕人事，穷巷寡轮鞅。白日掩荆扉，虚室绝尘想。"这四句写诗人隐居生活的宁静。"野外"，是说诗人隐居在山野村外。"人事"，这里主要指人们之间的应酬交往。"穷巷"，即陋巷，和"野外"是一样的意思。"寡轮鞅"，是说车马稀少。"轮"，指车轮；"鞅"，是驾车时套在马脖子上的皮带，即马脖套；"轮鞅"是以部分代全体，即指车马而言，而车马又是暗喻达官贵人。这两句的意思是说，诗人辞官归隐后，居住在穷乡僻壤的陋巷里，再也没有什么达官贵人坐车来到这里。所以，白天关起柴门，在虚空宁静的房子里，一切世俗的念头都不复存在了。"虚室"与第一首的含义相同；"尘想"也与第一首的"尘杂"近似。这里诗人是以目前淡泊宁静的隐居生活暗暗与昔日官场的喧嚣相对比。在一般利禄之徒看来，这种寂寞是难以忍受的；可是陶渊明则不然，他在《饮酒》之其五中写道："结庐在人境，而无车马喧。问君何能尔？心远地自偏。"

陶渊明与官场断绝往来的同时，却与当地农民交往，并且结下了深厚的友谊："时复墟曲中，披草共来往，相见无杂言，但道桑麻长。"这几句便是写诗人与农民交往的淳朴感情。"时复"，即时常、经常。"墟曲"，即偏僻的山村。"披草"，是指用双手分开高高的荒草。"共来往"，即互相来往，也就是说，有时陶渊明去农人家中，有时则是农民来到陶渊明家中。他们的交往多半是为了农事，所以，"相见无杂言，但道桑麻长"。"杂言"，这里大概是指仕宦利禄之类的事情，诗人言下之意是说，往日在官场里，相互之间的交往是趋炎附势，拉帮结派；而与农民的交往则没有半点杂念，只不过谈谈农时农事而已。

陶渊明由于参加农业劳动，与农民就有了共同的语言，共同的哀乐，共同的感受。"桑麻日已长，我土日已广。常恐霜霰至，零落同草莽。"这几句写诗人心忧农事，与农民同呼吸，共命运，简直成了一个地地道道的农民了。他辛勤耕作，土地面积日益扩大，庄稼也长势良好，唯一担心的就是自然灾害，生怕一场意外的霜雪，使得自己的辛勤劳动付诸东流。元人刘履说这两句诗是比喻"朝将有倾危之祸"，认为陶渊明"虽处田野而不忘忧国"。（见刘履《选诗补注》卷五）这样阐发所谓"微言大义"，只不过是儒家诗教的迂腐见解，实际上是十分牵强附会的。

最后讲第三首。

这首诗很短，记述了诗人一天劳动的经历和感受。前四句写劳动的情况，后四句写归途和感想。

　　"种豆南山下，草盛豆苗稀。晨兴理荒秽，带月荷锄归。""南山"，可能就是第一首诗中说到的"开荒南野际"的"南野"，也就是《饮酒》诗中的"采菊东篱下，悠然见南山"的"南山"。陶渊明在那片他亲手开垦的土地上种上了豆子，豆子长得如何呢？"草盛豆苗稀。"这也许是因为刚开垦的土地，野草容易生长的缘故；也许是诗人久别田园，农艺有些荒疏了，所以写下了这样带有自嘲和谐谑色彩的句子。尽管如此，诗人毕竟是勤劳的，一大早就来到这里除草，直到夜晚月上东山才回家。"晨兴"，即早起。"理荒秽"，即除草。"带月荷锄归"的"带"，有的本子作"顶戴"的"戴"，因为人们常常用"披星戴月"来形容农人的勤劳或旅人的艰辛，所以这里用"披星戴月"的"戴"表示诗人顶着月光回家，当然是可以的。但是，不如用现在这个"带"字意义更加丰富。大家知道，在南方的夏日，太阳是非常厉害的，农民往往利用早晚的时间干活。也许这是一个初夏的日子，陶渊明早出晚归，他要利用这清凉的月夜，少流一点汗水，多干一些活儿，以至于月亮老高了，辛劳的诗人还在月光下劳动，全身染遍了月色。当他干完了活，扛着锄头回家的时候，似乎口袋里、衣袖中都装满了月光，把它带到了家中。所以，这个"带"字用得很妙，使诗的含义更为丰富，意境更为幽深。

　　诗人经过一天的辛勤劳动，踏着月光回家，此时此刻，内心的感受如何呢？"道狭草木长，夕露沾我衣。衣沾不足惜，但使愿无违。"山路狭窄，草木丛生，夜露打湿了诗人的衣服。衣服打湿了并没有什么关系，只要不违背自己的心愿，也就是人生的最大安慰了。"久在樊笼里，复得返自然"，归隐的快慰和喜悦，似乎消除了一天的劳累，也消除了其他一切烦恼。

这组诗的最后两首写诗人寻访故旧而不得，不免有"人世沧桑"之感，但诗人最终还是从怅恨中解脱了出来。总之，全诗洋溢着一种欢快、达观的明朗色彩，一种脱俗超凡、质性自然的气韵，读后不能不为之感染而产生感情的共鸣和思想的升华。

陶渊明的时代是一个注重文辞声色之美的时代，而陶诗却如此质实朴素，明白如话。苏东坡认为陶诗的这种艺术风格是"质而实绮，癯而实腴"，因为从字面上看起来，它似乎平淡无奇，而反复体味，便觉得意蕴深厚，兴味无穷，这是一种臻于化境的，后人难以企及的高妙境界。我们读了《归园田居》三首，就能够体味和领悟到这样一种境界。

篆刻释文：复得返自然（邵晨 作）

人生归有道，衣食固其端。

孰是都不营，而以求自安？

开春理常业，岁功聊可观。

晨出肆微勤，日入负耒还。

山中饶霜露，风气亦先寒。

田家岂不苦，弗获辞此难。

四体诚乃疲，庶无异患干。

盥濯息檐下，斗酒散襟颜。

遥遥沮溺心，千载乃相关。

但愿长如此，躬耕非所叹。

《庚戌岁九月中于西田获早稻》　　陶渊明

我国古时候有许多所谓"隐士"，其实不是真隐士，他们拥有巨大的庄园，众多的仆役，并不需要亲自参加农业劳动，同时还与朝廷和地方官吏有着千丝万缕的联系，所以本质上只是故作清高、沽名钓誉而已。陶渊明是一位真正的隐士。他一生活了六十多岁，绝大部分时间是在家乡过着"躬耕自资"的隐居生活。虽然也曾断断续续做过几次官，但从41岁毅然辞去彭泽令之后，他便再也不肯出仕了。在长期的隐居生活中，陶渊明依靠自己的劳动维持生活，同时也写下了许多吟咏躬耕生活的动人诗篇。

《庚戌岁九月中于西田获早稻》就是陶渊明吟咏躬耕生活的名篇之一。诗人经过辛勤的耕作，换来了劳动的果实，面对收获，感慨万端。劳动固然是艰辛的，但没有其他方面的干扰，所以诗人希望像古贤人长沮、桀溺那样，永远躬耕不仕。尽管诗人带有隐士的心理和感情，却完全是以劳动者的身份，以自己的切身感受来赞美和讴歌劳动的，因此具有积极的思想意义。

先来解释一下题目。"庚戌岁"，即东晋义熙六年，也就是公元410年，当时诗人46岁。陶渊明41岁从彭泽令的任上辞官归隐，到这一年已经是第六个年头了。"西田"，也许就是诗人在《归去来兮辞》中所说的"农人告余以春及，将有事于西畴"的"西畴"。"早稻",一作"旱稻",因为早稻一般在农历六月收获,不可能到农历九月中才收获,而且诗中提到"山中饶霜露,风气亦先寒",是在"山中"种稻,所以作"旱稻"比较有理。

下面我们就来讲解这首诗。

这首诗以议论开头:"人生归有道,衣食固其端。"所谓"人生归有道",清人方东树解释说:"言人之生理,固有常道。""固",是固然、当然的意思。"端",即首,就是首要的意思。诗人开宗明义提出民以食为本的思想,指出"衣食"是人们赖以生存的最基本的物质条件。陶渊明不止一次表述过这种思想。《劝农》诗说:"民生在勤,勤则不匮。"《移居》之二说:"衣食当须纪,力耕不吾欺。"所以诗人接着反诘道:"孰是都不营,而以求自安?""孰"是疑问词,"怎么"的意思。"是",指上面提到的"衣食"。"营",是经营。"安",是安乐、安逸。这两句的意思是,连衣食都不经营,怎么可能求得自身的安乐呢?这里虽有诗人自勉的成分,但同时也是针对当时的社会现实有感而发的。统治阶级和上流社会轻蔑农桑,不劳而获,却心安理得地安享荣华富贵,岂不是太不公平了吗?这自然地使人联想起《诗经》中伐檀劳工对所谓"君子"的咒骂:"彼君子兮,不素餐兮!"你看那些君子们,不是白吃饭嘛!所以,我们可以这样说,陶渊明继承了《诗经》的现实主义批判精神。

斗法收穫頗重二沮溺心千
載乃知崔但願長如此躬耕
非可欺　古隸殘荷先生

庚戌歲九月中於西田穫早稻

能憲兄　雅屬

歲次甲午　袁行霈

● 袁行霈 作（袁行霈，北京大学中文系教授，国学研究院院长，中央文史研究馆馆长）

人生歸有道衣食固其端孰
是都不營而以求自安開春
理常業歲功聊可觀晨出
肆微勤日入負禾還山中饒
霜露風氣亦先寒田家豈
不苦弗獲辭此難四體誠乃
疲庶無異患干盥濯息檐二

以上四句是诗人抒发的议论和感想，接下来十二句描写诗人劳作的情形和感受。"开春理常业，岁功聊可观。"对于农民来说，"一年之计在于春"，所以春天一到，就得开始忙碌了。"理常业"，就是从事农业劳动。陶渊明辞官归隐从事农耕已经有五六个春秋了，所以他亲切地把农务称之为他的"常业"。"岁功"，就是一年的收成。由于诗人的辛勤耕作，这一年的收成也还可观。这也就是诗人在《移居》诗中所讲的"力耕不吾欺"，只要你努力耕种，大自然是不会亏待你的，耕耘自有收获。这当然是诗人从劳动实践中得到的体验。"晨出肆微勤，日入负耒还。"诗人完全像农夫一样，日出而作，日入而息。一大早就出工了，直到太阳下山才扛着农具回家。"肆"，是从事。"微勤"，是轻微的劳动，这当然是自谦的说法。"耒"，是古代的一种农具，这里泛指一般农具。有的本子作"禾"，则是实指诗人收割稻子的当天挑着禾担回家。"山中饶霜露，风气亦先寒。"其中"饶"是多的意思；"风气"，是指气候。诗人在山中耕作，风寒露重，格外辛苦。以上六句为一层意思，现实地描写了劳作的情况；下面六句主要是就劳作抒发感慨。

　　"田家岂不苦，弗获辞此难。"种田人一年到头日晒雨淋，肩挑背扛，岂不辛苦！可是又没有什么办法摆脱这样的艰难困苦。"弗获"，就是得不到、不能够的意思。"此难"就是上文所说的耕作的种种艰辛。诗人所谓的"田家"，不单单指普通的农民，而是包括自己在内的，甚至可以说，就是专指诗人自己而言的。"田家岂不苦"，这一声沉重的叹息，包含了诗人多少艰辛和汗水！"四体诚乃疲，庶无异患干。"一天劳动下来，确实腰酸背痛，疲惫不堪，但是却可以避免其他祸患。这里诗人是把现实的体力劳动同从前的官场生活相比。所谓"异患"，指的就是官场中的种种不测的祸患。"干"，是相犯、相扰。既然劳动的艰辛可以求得平安，没有什么意外的祸患相干，这样也就乐在其中了。"盥濯息檐下，斗酒散襟颜。""盥"，是洗手。"濯"，是洗脚。"斗"，是古代盛酒的器具，相当于杯子。"襟颜"，是指胸中之气和脸上之色。这两句说，劳动回到家里之后，洗了手脚，坐在屋檐下休息休息，喝上几盅酒，既散心解闷，又消除疲劳。有时还唤来邻居一起共饮，"日入相与归，壶浆劳近邻"（《癸卯岁始春怀古田舍二首》），诗人也就满足了，陶醉了。所以，最后诗人发出了内心的感叹。

"遥遥沮溺心，千载乃相关。但愿长如此，躬耕非所叹。"长沮和桀溺，是春秋时代楚国的两个隐士，长期隐居在农村一起从事耕作，不肯出来做官。"遥遥沮溺心，千载乃相关"，这两句是说，远隔千载的古贤长沮和桀溺与我的心是相通的。陶渊明多次在诗中提到长沮、桀溺等古代高贤隐士，表示要效法他们，永远做一个躬耕田园的隐士。所以最后两句说："但愿长如此，躬耕非所叹。"但愿永远这样春种秋收，躬耕劳作，决不为此而叹息。照字面作这样的解释，当是不成问题的，但是这首诗几乎从头至尾都在感叹劳作的艰辛，而诗人却偏偏说"躬耕非所叹"，其实这是诗人的牢骚之词。诚然，陶渊明的归隐和躬耕，完全是主观意愿，出乎自然，没有半点勉强；但如果说这位"隐逸诗人"总是那么悠然自得，内心没有一点波澜，没有一点矛盾冲突，则未必尽然。陶渊明少怀大志，所以几次隐退又几次出仕，那么执着地追求，但是终因无法适应污秽庸俗的官场生活而辞官归田，这已是不得已而求其次了，所谓"达人善觉，逃禄归耕"。虽然如此，有志难为，于心何安？龚自珍《舟中读陶诗》云："莫信诗人竟平淡，二分梁甫一分骚。"龚自珍也认为陶渊明像屈原写《离骚》一样，是有牢骚成分的，只不过陶渊明的牢骚发得比较巧妙、比较委婉、比较含蓄而已。

风烟俱净，天山共色。从流飘荡，任意
东西。自富阳至桐庐，一百许里，奇山
异水，天下独绝。

水皆缥碧，千丈见底。游鱼细石，直视
无碍。急湍甚箭，猛浪若奔。

夹岸高山，皆生寒树。负势竞上，互
相轩邈。争高直指，千百成峰。泉水
激石，泠泠作响；好鸟相鸣，嘤嘤成
韵。蝉则千转不穷，猿则百叫无绝。
鸢飞戾天者，望峰息心；经纶世务者，
窥谷忘反。横柯上蔽，在昼犹昏；疏
条交映，有时见日。

《与朱元思书》 吴均

《与朱元思书》是一篇描写山水风光的名作。在讲解这篇作品之前，必须弄清楚下面几个问题。

　　第一，题目叫作《与朱元思书》，可知这是作者写给人家的一封信，却又完全不像书信的格式，这是什么缘故呢？因为这篇原作早已失传，现在已经无法看到它的本来面目了，这段文字是从唐人编的一部类书《艺文类聚》中选出的，大约是作者写给朱元思叙说行旅所见的一封信。《艺文类聚》的编者以为这段文字写得很好，就把它截取来编入书中，作为描摹山水的范本。

　　第二个必须明了的问题，就是这篇文章句式整齐，音韵和谐，通篇是用骈文的形式写成的，这是因为作者受时代风尚影响所造成的。我们知道，南北朝是骈文大盛的时代，讲究声律对偶、典故辞藻，为时风所尚。作者生在这个时代，免不了受这种风气的影响。

　　第三是关于作者吴均，我们今天所能知道的情况不多。他是南朝梁代文学家，字叔庠，吴兴故鄣（也就是现在的浙江安吉）人。史书上说他出身寒微，好学，有俊才，文章长于写景，有清拔之气，在当时影响很大，不少人仿效他，叫作"吴均体"。可见他在当时是很知名的。《艺文类聚》摘录他文章多处，也可以证明这一点。

第四是题目的"朱元思"，有本子作"宋元思"，可能是"朱""宋"二字形近而误，我们根据《艺文类聚》作"朱元思"。至于朱元思是何许人，他与作者有什么关系，现已无从查考。因此，下面仅就这段文字进行讲解分析。

这篇短文所描写的是今浙江富春江一带的山水风景，生动逼真，如诗如画，读后令人悠然神往。

全文可分成三个部分来理解：第一部分是总说，第二部分写水，第三部分写山。

先来看第一部分：

风烟俱净，天山共色。从流飘荡，任意东西。自富阳至桐庐，一百许里，奇山异水，天下独绝。

这部分概括地叙述自富阳至桐庐沿江大约一百里路上的山水之美，所谓"奇山异水，天下独绝"。文章开头两句"风烟俱净，天山共色"，一下子就把我们带到了一个清新明朗的绿色世界之中。"风烟"是指山间的云雾，也可能是指附近村落的炊烟和晨雾。"俱"是完全的意思。"净"是净化、明净的意思。"风烟俱净"是说早晨太阳出来之后，烟雾消散，山川非常明丽，空气格外清新。"天山共色"，是说蓝天与苍翠的山色浑然一体。"共色"就是同一样的颜色。

風烟俱
淨天山共
色從流飄
蕩任意
东西

甲午夏
日孟繁瑋

● 风烟俱净图　孟繁玮 作　（孟繁玮，中国艺术研究院美术研究所副研究员、
《美术观察》副主编）

开头这两句就像绘画打底色一样，定下了基本色调。整篇文章就是在"风烟俱净，天山共色"这个基本色调上面进一步细致描绘这里的山水之美的。"从流飘荡，任意东西"，这是告诉我们作者是乘船游览的，下面所描写的奇山异水，也许都是在船中所见。可是作者没有明言乘船，而是说"从流飘荡"，就是坐在船上顺着流水荡漾。这样写，不仅显得含蓄蕴藉，而且表现了作者闲逸放澹的精神境界。所谓"任意东西"，也就是坐在船上漫无目的地"从流飘荡"。作者既不是渔樵之人，也不是行色匆匆的过往客商，因此他才可能优游自得地欣赏这里的山水之美。"自富阳至桐庐，一百许里，奇山异水，天下独绝。"这几句是对这一带山水之美的总的评价。富阳位于富春江下游，桐庐在富阳的西南。富阳和桐庐，现在都是杭州市的属县。这一带不仅物产丰富，是有名的鱼米之乡，而且山川秀美，风景宜人，古人有所谓"水碧山青画不如"的赞美之词。元代大画家黄公望绘有举世闻名的《富春山居图》，可惜这幅画一分为二，分藏于台湾和浙江省博物馆。当代著名画家叶浅予用三年时间画成巨幅长卷《富春山居新图》，展示了如今富春江一带的美丽山水和崭新面貌。近年来，这里陆续开辟了"瑶林仙境""阆苑石景""白云源瀑布"以及"桐君山""严子陵钓台"等旅游点，吸引了不少中外游客。1987年春，笔者曾有幸到此一游。当我置身于这秀丽的奇山异水之间，在惊异和陶醉之余，很自然地就想起吴均这篇佳作，他下的评语是"天下独绝"，确实没有言过其实。

第二部分写水，写富春江江水之美。

水皆缥碧，千丈见底。游鱼细石，直视无碍。急湍甚箭，猛浪若奔。

这里写水，先写它的碧绿清澈，便是文章开头"风烟俱净"那个"净"字的具体体现。"水皆缥碧，千丈见底"，这是说富春江的水清澈见底。"缥"也就是"碧"，都是描写富春江水青碧如染的颜色。"千丈见底"是写水之深，尤显出水之清。"游鱼细石，直视无碍"，这两句更进一步通过游鱼细石描写江水的清澈明净，连水中的游鱼乃至细小的石块都看得清清楚楚，没有一点障碍。"直视无碍"，是说一直往下看，可以看得十分清楚，毫无障碍。这是以游鱼细石来衬托水的清澈明净，柳宗元写《小石潭记》很受其影响。上面这几句是描写江水之清、江水之"净"，最后两句则描写江水的流动。"急湍甚箭，猛浪若奔"，"急湍"就是流得很急的水，大约是滩头或江流陡转之处，这些地方的水总是很急的。"甚箭"就是甚于箭，也就是说水流得比箭还要快。"猛浪"是大而急的浪，浪头一个接着一个压过来，好像在奔跑似的。这里用两个比喻来形容急流和大浪，十分生动形象，给人以激流险滩、惊涛骇浪之势，与前几句描写水的澄澈明净形成鲜明的对比。这样，就充分地把第一部分总说中提到的"异水"的"异"字表现出来了。

水是如此之"异"，那么山又是如何的"奇"呢？接着

第三部分便是写山的奇美。

　　夹岸高山，皆生寒树。负势竞上，互相轩邈。争高直指，千百成峰。泉水激石，泠泠作响；好鸟相鸣，嘤嘤成韵。蝉则千转不穷，猿则百叫无绝。鸢飞戾天者，望峰息心；经纶世务者，窥谷忘反。横柯上蔽，在昼犹昏；疏条交映，有时见日。

　　这段文字是全文的重点。《艺文类聚》摘录这篇文章，把它列入卷七"山"的部分，可见作者的主要笔墨是用来写山的。

　　"夹岸高山，皆生寒树。负势竞上，互相轩邈。争高直指，千百成峰。"这几句从总体上描写山势。"夹岸高山"是说两岸都是高山，中间夹着一碧流水。"皆生寒树"是说两岸的山上都长着树木。"寒树"颇为难解，诗词中有所谓"寒云""寒鸦"等说法，都是带有作者的主观意绪的。这里所谓"寒树"，可能是说山崖上的树木，由于土壤贫瘠，养分不足，枝干枯瘦，看了使人产生寒凉的感觉。"负势竞上，互相轩邈"，是说两岸的高山仿佛都在争着往高处和远方伸展，似乎要比个高下。这样就把山给写活了。"负势竞上"是说高山依凭着地势，拼命地往上冒。"轩邈"，"轩"是高的意思，"邈"是远的意思，两个词在这里都作动词用，意思是这些高山互相争雄，要比一比谁高谁远。"争高直指，千百成峰"，高山互相竞争，结果就形成了两岸无数的峰峦。"直指"，是笔直地向上，"指"就是向的意思。作者描写两岸的山势及其形成，不是从地理学的角度进行说明，而是采用了拟人化的手法，想象奇特，富于文学意味。

"泉水激石，泠泠作响；好鸟相鸣，嘤嘤成韵。蝉则千转不穷，猿则百叫无绝。"这几句进一步描写山中所见，大约这时作者已从船上下来，来到山中歇息，故写了在山中的所见所闻。"泉水激石，泠泠作响"，这里又写到水，但不是富春江的水，而是山中的泉水。"泉水激石"，乃是山中特有的景观，"泠泠作响"，是说泉水撞击在石头上面，叮咚作响。"泠泠"是形容清脆的流水声。"好鸟相鸣，嘤嘤成韵"，是林间鸟儿对唱，悦耳动听。"相鸣"是相向和鸣。"嘤嘤"是鸟叫的声音。"成韵"是说鸟鸣之声十分和谐动听。"蝉则千转不穷，猿则百叫无绝"，这是典型的骈文句式，两句中只有"蝉"和"猿"两个词意义不同，其他词虽字不一样，而意思是相同的："千转"就是"百叫"，"不穷"也就是"无绝"。这是为了对仗而又必须避免重复，但两句中的第二个字，即虚词"则"重复，这又是允许的。这两句的意思，无非是说山中蝉鸣之声和猿啼之声不绝于耳。这层意思是以泉水之声、鸟叫之声以及蝉鸣猿啼之声来反衬山林的幽静。

"鸢飞戾天者，望峰息心；经纶世务者，窥谷忘反。"这几句写作者触景生情，抒发感慨。"鸢飞戾天"，原是《诗经·大雅》中的句子"鸢飞戾天，鱼跃于渊"。"鸢"是一种凶猛的鸟，形状与鹰差不多。"戾"是到达的意思。郑玄以为"鸢飞戾天"是比喻恶人远去，这里用来比喻那些追求高官厚禄的人。作者认为，这种人看到这些雄奇的高峰，就会平息心中的功名之念。"经纶世务者，窥谷忘反"，这两句是对前两句的补充，说那些忙于做官的人，看到这样幽美的山谷，也会流连忘返。"经纶"是经营、治理的意思。"经纶世务"，就是从政当官。我们知道作者吴均是做过官的，而且官职还不小，做到了奉朝请。也许写这篇文章的时候，正是他仕途失意之时，那么这感慨就是为自己而发的；也许是为了规劝朋友朱元思的，由于资料缺乏，我们也就不得而知了。

"横柯上蔽，在昼犹昏；疏条交映，有时见日。"这几句描写林间枝条交错、浓荫蔽日的景象。"横柯上蔽，在昼犹昏"，是说林间树枝纵横交错，遮天蔽日，以至于白天都像黄昏时候那样阴暗。"柯"就是树枝。"疏条交映，有时见日"，是说有的地方树枝稀疏一些，有时候阳光从枝叶间筛落下来，微风一动，日光掩映。

这部分描写富春江两岸的奇山，是从山势之奇，写到山中之奇，最后写到游山者感受之奇，层层深入，历历如画，给人以身临其境之感。

中国的山水游记，魏晋以前几乎难以找到，陶渊明的《桃花源记》可以说是最早的一篇。到了南北朝时期，山水诗的兴盛，也促进了山水游记文的发展。北朝郦道元的《水经注》，虽然是为地理著作《水经》作注，但文字生动，描写细腻，实际上具有山水游记的性质。但是，严格地说来，陶渊明和郦道元的文章都还不能算作真正的山水游记，桃花源是虚构的乌托邦。《水经注》本质上属于注经。而吴均的这篇《与朱元思书》以及他的另外一些描写山水的短札，如《与施从事书》《与顾章书》等，才是自觉地描摹山水的，并达到了很高的艺术水平，对唐宋以来的山水游记有着十分深远的影响。因此，其开山之功不可抹杀。

吴均之所以能写出这样优美的山水游记来，绝不是偶然的，而是时代的产物。鲁迅先生说过六朝是文学自觉的时代。当时有所谓"文笔之辨"，把文学作品同经、史等应用文字区别开来，强调文学的独立性，文学观念得到加强。骈文便是在这种风气的影响下产生和发展起来的，尽管大多数骈文作品内容空泛，片面追求辞藻华丽，但其中也有不少情文并茂的佳作。《与朱元思书》虽然也是用骈文写成的，但写得自然流畅，没有雕琢的痕迹，文辞清丽，而没有堆砌的毛病。通篇不过140余字，次序井然，描写生动，格调清新，如同一幅疏密有致的风景画。

扫码收听

篆刻释文：且放白鹿青崖间（罗超阳 作）

捌

隐者情怀，
佛家理趣

空山新雨后，天气晚来秋。

明月松间照，清泉石上流。

竹喧归浣女，莲动下渔舟。

随意春芳歇，王孙自可留。

《山居秋暝》 王维

王维是唐代著名的山水田园诗人，与孟浩然并称"王孟"；又与李白（诗仙）、杜甫（诗圣）、李贺（诗鬼）等并称"诗佛"。他的诗明显受两方面影响，一是受陶渊明、谢灵运等山水田园诗人影响，如"斜光照墟落，穷巷牛羊归。野老念牧童，倚仗候荆扉"（《渭川田家》）；"渡头余落日，墟里上孤烟。复值接舆醉，狂歌五柳前"（《辋川闲居赠裴秀才迪》）等诗句，与陶渊明笔下的山水田园诗俱无二致。二是受他晚年奉佛的影响，诗歌写得空灵而富于禅机佛理，如"行到水穷处，坐看云起时"（《终南别业》）；"涧户寂无人，纷纷开且落"（《辛夷坞》）；"一生几许伤心事，不向空门何处销"（《叹白发》）等。当然，这两者又常常融合在一起，以抒写自己的隐逸生活和闲适情趣。

　　这首《山居秋暝》大约是诗人隐居辋川时期的作品。据李肇《国史补》记载："王维好释氏，故字摩诘。立性高致，得宋之问辋川别业，山水胜绝。"王维在辋川这片胜绝的山水之间徜徉，以其诗人特有的审美眼光和生动传神的笔触，写下了不少优美的山水田园诗，《山居秋暝》是最为传诵的名篇之一。诗人采用白描的手法，以朴素而清新的语言，描绘了一幅清秋薄暮、雨后初晴的山村图景。

　　这是一首五律。首联点题。"空山新雨后，天气晚来秋。"这两句诗十个字，点明题意，交代了季节（秋天）、时间（傍晚）、地点（山中）、天气（雨后），并为全诗的景物描写在时空上、色调上做了一个总的铺垫。这两句之中，"空山"和"新雨"这两个意象值得很好领悟。空山，因此诗写的是明月初升时分的情景，这时的山间不像白天那样喧嚣，是宁谧而安静的，所谓"夜静春山空"。雨后山中的夜色，尤其显得空寂。"空山"在王维的诗中是经常出现的意象，如《鹿柴》"空山不见人，但闻人语响"，联系到他的隐居和信佛，不能不说这是有所关联的。新雨，是久晴未雨之雨。新雨不仅荡涤了空中的尘埃、大地的污浊，也消除了夏秋之交山中的暑气，使人感到格外清新凉爽。"空山新雨后"，首句有总领全篇的作用，为下文所描写的景物赋予了空灵而又活泼的意趣。

额、颈二联写景。"明月松间照，清泉石上流。竹喧归浣女，莲动下渔舟"：雨后的山中，当空一轮明月，将清凉的银光倾泻在松林间，清澈的泉水从青石上缓缓流过。远处竹林里传来喧声笑语，原来是一群勤劳的洗衣女戴月而归；近处的荷叶丛中，忽然莲花摇动，水波荡漾，原来是顺流而下的渔舟划破了这宁静的港湾。这些景物组成一幅幅生动优美的图画，画面很有层次：额联上句写月光泻地，是无声静态；下句写清泉流淌，是有声动态。上句写空中，明月照松间，镜头由远而近；下句写地面，清泉过石上，镜头由近而远。颈联的写法正好与额联相反，上句写浣女晚归，嬉笑打闹之声可闻，为有声动态；下句写渔舟顺水而下，但见荷叶向两旁披分，为无声动态。上句写岸上竹林，喧闹之声由远而近，浣女们由隐而显；下句写水中荷叶荡动，渔舟飞逝而

空山新雨後
天氣晚來秋
明月松間照
清泉石上流
竹喧歸浣女
蓮動下漁舟
隨意春芳歇
王孫自可留

王維詩 山居秋暝
甲午歲秋楊賀松書

● 杨贺松 作 （杨贺松，北京大学教授）

去，由近而远，由显而隐。

尾联抒情。"随意春芳歇，王孙自可留。"这里化用《楚辞》句意，反其意而用之，由写景转到抒情，由外物转到内心，表达了写诗的意旨。《楚辞·招隐士》云："王孙游兮不归，春草生兮萋萋。……王孙兮归来，山中兮不可以久留。"诗人这里反用其意，表现了以隐逸为乐的情怀。随意春芳歇，是说任凭春天的芳草凋谢。随意，是任凭、听凭的意思。歇，即凋谢、凋零。王孙，原指贵族子弟，这里是诗人自指。诗人说，尽管姹紫嫣红的艳阳春光已经消歇了，那就任凭它逝去吧。眼前的林泉月色和山中美景，不是很值得留恋吗！

王维不仅是唐代著名的大诗人，也是当时著名的画家和音乐家，后人评论他的诗，说是"诗中有画"，评论他的画则是"画中有诗"。苏轼《东坡志林》云："味摩诘（王维，字摩诘）之诗，诗中有画；观摩诘之画，画中有诗。"殷璠《河岳英灵集》亦称其诗"在泉为珠，着壁成绘"。这首《山居秋暝》诗味浓郁，意境清幽，最能体现王维诗的特色。具体分析起来，有以下几点值得注意：第一，诗中有画，色彩、远近、动静等都十分讲究，画面很有层次，立体感很强，而且意境很美，格调很高。第二，格律对仗工整而浑然天成，没有丝毫雕琢的痕迹，语言清新自然，全诗无一典故，纯用白描手法。第三，善于观察生活，观察自然，巧妙地捕捉艺术形象，如"竹喧归浣女，莲动下渔舟"，就是观察细致、感受敏锐而得到的神来之笔。

李一作（李一，中国艺术研究院研究员、博士生导师，《美术观察》杂志原主编）

上穷碧落不为仙，
俯视洛阳五内煎

西上莲花山，迢迢见明星。

素手把芙蓉，虚步蹑太清。

霓裳曳广带，飘拂升天行。

邀我至云台，高揖卫叔卿。

恍恍与之去，驾鸿凌紫冥。

俯视洛阳川，茫茫走胡兵。

流血涂野草，豺狼尽冠缨。

《古风·其十九》　李白

《李太白集》中有《古风》五十九首，这些诗并不都是一时一地之作，而是因它们的体制风格相类似而归到一起的。古风，不仅仅是一种与近体诗（也就是格律诗）相对而言的诗体；而且古风的"风"，就是《诗经》"风雅颂"的风，因而古风一体是继承了《诗经》的现实主义传统的。后人对李白的《古风》五十九首评价极高，认为是和阮籍的《咏怀》八十二首，陈子昂的《感遇》三十八首前后辉映的古诗中的杰作。

　　这首诗写于"安史之乱"之后。天宝十四载（755），安禄山叛军攻陷东都洛阳，第二年的正月，安禄山便在洛阳自称大燕皇帝。当时，李白避居在安徽宣城一带，虽然没有亲身经历这场战祸，但战祸给人民带来深重灾难，不能不引起诗人的深切关注。这首《古风》就表达了诗人对安禄山叛军屠杀人民的豺狼本性的极大愤慨；同时，也反映了诗人当时求仙访道，希望遗世独立而又未能忘情世事，仍然忧国忧民的深刻矛盾。因而，这首诗是采用游仙的形式来写的。

　　全诗可以分为两个部分，前一部分描写游仙，后一部分描写现实。美妙的仙境与流血的现实形成强烈的对比，因此似乎可以说，前一部分描写游仙是为后一部分描写现实做铺垫的，两部分紧密相连，构成一个有机的整体。

我们先来看前一部分。

"西上莲花山，迢迢见明星。"开头两句写诗人登上莲花山，进入仙境，见到了明星仙女。"莲花山"，是西岳华山的最高峰。据《华山记》说，山顶有池，生千叶莲花，食之可以成仙。"迢迢"，是遥远的样子。"明星"，是神话传说中的华山仙女。《太平广记》上说："明星玉女者，居华山，服玉浆，白日升天。"诗人根据这些神话传说，一开始就带领我们进入到一个神奇美妙的仙境。

接下来四句是进一步描写明星仙女的形象："素手把芙蓉，虚步蹑太清。霓裳曳广带，飘拂升天行。""素手"，是纤嫩白净的手。"把"，是拈着、拿着。"芙蓉"，即莲花的别称。"虚步"，就是在空中行走，显得十分轻巧的样子。"蹑"，是踩着、踏着。"太清"，就是太空、高空。"霓裳"，是云霓制成的衣裳，通常指仙人的服装。《楚辞·九歌》说，"青云衣兮白霓裳"，也是描写仙人的打扮。"曳广带"，是拖着宽大的飘带。这几句描写美丽优雅的明星仙女的神情举止：纤纤的玉手拈着一束粉红的莲花，轻盈地凌空而行；云霓的衣裳垂曳着彩虹一般的飘带，随风飘拂，升天而去。好一幅美丽动人的仙女飞天图。

接着，明星仙女邀请诗人到华山的云台峰和仙人卫叔卿相见："邀我至云台，高揖卫叔卿。恍恍与之去，驾鸿凌紫冥。""云台"，是华山东北面的一座高峰。"卫叔卿"，也是传说中的仙人。《神仙记》中说，他是中山人，服云母而成仙。一天，他乘着云车，驾着白鹿，从天而降，来到了汉武帝殿前。武帝问他是何人，他答道："我是中山卫叔卿。"武帝听了便说："你是中山人，那就是我的臣子，可以过来一起谈话。"卫叔卿原以为武帝好道，见到他一定会给予非常的礼遇，没想到竟称他为臣，因而大失所望，默而不语，忽然不知所往，后来有人发现他隐居在华山绝壁之下。李白为什么要去揖见卫叔卿呢？因为自己与他有着十分相似的遭遇和经历。我们知道，李白年少就怀有大志，常以大鹏自喻，希望一展宏图。天宝元年，由于道士吴筠的推荐，唐玄宗下诏书征李白赴长安。李白应诏，高唱"仰天大笑出门去，我辈岂是蓬蒿人"（《南陵别儿童入京》）入京，满以为可以实现他"奋其智能，愿为辅弼"的政治理想和抱负。不料玄宗仅给了他一个起草文书之类的词臣——供奉翰林的职务，并没有重用李白。三年之后，李白因遭诽谤而被迫离京。因此，诗人只好把卫叔卿引为同调，到云台上去长揖相访了。"恍恍"，就是恍惚；"驾鸿"，即乘鸿。"鸿"，就是鸿鹄，是一种善于飞翔的大鸟。"凌"是飞升、冲上去的意思。"紫冥"，即太空。明星仙女领着诗人见了卫叔卿，随后，诗人便跟着他们一道跨上鸿鹄，凌越紫冥去了。

正当诗人恍惚之间与卫叔卿和明星仙女一道遨游在太空的时候，他朝下一望，忽然发现洛阳一带，胡兵奔突，血流遍野……于是，诗人笔锋一转，就由神仙世界折回到现实社会，这就是诗的第二部分对现实的描写，一共四句："俯视洛阳川，茫茫走胡兵。流血涂野草，豺狼尽冠缨。""俯视"，是诗人在天空中往下看。"川"，这里指平川、原野。"茫茫"，是无边无际的样子，这里形容胡兵人数之多。"胡兵"，指安禄山的叛军，因为安禄山是胡人，所以当时称他的叛军为胡兵。"茫茫走胡兵"中的"走"在古代是奔跑的意思，一个"走"字充分体现了胡兵的猖獗。我们的眼前，似乎一队队骑兵飞驰而去，烟尘滚滚，铁蹄之下，生灵涂炭，百姓遭殃。"流血涂野草"，更是渲染了一幅胡兵杀人如麻、积尸如山、血流成河的可怕景象。"豺狼"，是指以安禄山为首的逆贼和胡兵。"冠缨"，"冠"指冠冕，就是官帽子，"缨"是帽带。"冠缨"在这里用作动词，就是做官的意思。当时，安禄山在洛阳自称大燕皇帝，并赐封部属，所以说"豺狼尽冠缨"。这几句说，被胡兵占据的洛阳一带，人民惨遭屠杀，而逆贼安禄山及其部属却称帝封侯，弹冠相庆。

全诗写到这，戛然而止，诗人未着一字评论，也没有交代自己的去留。然而，我们可以推想，游仙中的诗人，看到自己的祖国和人民正在遭受着如此深重的灾难，他是绝不会弃之而去的。伟大的爱国主义诗人屈原，在《离骚》一诗中，反复表示自己对楚国命运的关心和上下求索的信心，但始终得不到楚怀王的任用。理想破灭，悲痛欲绝，他决定离开祖国，远游他乡。但当升腾到太空，下视故土，他又犹豫了，连他的坐骑也蜷曲而不肯前行。对祖国和人民的深厚的眷念之情立刻粉碎了诗人的幻想。这一点，李白和屈原是完全相通的。李白幻想通过游仙来超脱现实，但苦难的现实却偏偏把他从神仙世界中拉了回来。这既反映了诗人理想与现实的矛盾，但更主要的还是体现了诗人对现实的正视和关切，表现了诗人对人民的同情和对祖国的热爱。

这首诗在形式上的最大特点，是通过游仙来反映现实。前后两个部分，一虚一实，却丝毫没有一点焊接的痕迹。后半部分虽属描写现实，但这种现实，是诗人在太空中"俯视"所见的景象，这就把虚实两重境界巧妙地结合到一起，构成一个天衣无缝的整体。而前面那部分描写虚无缥缈的神仙世界，又是用来与后面所描写的现实社会相对照的。自由美好的仙境和血雨腥风的人间，反差如此强烈，对比如此鲜明，造成了独特的艺术境界，从而产生了强烈的艺术效果。

海客谈瀛洲，烟涛微茫信难求。
越人语天姥，云霞明灭或可睹。
天姥连天向天横，势拔五岳掩赤城。
天台四万八千丈，对此欲倒东南倾。
我欲因之梦吴越，一夜飞渡镜湖月。
湖月照我影，送我至剡溪。
谢公宿处今尚在，渌水荡漾清猿啼。
脚著谢公屐，身登青云梯。
半壁见海日，空中闻天鸡。
千岩万转路不定，迷花倚石忽已暝。
熊咆龙吟殷岩泉，栗深林兮惊层巅。
云青青兮欲雨，水澹澹兮生烟。
列缺霹雳，丘峦崩摧。
洞天石扉，訇然中开。
青冥浩荡不见底，日月照耀金银台。
霓为衣兮风为马，云之君兮纷纷而来下。
虎鼓瑟兮鸾回车，仙之人兮列如麻。
忽魂悸以魄动，恍惊起而长嗟。
惟觉时之枕席，失向来之烟霞。
世间行乐亦如此，古来万事东流水。
别君去兮何时还，且放白鹿青崖间，须行即骑访名山。
安能摧眉折腰事权贵，使我不得开心颜。

《梦游天姥吟留别》　李白

这首诗在《河岳英灵集》中题为《梦游天姥山别东鲁诸公》，后来有的本子改题《梦游天姥吟留别》，有的本子则略题《别东鲁诸公》。东鲁，即现在的山东一带。吟留别，是把梦游的情境写成诗，赠给留在东鲁的朋友，用来作为分别的纪念。李白这首诗写于天宝四载。我们知道，天宝三载，李白在供奉翰林的任上被唐玄宗赐金放还。政治上失意之后，李白便寄情山水，访求仙道，以排遣心中的苦闷。离开长安后，李白曾同杜甫、高适等一道游梁、宋、齐、鲁，并在东鲁暂时安下家来。这首诗就是李白将要离开东鲁，准备继续漫游吴越之前用来告别东鲁的朋友的。

全诗层次十分清楚，共分为三部分。第一部分写梦游的起因，第二部分写梦游的过程，第三部分写梦游后的感慨。

诗一开头说："海客谈瀛洲，烟涛微茫信难求。"这两句看似用作陪衬的闲笔，但十分肯定地表示了诗人对神仙的否定。《十洲记》云，瀛洲在东海中，地方四千里，上生神芝仙草，又有玉石，高且千丈。出泉如酒，味甘，令人长生不死。洲上多仙家，风俗似吴人，山川如中国。诗人对"海客"所说的海上仙山瀛洲，用"信难求"三个字明确表示不相信。这与他一生向往仙道，甚至接受道箓这样的行为看起来似乎很矛盾，但实际上李白求仙访道，醉酒漫游，只不过是他对黑暗的社会现实所表示的愤懑和超脱而已。这就是王羲之所谓的"放浪形骸之外"的处世态度。这两句做了铺垫之后，马上就引入正题："越人语天姥，云霞明灭或可睹。"天姥，是越州的一座山，在现在的浙江省嵊州市东面，天台县西北。诗人用虚实对比的手法，使诗一开始就染上神奇的色彩。

接着，就极力描写天姥山的高大："天姥连天向天横，势拔五岳掩赤城。天台四万八千丈，对此欲倒东南倾。"诗人说，天姥山高耸入云，仿佛和天连在一起，这是拿天姥山同天相比。接下来又拿天姥山同其他的山相比，它既超过著名的五岳高峰，又盖过在它附近的赤城山。这当然是有意的夸张。"五岳"，是大家所熟知的我国的五座名山。"赤城"，据顾野王《舆地志》，此山在今浙江省天台县北，因山上赤石罗列，遥望如赤城，故名"赤城山"。最后，诗人又换一个角度，以天台山为着眼点来写："天台四万八千丈，对此欲倒东南倾。"位于天姥山东南方的天台山虽然非常之高，但是在巍峨的天姥山面前，倾斜着如同拜倒在它的脚下。

以上是第一部分，极写天姥山的雄伟高大。诗人没有直接描写天姥山有多么高大，而用比较、衬托和夸张的手法，把天姥山雄奇高峻的样子描绘得淋漓尽致，无以复加，仿佛那耸立云端、时隐时现的天姥山就出现在我们的眼前，唤起了我们的幻想，引导我们跟着诗人一道去遨游那梦幻的境界。

从"我欲因之梦吴越"一句开始，诗人就进入了梦境。诗人梦见自己在月光的照耀下，一夜之间飞过镜湖，来到了剡溪。天姥山临近剡溪，又与天台山相对，奇峰绝壁，佳木异卉，是越东灵秀之地。东晋诗人谢灵运曾徜徉于这一带，并在剡溪投宿，留有"暝投剡中宿，明登天姥岑"的诗句。李白是受谢灵运影响很深的一位诗人，他之所以梦游吴越、天姥，也许就是到这里寻找知己来了。因此，诗人一到剡溪，最关心的便是谢公的遗迹。他看到谢灵运投宿过的地方依然存在，那里渌水荡漾，清猿啼叫，景色十分优雅。于是，"脚著谢公屐，身登青云梯"。诗人穿上当年谢灵运登山穿的那种鞋子，开始登石级，上天姥了。"谢公屐"，是指谢灵运登山时用的一种特制的木屐，据《南史·谢灵运传》："寻山陟岭，必造幽峻，岩障数十重，莫不备尽登蹑，常着木屐，上山则去其前齿，下山去其后齿。""青云梯"，王琦注云："谓山岭高峻，如上入青云。"其实是沿用谢灵运"共登青云梯"的诗句。

随着诗人梦游的步步深入，梦境步步展开，愈来愈幻，愈变愈奇。"半壁见海日，空中闻天鸡。"诗人登上了半山腰，站在绝壁之上，看见一轮火红的旭日从东海中涌出，又听见天鸡在空中啼叫。"天鸡"，据《述异志》，东南有桃都山，上有大树，枝相去三千里，上有天鸡。日初出照此木，天鸡则鸣，天下之鸡皆随之鸣。"千岩万转路不定，迷花倚石忽已暝。"石径盘旋，山路回环，诗人一路登山，为山间的奇花异草所迷，便靠着石头小憩一会儿。忽然天色暗下来了，山间又是另一种景象："熊咆龙吟殷岩泉，栗深林兮惊层巅。云青青兮欲雨，水澹澹兮生烟。"熊在咆哮，龙在吟啸，山谷为之震响，深林为之战栗，峰峦为之惊动。天气突变，天空乌云密布，水面雾气升腾。这番奇异的景象，写得有声有色，令人惊骇不已。

紧接着又出现了更为奇异的景象："列缺霹雳，丘峦崩摧，洞天石扉，訇然中开。青冥浩荡不见底，日月照耀金银台。""列缺"即闪电，"霹雳"即打雷。由于天气骤变，霎时间电闪雷鸣，山崩地裂，轰隆一声巨响，通向神仙洞府的石门豁然开启，一个奇妙的神仙世界展示在我们面前：在一望无际、青色透明的天空里，金银楼台与日月交相辉映，景色壮丽，气象非凡。接着，神仙出场了："霓为衣兮风为马，云之君兮纷纷而来下。虎鼓瑟兮鸾回车，仙之人兮列如麻。"许多仙人纷纷走出来，他们穿着彩虹做的衣裳，御风而行。虎豹鼓瑟，鸾凤拉车，群仙列队，迎接诗人的到来。这是多么奇特，又是多么热烈而盛大的场面。梦境写到这里，达到了高潮。读着这些富于想象力的诗句，使人心驰神往，宛如置身于神仙世界。

以上这部分写梦游，气象万千，变幻莫测，充满了浪漫主义气氛。然而，诗人一梦醒来，便从云端的神仙世界坠落到现实世界的地面。最后这部分由写梦转为写实，揭示了全诗的主题。

耀金銀臺霓為衣兮風為馬雲之君兮紛

而來下虎鼓瑟兮鸞廻車仙之人兮列如

麻忽魂悸以魄動恍驚起而長嗟惟覺

時之枕席失向來之煙霞世間行樂亦如

此古來萬事東流水別君去兮何時還且

放白鹿青崖間須行即騎訪名山安能

摧眉折腰事權貴使我不得開心顏

李白夢游天姥吟留別

歲次甲午初秋管峻書於燕京

● 管峻 作（管峻，中国艺术研究院中国书法院院长）

海客談瀛洲烟濤微茫信難求越人

語天姥雲霞明滅或可睹天姥連天向

天橫勢拔五嶽掩赤城天臺四萬八千

丈對此欲倒東南傾我欲因之夢吳越

一夜飛渡鏡湖月湖月照我影送我至

剡溪謝公宿處今尚在淥水蕩漾清

猿啼腳著謝公屐身登青雲梯半

壁見海日空中聞天鷄千岩萬轉路不

不定迷花倚石忽已暝熊咆龍吟殷巖

泉慄深林兮驚層巔雲青青兮欲雨水

左……丁丑夏……川夫军霖之……山羽崖同天石

"忽魂悸以魄动，恍惊起而长嗟。惟觉时之枕席，失向来之烟霞。"诗人忽然之间心惊梦醒，起而长叹，眼前烟霞顿失，枕席依旧，刚刚遨游仙境只不过是一场美梦而已。所以，诗人接着说："世间行乐亦如此，古来万事东流水。"由于梦境的破灭，诗人联想到自己理想的破灭、政治的失败，觉得人生如梦，乐极悲来，世间万事万物如流水一般，转瞬即逝。因此有人认为，游天姥是游皇宫的比喻，"太白被放以后，回首蓬莱宫殿，有若梦游，故托天姥以寄意"。

这首诗是诗人用来留别的，那么，诗人必须说明自己为什么要告别东鲁的朋友而去访游天姥山。直到诗的最后，才回到这个本题上来："别君去兮何时还，且放白鹿青崖间，须行即骑访名山。""白鹿"这个意象在《楚辞》就已出现，"骑白鹿而容与"，古人常用骑鹿跨鹤来表示高雅闲逸的情致。诗人把白鹿放养在青崖之间，随时可以跨上它游历名山，这是多么潇洒，多么自由，多么无拘无束、超然物外的境界。有人认为这首诗反映了李白消极避世的人生观，这是一种浅表的理解。我们必须透过这看似消极的字面，深刻理解其蕴涵的积极意义。

我们知道，李白曾一度在长安受帝王优宠，有所谓"天子呼来不上船"和"力士脱靴"之类带有夸张色彩的诗句和传说。而实际上，李白只不过是一名宫廷词臣，在权贵面前免不了要忍受所谓"妾臣气态间"的屈辱。这与李白素怀的宏图大志和他的傲岸性格很不相合，所以，诗人在最后感慨道："安能摧眉折腰事权贵，使我不得开心颜。""摧眉"，是低头；"折腰"，是鞠躬。也许，在李白东游吴越之前，留在东鲁的朋友还企图挽留他，劝导他在政治上等待时机，重整旗鼓。李白便以上面这些话告诉东鲁诸友，他要远离现实，遍访名山，表明自己不事权贵，以求得心灵的自由。这是全诗的主旨所在，也是诗的真义所在。

这是一首七言古诗。李白长于七古，大约是因为这种自由灵活的诗体不像近体格律诗那样束缚手脚，能够充分地表现诗人豪迈奔放的思想感情。这首诗虽以七言为主，中间又杂有四言、五言、六言以至九言，句法差参，灵活多变，却又不显得生拼硬凑，而是浑然一体，流转自然。随着诗人感情的发展，诗句或长或短、节奏或急或缓。例如梦游这部分中，在山中天气突变，熊咆龙吟和神仙出场两处采用了带"兮"的楚辞句法，加深了诗意的浪漫主义色调。再如在打开天门的时候，连续用了"列缺霹雳，丘峦崩摧。洞天石扉，訇然中开"这四个四言短句，节奏急促，声调铿锵，有力地表现了天门开启时的雄伟声势。还有一些散文化的句子错杂其间，也都流畅自然，不显丝毫雕琢。这首诗的用韵也灵活多变，有的隔句押韵，有的每句押韵，全诗换韵达十二次之多。这些都是诗人作为大手笔的创造性和独特性所在。

这首诗在风格上继承了楚辞的艺术传统，是一篇浪漫主义的杰作。梦游一段，写得光怪陆离，奇谲多变。如"飞渡镜湖""海日天鸡""熊咆龙吟""雷电霹雳""石扉洞开""空中楼阁""霓衣风马""虎瑟鸾车"等这一系列艺术形象，都描绘得活灵活现，色彩缤纷，令人眼花缭乱，惊心动魄。这当中有的就是直接采用楚辞中的意象，并加以创造。诗人在梦幻的世界里驰骋想象，显示了非凡的艺术才能。

忆昔作少年，结交赵与燕。

金羁络骏马，锦带横龙泉。

寸心无疑事，所向非徒然。

晚节觉此疏，猎精草太玄。

空名束壮士，薄俗弃高贤。

中回圣明顾，挥翰凌云烟。

骑虎不敢下，攀龙忽堕天。

还家守清真，孤洁励秋蝉。

炼丹费火石，采药穷山川。

卧海不关人，租税辽东田。

乘兴忽复起，棹歌溪中船。

临醉谢葛强，山公欲倒鞭。

狂歌自此别，垂钓沧浪前。

《留别广陵诸公》　李白

李白好漫游，故多留别诗。留别与送别不同，送别是人别己，留别是己别人。广陵，唐属淮南道，即今江苏扬州。此诗别题《留别邯郸故人》。邯郸、广陵，一为北地，一在南国，二者孰是孰非，尚无定论。詹锳《李白诗文系年》根据诗中内容，认为是从长安供奉翰林任上放还后南游之作，并系年于天宝六载，当时李白47岁。

此诗是诗人在政治失意之后对自己人生历程的回顾和反省，从少年天真狂放的自信，到中年圣明垂顾的自得，以至罢职还家后守真修道的自适，和最后醉酒佯狂、寄意山水的自恣，表现了诗人对政治的厌弃和对自由的追求。

诗以回忆开头，为自己勾勒了一幅少年英雄的肖像。"忆昔作少年，结交赵与燕。金羁络骏马，锦带横龙泉。寸心无疑事，所向非徒然。"诗人少年时代，结交的朋友都是豪杰之士。座下骑的是金羁络头的骏马，身上穿的是鲜艳夺目的锦袍，腰间佩挂着龙泉宝剑。心里头从来就没有什么疑难可怕的事情，无论干什么都所向无敌，马到成功。好一派豪放狂傲的气派！"赵与燕"，古云燕赵多豪杰，这里是借地名来比喻人。"金羁络骏马，锦带横龙泉"是化用鲍照"骢马金络头，锦带佩吴钩"的句子（《代结客少年场行》），这或许是写实，但同时也表达了诗人少年时代对功名的追求。"寸心无疑事，所向非徒然。"这两句把少年李白志大无畏，藐视一切，以为事业必成、功名必得的自信和狂妄表达得淋漓尽致，传神至极。

李白少怀大志，要"济苍生""安社稷"，意图"寰区大定，海县清一"。他曾多次自比管晏，又经常以大鹏自喻，希望一展宏图。可是，后来"遍干诸侯""历抵卿相"，却常常碰壁，累累失败。直到玄宗天宝二年，诗人43岁时，由道士吴筠推荐，玄宗皇帝命他供奉翰林，成了朝中担任起草文书之类的侍臣。然而，仅仅两年时间李白就被解职放还了。所以诗人在回忆了自己少年时代的天真和狂妄之后，接着说："晚节觉此疏，猎精草太玄。空名束壮士，薄俗弃高贤。"经历了40多年人生的风风雨雨之后，才觉得自己少年时代的豪情壮志太空疏狂妄，太不切实际。为了求得空名，少年的豪气和锋芒差不多消磨殆尽了；那世俗的社会，小人得志，鸡犬升天，怎容得贤人志士呢？我不如像扬雄写《太玄经》那样，探求宇宙人生的哲理，淡泊宁静地过日子。这里所谓的"晚节"，就是暮年的意思。按詹锳《李白诗文系年》，其时诗人不过47岁，这当然是指诗人经历政治失败后的心境而言。"猎精草太玄"："猎精"是猎取精华，"太玄"，是扬雄写的一部书名。据《汉书·扬雄传》："时雄方草《太玄》，有以自守，泊如也。"扬雄是汉代大经学家，早年也很有政治抱负，因参与王莽政变几乎丧命，后潜心学问。诗人援引扬雄的事例，其用意自不待言。"空名束壮士，薄俗弃高贤"这两句与诗人的另一首诗《送族弟》中的"空手无壮士,穷居使人低"两句很相似,都是愤世嫉俗之词,说明世俗卑污,正直有才能的人不能得到任用;即便侥幸得以任用,也不可能施展才能,实现抱负。因此,很自然地引出自己供奉翰林这段辉煌而短暂的历史来。

"中回圣明顾,挥翰凌云烟。骑虎不敢下,攀龙忽堕天。"这几句写自己得到皇帝任用的情况。由于好友吴筠的推荐,又得当朝大臣贺知章的赏识,玄宗皇帝亲自召见,李白金殿对策,口若悬河;命草蕃书,笔不停辍。玄宗大为高兴,御手调羹,宝床赐食,命供奉翰林,掌理文书。李白以布衣直接晋升翰林,一介书生,得此殊荣,这实在是他人生历程上辉煌的一章。所以,诗人感恩戴德而又不无得意地写道:"中回圣明顾,挥翰凌云烟。"的确,李白开始非常兴奋,以为施展抱负的时机来到了;殊不知当时的唐王朝已日趋腐败,危机四伏。玄宗与杨贵妃耽于淫乐,不理政务;李林甫等把持朝政,任人唯亲;安禄山等深得优宠,已有图谋。李白对此深为不满和痛恨,同时他的傲岸性格也为权贵们所憎恨。天宝三载,李白就因诽谤而被革职放还,结束了不到两年的京城生活。"骑虎不敢下,攀龙忽堕天",这两句十分形象地概括了这段供奉翰林的词臣生涯。俗话说"伴君如伴虎",何况李白又是那种傲视王侯的人,危险就更大了。杜甫《饮中八仙歌》说:"李白斗酒诗百篇,长安市上酒家眠。天子呼来不上船,自称臣是酒中仙。"这虽有

● 祝帅 作 （祝帅，北京大学图书馆副馆长、研究员、博士生导师）

忆昔作少年，结交赵与燕。金羁络骏马，锦带横龙泉。
心存万古事，而乃向凡徒。羞晚官贵此，诛戮精草木，若先具名东。
壮士苦自误，贤才困重明。鼓鞍辞帝神，翰凌云烟骑，霁不歇。
六膂恭忽陆，天一逢客守清真，孤洁厉秋霜，炼丹费灯名。
携药索名山，卧海不问人租税，辽东凡柴典，忽复起抟。
孤渍中纷语暗惜旧疆，出飞似，倒不报投我，自此分。
毛羽涩凋零。

李太白诗 别广陵诸公一首

甲午古秋凌晨 梅川祝帅书于北京花家地

夸张，但李白的傲慢可见一斑。所以从某种意义上说，李白在政治上的失败是注定了的。本想建功立业，不料反从云天中坠落下来，跌了个粉身碎骨。由于这次教训，诗人认清了政治的黑暗和险恶，决意退避三舍，去修身养性。

"还家守清真，孤洁励秋蝉。炼丹费火石，采药穷山川。卧海不关人，租税辽东田。"这几句表示自己要守真修炼，砥砺高尚品性。首先以秋蝉自励。蝉生于土，升于高木，吟风饮露，乃是高洁的象征。郭璞《蝉赞》云："虫之精洁，可贵唯蝉。潜秽弃蜕，饮露恒鲜。"接着以学道求仙寄托情怀。李白信奉道家，到处求仙访道。确有记载，说他炼过金丹，受过道箓。我以为李白决不会相信人真能修炼成仙，他这种所作所为只不过是一种放浪形骸的寄托而已。最后以高士管宁自勉。汉末管宁避乱辽东海隅三十余年，后魏文帝拜其为太中大夫，魏明帝拜为光禄勋，管宁皆辞而不就。皇甫谧《高士传》记载："人或牛暴宁田者，宁为牵饲之，其人大惭。"文天祥《正气歌》也称道管宁"清操厉冰雪"。

最后，诗人写自己佯狂醉酒，辞别友人，回到了诗歌的题目上来。"乘兴忽复起，棹歌溪中船。"诗人本在一片淡泊宁静的气氛中守真励节，忽然来了兴致，便泛舟去游览。"棹歌"，是一边划桨一边唱歌，表现了诗人无拘无束的样子。"临醉谢葛强，山公欲倒鞭。"这里借用晋人山简的典故，形容自己的醉态。山公，即山简，"竹林七贤"之一的山涛之子；葛强，是山简的爱将，并州人。山简好酒，耽于优游，镇襄阳时，常常外出游嬉，每次必大醉而归。当地有歌谣曰："山公出何许？往至高阳池。日夕倒载归，酩酊无所知。时时能骑马，倒著白接䍦。举鞭向葛强，何如并州儿？"

"白接䍦"，是一种白帽子，山简因为喝醉了酒，连帽子都戴反了。李白另有一首《襄阳曲》（其二）也是吟咏山简的："山公醉酒时，酩酊高阳下。头上白接䍦，倒著还骑马。"李白"长安市上酒家眠"，好酒的劲头不亚于这位山公，故常引其为知己。"狂歌自此别，垂钓沧浪前。"最后点题，表明与"广陵诸公"辞别。"沧浪"，当是取《渔父》之意，"沧浪之水清兮，可以濯我缨；沧浪之水浊兮，可以濯我足。"天生我材既无用，我就做一个狂人，做一个酒徒，随波逐流，苟且偷生罢了！

这首诗文字虽短，但信息含量极大，差不多囊括了诗人一生的主要经历和思想变化，展示了诗人从一个积极的"狂人"到一个消极的"狂人"的演变过程。这当然是李白的人生悲剧，但是，"我不弃世人，世人自弃我"，归根到底，诗人的悲剧是社会造成的。

邱振中 作 （邱振中，中央美术学院教授、博士生导师，中央美术学院书法与绘画比较研究中心主任）

丞相祠堂何处寻 锦官城外柏森森 映阶碧草自春色 隔叶黄鹂空好音 三顾频烦天下计 两朝开济老臣心 出师未捷身先死 长使英雄泪满襟

杜甫诗 甲午岁春 振中

丞相祠堂何处寻？锦官城外柏森森。

映阶碧草自春色，隔叶黄鹂空好音。

三顾频烦天下计，两朝开济老臣心。

出师未捷身先死，长使英雄泪满襟。

《蜀相》　杜甫

我们在读李白和杜甫诗歌的时候，有这样一个强烈的印象，说得不太文雅一点，李白是酒鬼，杜甫是泪人。

李白之醉酒，固然有其消极成分，可是，诗人又何尝不是胸怀壮志，希望有所作为的呢！饮酒漫游只不过是他对黑暗的现实社会所表示的愤懑和超脱而已。

杜甫之落泪，则百分之百是积极的，诗人的泪水，浸透着他真挚深沉的忧国忧民之心。在那个时代，奸党横行，逆贼作乱，他为朝廷落泪；山河破碎，万方多难，他为国家落泪；饿殍遍野，民不聊生，他为人民落泪……诚然，他也为自己落泪：为自己怀才不遇、请缨无路落泪；也为自己穷愁潦倒、流离失所落泪……陈毅有一首《冬夜杂咏》的诗说："干戈离乱中，忧国忧民泪。"这是对杜甫也是对杜诗的高度概括。

《蜀相》是一首咏怀古迹的诗，但它不是一首普通的咏古诗，而是一首饱蘸泪水写成的悲愤诗。诗人不仅表达了对诸葛丞相的敬仰和惋惜之情，更主要的是借凭吊古人以抒发自己英雄失路、报国无门的内心感慨。

这是一首七律，从诗的内容来看，可以分为前后两个部分：第一、二两联描写祠堂，是写景；第三、四两联慨叹丞相，是抒情。景缘情生，情随景发，情景交融，浑然一体。

我们先来看首联：

丞相祠堂何处寻？锦官城外柏森森。

这两句交代丞相祠堂的位置。

所谓"丞相"，指的就是三国时候蜀国的丞相诸葛亮。杜甫生平十分敬仰诸葛亮。这当然主要是因为诗人怀有"穷年忧黎元，叹息肠内热""致君尧舜上，再使风俗淳"的政治热情和抱负，而诸葛亮这位满腹经纶、尽忠为国的蜀汉良臣自然就是他心目中的楷模了。"锦官城"亦称"锦城"，故址在今四川省成都市西南，古代因这里织锦业十分发达，设有专门管理织锦的官员，故有此名，后人又用作成都的别称。诗中所说的"锦官城"就是指成都而言，它曾是三国时蜀国的都城，诸葛亮在这里主持国政达二十余年，后来晋朝的李雄为他建立了祠堂，这就是今天我们仍然可以看到的古迹——位于成都的"武侯祠"。杜甫在成都曾多次拜谒丞相祠堂，写下了不少吟咏武侯的诗，而这首《蜀相》则是他"初至成都时作"。杜甫在肃宗乾元二年（759）经秦州入蜀，定居在成都浣花溪畔，这便是有名的杜甫草堂。第二年春天，草堂刚刚落成，杜甫便满怀深情地去寻访诸葛武侯的旧祠了。

起句"丞相祠堂何处寻"，着一"寻"字，足以表现诗人对诸葛丞相的敬慕之情——是专诚拜谒，不是信步由之。而用"何处寻"三字作一设问句，则又流露出一丝淡淡的伤感情调。接下一句"锦官城外柏森森"，从语气上看，是自答；从感情上看，那伤感的情调是愈加浓重了。诗人向城郊走去，远远地一望，森森古柏之处大约便是丞相祠堂了。这里单单言柏，不仅因为柏树高大苍翠，引人注目，更主要的是诗人对它别有一番情意。我们可以设想：杜甫在凭吊之前一定是向当地人了解了丞相祠堂的大致情形的，而相传祠前有丞相手植古柏两棵，亦必定早有所闻，所以，诗人对古柏是特别关切的。当他料定那地方就是丞相旧祠的时候，最先注意到古柏，当是十分自然的了。进而还可以想象：诗人来到祠堂前，看到丞相亲手栽下的那两棵古柏，必定还要在树下伫立凝视，扪摩再三。

接下第二联是描写丞相祠堂的景物：

映阶碧草自春色，隔叶黄鹂空好音。

我们说开头两句含有伤感情调，而这两句则进而更带悲凉色彩。春天来了，青草茂盛，以至于把台阶上的石板都映照成碧绿的颜色；隔着树叶，可以听到黄鹂在枝头鸣叫，十分清脆悦耳。这是以草木的繁茂反衬祠堂的荒凉，以鸟鸣的声音显出祠堂的冷落。试想，如果游人稠密，哪来碧草映阶，黄鹂恐怕也不敢在那儿啭弄佳音了。诗人置身于如此阒静冷清的祠堂院落当中，此时此刻，他所感受到的是什么呢？句中的"自""空"二字十分恰切地表达了诗人这一瞬间的全部感情——朝代的兴替，人事的变迁，沧海桑田，诸葛武侯身后竟是这样一番凄凉景象。"一世之雄，而今安在哉！"仇兆鳌在《杜诗详注》中说，"此写祠堂荒凉，而感物思人之意即在言外"，的确颇得此中三昧。

诗的前半部分写景状物，景随情迁，因而写得颇为悲凉，渲染了气氛。后半部分写人论事，是诗的重点所在，因为诗标题"蜀相"，当然主要是写人的；否则，诗人或许就要改题"游丞相祠"之类了。

下面再来看第三联：

三顾频烦天下计，两朝开济老臣心。

这两句是概括丞相和蜀主君臣相与为用的事迹。

一般认为，"三顾频烦天下计，两朝开济老臣心"这两句诗是对诸葛亮一生的高度概括和评价，这固然说得通。但是，仔细加以分析，这里是以刘备和诸葛亮对言，前一句写君，后一句写臣。这事迹是大家所熟知的，诸葛亮隐居隆中，蜀主刘备以天下为重，三顾茅庐，请求他出山相助，使得这位留心世务的"卧龙"先生得以一展宏图。诸葛亮出山以后，屡建奇勋，他一生忠于蜀汉，深得信任，既协助先主开创基业，又辅佐后主济世守成，真可谓鞠躬尽瘁，死而后已。因此，后人便把刘备和诸葛亮看作是明君贤臣的典范。

龚自珍有一篇《明良论》，专门讨论君臣关系，认为明君与良臣是相辅相成的。杜甫这样对比吟咏，便是要说明君臣相与为用的道理。言外之意是：我老杜"葵藿倾太阳，物性固莫夺"，这一片痴诚的"老臣心"，怎么就不会被一位贤明的君主知遇呢？我们似乎可以这样理解：这两句诗是全诗本旨所在，即借蜀汉君臣相与为用的事例，感叹自己怀才不遇、报国无门的苦衷。

尾联接着写诗人对丞相事业未竟而痛极垂泪：

出师未捷身先死，长使英雄泪满襟。

诸葛亮六出祁山，七擒孟获，为蜀汉立下了汗马功劳。最后率师北伐，希望"兴复汉室"，统一天下。不料在后主建兴十二年（234），与司马懿相持渭水，胜负未决，大志未遂，竟溘然病逝于军中，所以说"出师未捷身先死"。杜甫把此引为莫大的憾事，以至于"痛心酸鼻，老泪纵横"。如果说，第三联诗人慨叹自身之意是寓于叙丞相事迹之中的，那么尾联这种慨叹不仅达到了顶点，而且表现更为直观。我们完全可以想见，诗人在丞相祠前长吁短叹之后，一定是挥泪而别的。清代人浦起龙在《读杜心解》中说，"武侯精爽，定闻此哭声"，还说诗人是声泪俱下的呢！

值得注意的是，句中"英雄"二字，含义十分丰富。诸葛亮雄才大略，两朝开济，固属英雄；而杜甫心怀国家，热爱人民，亦自谓英雄。由此可见，这里的"英雄"是以韬略事业为本，以爱国爱民为骨。杜甫英雄失路，无从创英雄之业，因而落英雄之泪。杜甫曾在另一首题为《岁暮》的诗中写道："济时敢爱死？寂寞壮心惊！"正好可以与这两句诗互为印证。英雄落泪，血气为之，尾联蕴含着十分深沉而又激昂的感情，不但没有丝毫的颓丧之意，而且具有动人心魄的巨大力量。后来，历史上许多英雄志士在事业未竟之时多吟诵此联，成为千古名句。例如，中唐改革家王叔文遭到挫败时，反复吟诵此联，流涕不已。南宋爱国将领宗泽为大宋江山忧愤成疾，临终前亦诵此二句，三呼"过河"而卒。

吊古之作，无不感时而发，所以咏古抒怀，本为一事，此乃自古而然。杜甫这首诗较之一般咏古伤时、借古讽今之作却要高出一筹，就是因为鲜明地表现了诗人自己的形象。诗中句句咏古，却又字字抒怀；无一字言及自己，却又无处不在表露自己的内心感慨。诗人隐然以武侯自比，所憾"先主"未遇，因而"泪流满襟"，怨而曲，忧而沉，悲而壮，表现得十分真挚，十分深厚，十分含蓄。因此，我们开头用"泪人"来形容诗人，应该不失度吧？

篆刻释文：风烟俱净（邵晨 作）

柳先生曰：越人少恩，生男女，必货视之。自毁齿以上，父兄鬻卖，以觊其利。不足，则盗取他室，束缚钳梏之。至有须鬣者，力不胜，皆屈为僮。当道相贼杀以为俗，幸得壮大，则缚取幺弱者。汉官因以为己利，苟得僮，恣所为不问。是以越中户口滋耗，少得自脱。惟童区寄十一岁胜，斯亦奇矣。桂部从事杜周士为余言之。

童寄者，郴州荛牧儿也。行牧且荛，二豪贼劫持，反接，布囊其口，去逾四十里之墟所卖之。寄伪儿啼，恐栗，为儿恒状。贼易之，对饮，酒醉。一人去为市，一人卧，植刃道上。童微伺其睡，以缚背刃，力上下，得绝，因取刃杀之。逃未及远，市者还，得童，大骇，将杀童。遽曰："为两郎僮，孰若为一郎僮耶？彼不我恩也。郎诚见完与恩，无所不可。"市者良久计曰："与其杀是僮，孰若卖之？与其卖而分，孰若吾得专焉？幸而杀彼，甚善。"即藏其尸，持童抵主人所，愈束缚，牢甚。夜半，童自转，以缚即炉火烧绝之，虽疮手勿惮；复取刃杀市者。因大号，一墟皆惊。童曰："我区氏儿也，不当为僮。贼二人得我，我幸皆杀之矣。愿以闻于官。"

墟吏白州，州白大府。大府召视儿，幼愿耳。刺史颜证奇之，留为小吏，不肯。与衣裳，吏护还之乡。乡之行劫缚者，侧目莫敢过其门。皆曰："是儿少秦武阳二岁，而讨杀二豪，岂可近耶！"

《童区寄传》　柳宗元

《童区寄传》是为一个名叫区寄的小孩写的一篇传记。一般认为，是柳宗元贬在柳州做刺史的时候写的。根据史书记载，唐代岭南、黔中、福建等道的官僚，多与当地豪强勾结，收买儿童，称为"南口"，贡献给朝廷，以贿赂权贵。他们的罪恶活动，造成了当地盗卖儿童的恶俗。这篇传记通过记叙牧童区寄机智勇敢、不畏强暴同劫贼做斗争的生动事迹，反映了这一社会问题。

　　文章开头一段是这篇传记的"引子"，交代作传的起因和材料的来源。"柳先生曰：越人少恩，生男女，必货视之。""柳先生"是作者自称，这是仿效《史记》"太史公曰"的写法，不同的是"太史公曰"写在文章末尾，而"柳先生曰"居于文章开头。"越"本是古国名，因地处僻远，被视为蛮荒之地；这里的"越人"是泛指柳州一带不太开化的土著民族。"少恩"是缺少情义的意思。"货视之"，就是把生下来的孩子看作可以买卖的货物。这句说，越人愚昧落后，不懂情义，生了孩子，便把他当作货物看待。从语气上看，作者对越人这种恶俗是感到沉痛的；至于把贩卖儿女的原因归结为"少恩"则是错误的，至少是不全面的。因为，这既有越人文化落后、愚昧无知的一面，而更主要的还是由于当时政治和社会黑暗，民不聊生所造成的。实际上，下文已有进一步的说明。"自毁齿以上，父兄鬻卖，以觊其利。""毁齿"是小孩换牙，这里借指年龄，大约是七八岁的时候。"鬻"就是卖，"鬻卖"即出卖。"觊"是贪图、企求的意思。这句说，小孩长到七八岁的时候，父母兄长为了贪图钱财，就把他出卖掉。注意句中"利"字紧扣上一句的"货"字。"不足，则盗取他室，束缚钳梏之。""他室"指别人家的孩子，"钳梏"是两种刑具，这里用作动词。这句说，卖了自家孩子还不满足，就把别人家的孩子偷来，捆住手脚，套上枷锁。"至有须鬣者，力不胜，皆屈为僮。""须鬣者"，指长了胡须的成年人，"僮"是奴仆。这句是说，甚至有的成年人因气力敌不过别人，也都被强迫卖为奴仆。这样一来，就搞得劫缚成风了，以至于"当道相贼杀以为俗"，在大路上公然进行掠夺和残杀成了司空见惯的事。"幸得壮大，则缚取幺弱者"，"幺"是小的意思，"幺弱者"是幼小体弱的人。这句说，有的侥幸小时免于被卖，一旦长成了强壮的汉子，就又去绑架那些年幼弱小的人。这几句是写"越人"盗卖儿童的情况，那么，地方官吏是如何对待这个问题的呢？"汉官因以为己利，苟得僮，恣所为不问。""汉官"即汉族官吏，唐代在少数民族地区常委派汉族人去做地方官。"恣"是放任、放纵的意思。"不问"就是不过问。这句说，汉族官员借此牟利，只要能买到这种廉价的奴仆，也就放任不管。由于"越人"劫缚成风，加之"汉官"从中渔利，任其所为，"是以越中户口滋耗"，"是以"就是"以是"，也就是"因此"。"滋耗"是日益减少的意思。这句

東縛牢甚衣其童自轉以
緺印煙尖焼絹之維磨手勿
悍後眇刃殺市者因大師
一埕皆然童曰我區民然也云
當為僮僕二人得家幸皆
殺之言顧以閌於官埕吏白
州白大府大府召視兒幼願
耳刺史顏證書之當為小吏
不肯与衣裳吏謹逐之鄉
之凡劫絹者側目莫敢過其
門皆曰是兒少秦武二豪而
討殺二豪豈可近耶

二〇一五年六月

旭初書

● 旭初 作 （阎焕东，字旭初，中国人民大学美学研究所副所长、教授，《中国文化报》原副总编）

童區寄傳　柳宗元

童寄者，郴州蕘牧兒也。行
牧且蕘，二豪賊劫持反接布
囊其口，去逾四十里之墟所賣
之。寄偽兒啼，恐栗為兒恆狀。
賊易之，對飲酒醉。一人去為
市，一人臥，植刃道上。童微伺
其睡，以縛背刃，力上下，得絕。因
取刃殺之。逃未及遠，市者還，
得童大駭，將殺童。遽曰：為兩
郎僮，孰若為一郎僮耶？彼不我恩也，
郎誠見完與恩，無所不可。市
者良久計曰：與其殺是僮，
孰若賣之？與其賣而分，孰若

说，由于上述原因，越中户口越来越少。这是写贩卖儿童的恶俗带来的严重后果。

以上是第一层意思，既交代了事件的背景和来龙去脉，更为所记人物的出场做了很好的铺垫和渲染。"少得自脱，惟童区寄十一岁胜，斯亦奇矣"，"自脱"是依靠自己的力量得以脱身。"斯"是指示代词，指区寄十一岁得以自脱这件事。这句说，越地这种恶俗，很少有人逃脱得了，唯独十一岁的儿童区寄能胜利脱身，这也就很稀奇了。这里点出一"奇"字，它是统贯全篇的。这段的最后一句说区寄的故事是"桂部从事杜周士为余言之"，"桂部"指当时桂管经略观察使所管辖的区域，包括今广西桂林一带。"从事"是官名，属于刺史的助手。"杜周士"是人名，曾做过桂管从事。这句明确交代材料的来源，说明下面将要叙述的故事并非子虚乌有。接着，作者便有声有色、活灵活现地描绘了一个少年英雄的形象。

"童寄者，郴州荛（ráo）牧儿也。"这简短的一句话，便清楚地介绍了人物的姓名、年纪、籍贯和身份。这种写法也是《史记》的笔法。"郴州"今湖南省郴县。根据陈景云《柳集点勘》，"郴州"当为"柳州"，"郴"字为"柳"字之误。"荛"是打柴，"荛牧儿"就是打柴放牛的孩子。这句说，区寄只不过是一个普通的打柴放牛的小孩，并没有什么出奇的地方。"行牧且荛，二豪贼劫持，反接，布囊其口，去逾四十里之墟所卖之。""行"是正当的意思。"囊"是口袋，这里作动词用，蒙住的意思。"去"是离开。正当区寄一面放牛一面打柴的时候，突然被两个暴徒绑架了。暴徒把他的双手反背捆了起来，又用布捂住他的嘴，把他带到四十里之外的集市上卖掉。这是故事的开端，写区寄遇贼。一个十来岁的放牛娃，遇上这样两个凶狠的豪贼，倘若是一般的孩子，吓也得吓个半死。可是，区寄却不然，显得十分沉着而机智。"寄伪儿啼，恐栗为儿恒状。""伪"是装样子。"恐栗"是吓得发抖的样子。"恒状"就是常态。区寄装着哭了，并做出小孩子平常恐惧的样子。很显然，区寄是在用计麻痹贼人。"贼易之，对饮，酒醉。一人去为市，一人卧，植刃道上。""易"是轻视的意思，因为区寄是个小孩，并且吓得哭了，所以贼人满不在乎，一心喝酒。这正是区寄的伪装所产生的效果。"为市"就是谈生意，即到市场上去找买主，讲价钱。"植刃道上"，就是把刀插在大路上，这一"植"字用得很形象。这几句说明贼人绑架儿童是在光天化日之下干的，并且毫无顾忌地带到集市上贩卖，呼应上文"当道相贼杀以为俗"。两个豪贼，一个去洽谈生意了；另一个留下看守，却并不在意，加之喝得酩酊大醉，不一会便呼呼睡着了。"童微伺其睡，以缚背刃，力上下，得绝，因取刃杀之。""微伺"是悄悄地窥察等候。"绝"是断的意思。区寄发现贼人睡着了，便把反背捆着的绳子对着贼人插在路上的刀刃，用力上下推拉，割断了绳索，就拿起刀来把那个贼人杀死了。可见，区寄不仅灵活机智，而且大胆果断。这是第一层，写区寄遇贼被缚，并设法杀死了第一个贼人。

区寄在落入贼手的险恶处境下居然伺机杀死豪贼，这已有些"奇"了，然而更"奇"的是他接着又杀死了第二个贼人。且看他是如何赚得这第二个贼人的。"逃未及远，市者还，得童，大骇，将杀童。"区寄杀死第一个贼人后便逃跑了，可是没逃多远，就被另一个去集市上洽谈生意的贼人抓住。贼人见同伙被杀，十分惊骇，打算将区寄杀死。看来，区寄必死无疑了，然而他却十分机智地化险为夷。"遽曰：'为两郎僮，孰若为一郎僮耶？彼不我恩也。郎诚见完与恩，无所不可。'""遽"是急忙的意思。我们可以想象，当时贼人是何等愤怒，也许屠刀已经高高举起。所以，这一"遽"字突出了区寄随机应变的能力。"郎"是仆人对主人的尊称。"不我恩"就是"不恩我"，即不好好待我，"恩"作动词。"见完"是保全性命的意思。区寄急忙说："做两位郎君的奴仆，哪里比得上做一位郎君的奴仆呢？他不好好待我，您果真能保全我的性命并待我好，无论如何都可以。"区寄利用贼人之间的利害关系，抓住了贼人贪婪的特点，所以，"市者良久计曰：'与其杀是僮，孰若卖之？与其卖而分，孰若吾得专焉？幸而杀彼，甚善。'""计"是在心里盘算。"专"是独占的意思。贼人盘算了很久，觉得区寄的说法有道理，杀了他不如卖掉，卖掉两人对半分钱不如一人独吞。"即藏其尸，持童抵主人所，愈束缚，牢甚。"于是，贼人便把同伙的尸体藏了起来，带着区寄来到了买主那里，把他捆得越发结实了。这当然是吸取了前贼的教训，殊不知机智勇敢的区寄仍在伺机杀贼。"夜半，童自转，以缚即炉火烧绝之，虽疮手勿惮，复取刃杀市者。""即"是靠近。"疮"这里指被火灼伤。等到半夜的时候，大约贼人松懈了，区寄便转过身来，把捆绑的绳子就着炉火烧断了，虽然烧伤了手也不怕；又拿过刀来，将要卖他的另一豪贼也杀死了。这是第二层，写区寄用计杀死第二个贼人，情节发展，愈来愈"奇"。

第三层是写区寄连杀二贼之后自诉于官。本来，两个豪贼都被杀死，区寄可以放心逃走了，然而他并没有一逃了事。"因大号，一墟皆惊。""大号"是大声喊叫。一墟皆惊，是说整个集镇都为区寄赚杀二贼而感到惊奇。"童曰：'我区氏儿也，不当为僮。贼二人得我，我幸皆杀之矣。愿以闻于官。'"区寄当众陈述杀贼的事由，也不隐瞒自己的身份，并愿意将这事报告官府。由此可见，区寄不仅有智有勇，而且敢作敢当，真是难能可贵，奇而又奇。

以上是第二大段，叙述区寄连赚二贼的全过程，是文章的重点部分。以下为第三段，写区寄杀贼后的社会影响。分两层来写，都是从侧面来赞扬区寄。

第一层写官府对区寄的处理情况。"墟吏白州，州白大府。大府召视儿，幼愿耳。""墟吏"是墟镇上管理集市的小官吏。"白"是向上级报告。"大府"，唐代节度使或观察使管理几个州，称为"大府"。"召"是召见。"幼愿"是年幼而又老实的样子。这几句说，墟吏等逐级上报，一直报告到大府那里。大府召见了区寄，没想到原来是个年幼老实的小孩子。"刺史颜证奇之，留为小吏，不肯。与衣裳，吏护还之乡。""颜证"，当时任桂州刺史、桂管观察使。"奇之"是以之为奇，"奇"在这里作意动用法。这里再一次点出"奇"字，反映了官府对区寄的看法。颜证觉得区寄这孩子很不简单，想把他留在府上充小吏，但区寄坚决不肯。所以，颜证只好给了他一些衣裳，并派差役护送他回家。官府不但没有处罚他，反而奖赏了他。

第二层是写乡间豪贼对区寄的畏惧。"乡之行劫缚者，侧目莫敢过其门。皆曰：'是儿少秦武阳二岁，而讨杀二豪，岂可近耶！'""侧目"是斜着眼看，意思是十分敬畏，不敢正视。秦武阳，战国时燕国人，十三岁杀人，燕太子丹曾派他做荆轲的副手去刺杀秦始皇。因为区寄只有十一岁，所以说"少秦武阳二岁"。这几句说，乡里那些干绑架贩卖儿童勾当的人，都很怕区寄，甚至没有哪一个敢从他家门前经过。都说：这孩子比秦武阳还小两岁，却杀掉了两个豪强，谁敢惹他呢！这是借"乡之行劫缚者"的话，来反衬区寄杀贼一事的震动之大，威慑力之强。文章到这里煞尾，饶有余味。

根据《旧唐书·柳宗元本传》的记载，"柳州土俗，以男女质钱，过期则没入钱主。宗元革其乡法，其以没者，乃出私钱赎之，归其父母。"在《新唐书本传》及韩愈《柳子厚墓志铭》中也都有类似的记载。可见，柳宗元写这篇文章是有感而发的，揭露了当时"越人"盗卖人口的社会现实。不仅如此，柳宗元还革除了当地买卖儿童的恶俗，受到人民的爱戴。这与本文所写到的汉官"恣所为不问"大不一样。

柳宗元是唐代杰出的散文家，他的政论文章和山水游记都有不少传世之作，历来受到人们的喜爱。人物传记虽然不多，文集中只有七八篇，但都很有特色。例如《种树郭橐驼传》《梓人传》《宋清传》等，大都把人物传记和寓言结合起来，借题发挥，寓意深刻。

《童区寄传》则基本上以真人真事为基础，塑造了一个机智勇敢的少年英雄形象。作者不愧为文章高手，全文不过五六百字，笔墨非常洗练，语言十分生动，既有正面描写，又有侧面烘托，既有叙述、对话，还有心理刻画；一波三折，险情迭起，富于传奇色彩。读后，一个活脱脱的少年英雄形象便出现在我们面前。

哀溺文　柳宗元

永之氓咸善游一日水暴
甚五六氓乘小船絕湘水
中济船破皆游其一氓
尽力而不能尽常其侣
曰汝善游最也今何後
为曰吾腰千钱重是以
後曰与不去之不应
摇其首有顷益怠已
济者立岸上呼且邪曰
汝愚之甚蔽之甚身
且死何以货为又摇其
首遂溺死

胜在甲午冬至后一日
湘人文飞误录

● 肖文飞 作 （肖文飞，中国艺术研究院中国书法院学术部主任，中央美术学院美术学博士）

永之氓咸善游。一日，水暴甚，有五六
氓乘小船绝湘水。中济，船破，皆游。
其一氓尽力而不能寻常。其侣曰："汝善
游最也，今何后为？"曰："吾腰千钱，
重，是以后。"曰："何不去之？"不应，
摇其首。有顷，益怠。已济者立岸上，
呼且号曰："汝愚之甚！蔽之甚！身且死，
何以货为？"又摇其首，遂溺死。

《哀溺文》　柳宗元

在古今中外文学家的笔下，有一系列各式各样的守财奴形象，我国唐代著名散文家柳宗元也刻画了一个愚不可及而又可悲可叹的守财奴形象。

这篇文章的题目叫"哀溺文"。"溺"是落水的意思，这里指被水淹死的人。文中所描写的是一个落水的人因爱惜钱财而被水淹死的故事。作者写了这篇《哀溺文》来记叙这件事情，目的是希望人们从中吸取教训，得到启发。

这是一篇记叙文。文章很短，也很精练，首尾呼应，一气呵成。

一开头说："永之氓咸善游"，永州的老百姓都很会游泳。"永"，就是永州。永州，在今湖南西南一带，包括广西东北部分地区，治所在今湖南零陵。柳宗元曾被贬到这里做地方官，写过《永州八记》等著名的游记散文。这篇《哀溺文》可能也是在这个时候写的。"氓"，这里与"民"相通，也就是平民百姓的意思。"咸善游"，"咸"是全部、全体的意思；"善游"就是善于游泳；"咸善游"，是说这里的人都擅长游泳。开头这短短一句，只有六个字，却是总领全篇的。这篇文章的题目告诉我们是要哀悼一个被水溺死的人，而文章一上来却说永州的百姓都善于游泳，可能你会觉得有点儿奇怪：既然"善游"，为什么又会溺死呢？好，我们看看作者在布下这一悬念之后，是如何叙述他的故事的。

"一日，水暴甚，有五六氓乘小船绝湘水。"某一天，湘江水暴涨，有五六个人乘着一只小船要渡过湘江去。这是故事的开端，写五六个永州人在江水暴涨的时候乘船渡江。到这里，时间、地点、人物、事件都有了。"水暴甚"，是说江水上涨得很厉害。这里点出"水"字，与前一句交代的"善游"相关。"绝"，是横渡。"湘水"就是湘江，发源于广西，纵贯湖南全省，往北汇入长江。

这五六个永州人在涨水的时候渡江，遇上了什么事情呢？作者接着写道："中济，船破，皆游。"到了江中心，船破了，人们都纷纷泅水逃生。这三句，每句仅有两个字，简练至极，却把故事的一步一步发展交代得清清楚楚。"中济"，"济"是动词，就是渡的意思，成语"同舟共济"的"济"也是这个意思。"中济"即济于中，也就是渡到了江中心。"船破"，显然这和上面讲的"水暴甚"和"小船"有关，因为江水猛涨，巨浪翻滚，这只小船到了中流，就被巨浪给冲破了。"皆游"，紧扣开头"咸善游"，船破了，船上的五六个人并没有惊慌失措，因为他们都会游泳。

前面两句叙述故事的开端和发展，描写五六个永州百姓乘船渡江，船破皆游，这是总写，是全景。接着，便把镜头转向"五六氓"中的"一氓"："其一氓尽力而不能寻常。"这五六人中的一个虽然尽力而游，也游不了多长距离。"寻常"，是古代的长度单位，古制八尺为一寻，两寻为一常。

"不能寻常"，是说这个人游得很慢，游不了几尺远，远远地落在后头。因此，"其侣曰：'汝善游最也，今何后为？'"他的同伴见他游不动，便问他："你很会游泳，而且是我们当中游得最出色的，今天为什么倒落在后头？""今何后为"中的"为"，是古文中的句末助词，这里表示疑问。是啊，不仅"善游"，而且是善中之"最"，反而落在最后，怎能不令人奇怪呢？那么究竟是什么原因呢？"曰：'吾腰千钱，重，是以后。'"他回答道："我腰间缠着一千枚铜钱，很沉重，所以落后。"由此，我们知道，这个落在后头游不动的人，原来是腰间带着钱，因为那时候的钱不是纸币，而是金属做成的，很沉重，所以竟然使他这个平时"善游"为"最"的人也游不快了。同伴得知，便急忙对他讲："何不去之？"你怎么不把钱扔掉呢？"去之"的"去"，是除去、抛弃的意思；之，这里代指钱。显然，这时候只有"去之"，把钱扔掉，才是他摆脱危险困境的唯一的正确选择。然而，他对同伴们的提醒却"不应，摇其首"，他没有回答，只是摇了摇头。这里的"不应，摇其首"五字最值得玩味，既表现了他不听取同伙的劝告，舍不得把钱扔掉；同时似乎也在向我们暗示，他已经连说话的气力都没有了，只是轻轻摇了摇头。所以，"有顷，益怠。""有顷"，是过了一会儿。"怠"，这里是疲倦的意思。过了一会儿，他更加疲惫不堪了。读到这里，我们仿佛看见这个愚蠢的守财奴在江中苦苦挣扎着，越来越不行了。

这时候，同伴们都已游到了岸边。"已济者立岸上，呼且号曰：'汝愚之甚！蔽之甚！身且死，何以货为？'"已经游到岸边的同伴，站在岸上大声呼叫："你真是愚蠢透顶，财迷心窍，人都快要死了，还要钱有什么用处呢？""愚之甚"，就是愚蠢到了极点。"蔽之甚"的"蔽"，指为金钱所蒙蔽、迷惑；"蔽之甚"，用今天通行的话说，就是不开窍到了极点。"何以货为"中的"货"，是钱财的意思；"为"，表示反问。"何以货为"，还要钱干什么用呢？"身且死，何以货为？"同伴们在紧急关头晓以利害，可谓中肯之极。然而，他死到临头，还是执迷不悟："又摇其首，遂溺死。"他又摇了摇头，还是舍不得把钱扔掉，就这样，他很快就被淹死了——这便是这个守财奴的结局，也是故事的结局。

这个要钱不要命的傻瓜虽然已经沉入江底，与他的一千钱一道永远埋进泥沙之中；但柳宗元所刻画的这个愚蠢的守财奴形象，却十分鲜明地呈现在我们面前。读了这个近乎寓言的故事，在对溺者的感慨之余，难道我们不应该引起警醒和思考吗？在现实生活中，像这类要钱不要命的人，并不是不存在的。譬如，现在有些人利用职权贪赃枉法、贪污受贿、贪得无厌，到头来落得身败名裂、人财两空，甚至是锒铛入狱、身首异处的可悲下场。这难道不与故事中的溺者一样，也是"愚之甚""蔽之甚"吗？这些人不也同溺者一样可笑、可悲、可哀、可鄙吗？

篆刻释文：负者歌于途（房钢 作）

扫码收听

则天时，南海郡献集翠裘，珍丽异常。张昌宗侍侧，则天因以赐之。遂命披裘，供奉双陆。

宰相狄梁公仁杰时入奏事，则天令昇座，因命梁公与昌宗双陆。梁公拜恩就局。则天曰："卿二人赌何物？"梁公对曰："争先三筹，赌昌宗所衣毛裘。"则天谓曰："卿以何物为对？"梁公指所衣紫绅袍曰："臣以此敌。"则天笑曰："卿未知此裘价逾千金，卿之所指，为不等矣。"梁公起曰："臣此袍乃大臣朝见奏对之衣，昌宗所衣乃嬖幸宠遇之服，对臣之袍，臣犹怏怏。"则天业已处分，遂依其说，而昌宗心赧神沮，气势索莫，累局连北。

梁公对御，就褫其裘，拜恩而出。及至光范门，遂付家奴衣之，乃策马而去。

《集翠裘》　薛用弱

在我国古代，封建帝王的周围常常有一些地位不高，却很有能耐的近侍（所谓近侍，就是能亲近和侍奉皇帝的人），他们终日与帝王周旋，阿谀奉承，迎合帝意，深得宠幸，有的甚至操纵帝王，专权误国。与此同时，也常有一些忠君爱国、刚直不阿、疾恶如仇的大臣，与那些受宠的近臣相对立。他们一身正气，不畏权势，敢作敢为，有时候搞得近侍甚至帝王都十分难堪，下不了台。唐代薛用弱所撰《集异记》那本书中有一篇题为《集翠裘》的笔记小说，记叙武则天统治时期近侍张昌宗与大臣狄仁杰的故事，生动地刻画了这样两类不同的人物形象，分别对他们进行了辛辣的嘲讽和热情的赞颂，读后能让你为之拍手称快。下面就向您介绍《集翠裘》这篇笔记小说。

先解释一下题目"集翠裘"。"裘"是用毛、皮做成的衣服；"集翠裘"，是集翠鸟的羽毛制作而成的一种非常名贵的衣服。因为这篇笔记小说自始至终是围绕集翠裘展开故事情节的，所以用它来作文章的题目。

文章开头写道："则天时，南海郡献集翠裘，珍丽异常。"武则天的时候，南海郡贡献了一件集翠裘，十分珍奇美丽。可见，这个故事发生在武则天的时代。大家知道，武则天是我国历史上唯一的女皇帝，她原先是唐高宗的皇后，高宗时就曾代理朝政。高宗死后，她先后废中宗、睿宗，自称神圣皇帝，改国号"唐"为"周"，在位十五年。"南海郡"，是现在的广州一带，郡治就在今广州市。这是故事的开端，交代时间和集翠裘的来历。这段话语言十分简练，形容集翠裘只用了"珍丽异常"四个字加以概括，并没有具体描写其如何珍丽，因为集翠裘不是主要的描写对象，只是作为一个由头；主要描写对象是通过集翠裘引出的不同人物。

"张昌宗侍侧，则天因以赐之。"南海郡进贡集翠裘的时候，正好张昌宗侍奉在武则天身旁，武则天就把集翠裘赏给了他。这里先引出了主要人物张昌宗。张昌宗是武则天最宠爱的内侍，史书上说他姿容俊美，通晓音乐，在宫中称为"六郎"。当时人杨再思常说："人言六郎似莲花，非也；正谓莲花似六郎耳。"可见其英俊美貌非同一般，因而深得武则天的宠幸。武则天把南海郡的贡品赐给了张昌宗之后，"遂命披裘，供奉双陆。"随即叫张昌宗把这件集翠裘披在身上，侍奉自己玩双陆。双陆，是古时候一种类似象棋的游戏。这是故事的发展，集翠裘被武则天赏赐给了张昌宗，张昌宗遵命披裘，陪着武则天一起玩双陆。

就在武则天与张昌宗一道玩双陆的时候，"宰相狄梁公仁杰时入奏事"，宰相、梁国公狄仁杰进宫来向皇上奏报朝政大事，"则天令界（bì）座"，武则天立即吩咐宫人赐座，"因命梁公与昌宗双陆"，于是就让梁国公狄仁杰同张昌宗玩双陆。到这里又引出了另一个重要人物狄仁杰。狄仁杰是唐代著名的宰相，他在唐高宗时任大理丞，后任豫州、洛州等地方长官，深为百姓爱戴。任宰相时特别重视举贤选能，有知人之明，他所推举的张柬之、姚崇等，都是一代名臣。狄仁杰性情耿直，不畏权势，武则天曾经打算立自己的侄子武三思为太子，狄仁杰竭力劝阻，武则天开始非常不满，后来终于感悟，对狄仁杰十分敬重。狄仁杰死后被封为梁国公，所以这里称"狄梁公"。

狄梁公本是来向皇上奏事的，但武则天却让他与张昌宗玩双陆。皇上的意志臣下怎能违抗，"梁公拜恩就局"，狄梁公感谢皇上的恩典，就入局与张昌宗一道比赛双陆。既然是比赛当然就要决胜负，决胜负就得押赌注。"则天曰：'卿二人赌何物？'"武则天问：二位贤卿赌什么东西呢？看来武则天兴致很高。听了皇上的发问，"梁公对曰：'争先三筹，赌昌宗所衣毛裘。'"狄梁公回答道：如果我赢了三着，就赌张昌宗身上披着的这件裘衣。"则天谓曰：'卿以何物为对？'"武则天又问：如果你输了，拿什么东西赌给他呢？"梁公指所衣紫绝（shī）袍曰：'臣以此敌。'"狄梁公指着自己身上穿的紫色丝袍说道：我拿这件袍子与他相赌。"紫绝袍"，是一种紫色的粗丝织成的袍服。"则天笑曰：'卿未知此裘价逾千金，卿之所指，为不等矣。'"武则天笑笑说：贤卿大概不知道这件裘衣比千两黄金还要贵重吧，贤卿以紫绝袍与之相赌，就不相等了。听狄仁杰以自己的紫绝袍与张昌宗的集翠裘相赌，武则天觉得十分可笑，因为博戏押赌必

● 梁公褫袭图　康晓铭　作　（康晓铭，中国艺术研究院硕士毕业）

须价值相等，在武则天看来，这件集翠裘的价值比千两黄金还贵重，与狄仁杰身上的粗丝袍子是远远不能相等的。狄梁公听武则天说他的紫䌷袍与张昌宗的集翠裘价值远不相等，心中很是不平。"梁公起曰：'臣此袍乃大臣朝见奏对之衣，昌宗所衣乃嬖（bì）幸宠遇之服，对臣之袍，臣犹怏怏。'"狄梁公从座位上站了起来，说道：我这件袍子是大臣上朝拜见君王和奏对策略时所穿的衣服；张昌宗所穿的集翠裘不过是佞幸小人受宠时所得到的衣服，拿来与我相赌，我心里还觉得不乐意呢！这里描写狄梁公的动作"梁公起曰"，这个"起"字用得很好，很能传神。狄梁公显得有些激动，他愤然离开座位，站了起来，说了这么一段掷地有声的话语。

武则天听了这些话当然不会高兴，但是面对这样一位刚正不阿、德高望重的宰相，她又不便发作。"则天业已处分，遂依其说"，因为武则天既已安排好了他们二人玩双陆，也就只得答应按狄梁公的意思办。这里，"则天业已处分"中的"处分"，是吩咐停当的意思。可以想见，此时此刻的张昌宗听了狄梁公的这番带刺的话，是一种什么样的心理状态。"昌宗心赧（nǎn）神沮，气势索莫"，张昌宗内心羞愧，神情沮丧，气势一点也没有了。结果"累局连北"，一连几局都输了。"北"，即败北、失败的意思。张昌宗虽然得到武则天的宠爱，但毕竟只是一个受宠的嬖幸之臣，他完全被宰相狄梁公的凛然正气所慑服，心理上已经不战而败了，所以连续几局都输给了狄梁公。上面这一大段写狄梁公与张昌宗比赛双陆的全过程，最后一段写狄梁公赢了张昌宗之后是如何处置集翠裘的。

集翠裘是皇上赏赐给张昌宗的，虽然押了赌，狄梁公是否真的会把它拿走呢？"梁公对御，就褫（chǐ）其裘，拜恩而出。"狄梁公当着武则天的面把集翠裘从张昌宗身上扒了下来，然后谢恩而出。"对御，就褫其裘"中的"对御"，就是当着皇帝的面（御，指皇帝，这里指的就是武则天）；"褫"就是把衣服从身上扒下来，这是一个颇为粗野的动作。狄梁公说到做到，不给张昌宗什么面子，实际上也没有给武则天留面子，当着皇上的面，就把皇上刚刚赏赐给张昌宗的集翠裘从他身上硬扯了下来。可以想象，当时的张昌宗是怎样的颓丧，怎样的羞愧和怎样的无地自容；而在场的武则天又是怎样的一副尴尬相。然而，狄梁公根本不考虑这些，从张昌宗身上扒下集翠裘以后，拜谢皇上，扬长而去。"及至光范门，遂付家奴衣之，乃策马而去。"到了城南光范门的时候，就把集翠裘给了仆人穿上，自己策马而去。如此"珍丽异常"的集翠裘，在张昌宗身上穿着的时候，狄梁公认为是"嬖幸宠遇之服"，很看它不起，现在赢到自己手中，也视如粪土一般，随手就送给了自己的家奴。这件集翠裘，先由南海郡贡献给朝廷，再由皇帝赏赐给宠臣张昌宗，结果被狄梁公赢得，最后由狄梁公交付自己的家奴。从"嬖幸"到"家奴"，这就是价逾千金的集翠裘的归宿，也是这篇笔记小说《集翠裘》情节发展的结局。

这篇小说刻画人物，采用对比和衬托的手法，带有鲜明的爱憎倾向。作者对他要着力歌颂的人物狄仁杰，除了出场时提到他的姓名，其他各处都没有直呼其名，而是尊称"狄梁公"或"梁公"；对他要极力嘲讽的张昌宗，甚至连皇上武则天，则是直呼其名。作者采用对比的手法，一是以张昌宗与狄仁杰相对比，这是异类相比；一是以宠臣与家奴相对比，这是连类相比。文章正是通过这两方面的衬托对比，把正面歌颂的人物——狄梁公烘托得更加突出，更加鲜明，更加光彩照人。

● 周延 作 （周延，中国艺术研究院书法院展览部副主任，书法学博士）

七夕来时先有期，洞房帘箔至
今垂。玉轮顾兔初生魄，铁网珊瑚
未有枝。检与神方教驻景，收将
凤纸写相思。武皇内传分明在，莫
道人间总不知　李商隐诗
甲午大月 周延

篆刻释文：受命不迁（邵晨 作）

其一

碧城十二曲阑干，犀辟尘埃玉辟寒。
阆苑有书多附鹤，女床无树不栖鸾。
星沉海底当窗见，雨过河源隔座看。
若是晓珠明又定，一生长对水晶盘。

其二

对影闻声已可怜，玉池荷叶正田田。
不逢萧史休回首，莫见洪崖又拍肩。
紫凤放娇衔楚佩，赤鳞狂舞拨湘弦。
鄂君怅望舟中夜，绣被焚香独自眠。

其三

七夕来时先有期，洞房帘箔至今垂。
玉轮顾兔初生魄，铁网珊瑚未有枝。
检与神方教驻景，收将凤纸写相思。
武皇内传分明在，莫道人间总不知。

《碧城三首》　李商隐

义山诗以晦涩难解、寄意遥深著称，《碧城三首》可以说是义山诗中最难解的篇章之一了。古云"诗无达诂"，这三首诗堪为这一古训最有力的证据。明人胡震亨认为是吟咏当时贵主之事，有讽劝之意（《唐音戊签》）；清人姚培谦、徐德泓认为是君门难近，幕府失意之作（《李义山诗集笺注》）；朱彝尊、钱良择认为是为唐明皇、杨太真而作（朱说见《曝书亭集》，钱说见《唐音审体》）。次外，还有诗人自恋及观伎、游仙等种种解说。这些解说也大都能圆融其说，真正是"一千个读者就有一千个哈姆雷特"。于此众说纷纭之中求其确解，几乎不太可能，所以纪晓岚干脆说，这三首诗乃是寓言，其所寓之意则不甚可知（《诗说》）。

回避矛盾固然省事，但却并不能解决问题。不能求得"绝对值"，但至少应该求得"近似值"。仔细玩绎，反复体味全诗，我们觉得胡震亨的说法较为可信，也许就是《碧城三首》的"近似值"。胡氏结合唐代史实，认为是讽刺时事，吟咏贵主，《唐音戊签》指出："唐初公主多自请出家，与二教（佛、道）人媟近。商隐同时如文安、浔阳、平恩、邵阳、永嘉、永安、义昌、安康诸主，皆先后丐为道士，筑观在外。史即不言他丑，于防闲复行召入，颇著微词。"清人程梦星、冯浩以及近人张采田、黄侃也都赞同此说，因取以为解。

《碧城三首》这个诗题，是摘取首章首句首二字为题，本于《三百篇》章法。这在李义山诗中与《无题》诗同属一类。这三首诗，第一首以仙喻道，概写其居处之温馨与情思之幽深；第二首则具体描写其情爱生活，尽管前面这两首都写得绸缪缱绻，情意绵绵；第三首却以讽诫作结，卒章显旨。

先来看第一首。

开头前四句一下子就把我们带进一个城阙巍峨、冰清玉洁、鸾凤和鸣、瑰丽非凡的神仙世界。"碧城"，即是仙人居住的地方。《太平御览》云："元始天尊居紫云之阁，碧霞为城。""十二"是形容城阙之多，并非实数。义山在《九成宫》一诗中亦有"十二层城阆苑西"的句子。"曲阑干"，是说碧城层层叠叠，曲栏回护；加以云霞缭绕，明灭可见，好一派仙宫景象。接着描写仙女服饰的华贵珍异。《南越志》云："高州巨海有大犀，出入有光，其角开水避尘。"《岭表录异》云："辟（避）尘犀为妇人簪梳，尘不着发也。"仙女使用辟尘犀的角做成的簪梳，头发可以不染尘埃，故云"犀辟尘埃"。"玉辟寒"，是说玉本温润，可以祛寒。这里点出"尘"字、"玉"字，弦外之音是说公主虽已入道，却尘心未断，情欲未灭。故冯浩评曰："入道为辟尘，寻欢为辟寒也。"

接下来颔联进一步把仙境描绘成仙鹤传书、女床栖鸾的温柔之乡。"阆苑",亦是仙人所居之地,《西王母传》称:"王母所居,在昆仑之圃,阆风之苑。""有书"的"书",指书信,这里似乎还不是一般的书信,而是情书。"附鹤"亦为仙境之事,《锦带》云:"仙家以鹤传书,白云传信。""女床",是仙山之名,据《山海经·西山经》:"女床之山……有鸟焉,其状如翟而五彩文,名曰鸾鸟。""女床无树不栖鸾",女床山中没有一棵树上不是鸾凤双栖的。圣洁的仙境,竟然如此与尘凡无异!程梦星有评曰:"首二句明以道家碧城言之,谓其蕊宫深邃,天地肃清,犀玉之深,庄严清供,自是风尘外物,岂有薄寒中人。孰知处其中者意在定情,传书附鹤,居然畅遂,是树栖鸾,是则名为仙家,未离尘垢。"(《重订李义山诗集笺注》)

前两联以仙境暗喻道观,虽未明言公主,但胡震亨认为如此华贵,非公主不能当(《唐音戊签》),故实际上已写出公主的男欢女爱之乐。后两联写仙女感叹"夜合明离"之苦,幻想长夜不晓,欢娱无已,讽刺的意味尤为明显。

颈联所描写的景象十分奇特:星沉海底,当窗可见;雨过河源(黄河之源),隔座能看。这是因为仙女是在高高的碧城之上,故能有此奇观。"星沉海底",意谓天将破晓;"雨过河源",暗指欢会已毕。仙女在夜里幽会之后,天色已明,情郎离去,不免若有所失,无限怅惘,无聊之中忽生出幻想来,尾联就是这种幻想的意象。

"若是晓珠明又定，一生长对水晶盘。"如果太阳一直挂在天空，黑夜永不来临，就只能孤寂独居，再也不能栖鸾相欢了；反之，如果明月高悬，长夜不晓，岂不可以欢娱无已，相伴终生。"晓珠"，指太阳。《太平御览》引《周易参同契》云："日为流珠。"《唐诗鼓吹》亦注云："晓珠，谓日也。"皇甫湜《出世篇》亦称："西摩月镜，东弄日珠。""水晶盘"，指月亮。王昌龄《甘泉歌》云："昨夜云生初拜月，万年甘露水晶盘。"旧注引《飞燕外传》用赵飞燕枕前不夜珠以解"晓珠"，又引《三辅黄图》用董偃玉晶盘贮冰事以解"水晶盘"，均泥而不确。

再看第二首。

第二首专写贵主的情爱生活，其纵情声色已达极致。首联描写对情郎的神往与亲昵："对影闻声已可怜，玉池荷叶正田田。"面对情郎的身影，听到情郎的声音，已觉得十分可爱，更何况与情郎欢会相接呢！"对影闻声"，也许是朝夕相处的写实，也许是神情恍惚的虚拟，足以说明公主对情郎的心驰神往。"玉池"，大致相当于今之所谓爱河。萧衍《欢闻歌》有云："艳艳金楼女，心如玉池莲。""荷叶正田田"，显然是用汉乐府民歌"江南可采莲，莲叶何田田"的诗意，用"鱼戏莲叶间"，暗寓男女相爱相嬉。

颔联似乎又掉转笔头，以情郎的口吻叮嘱女子要钟情专一，不可见异思迁。"萧史"与"洪崖"都是传说中的人

周延 作 （周延，中国艺术研究院书法院展览部副主任，书法学博士）

碧城十二曲阑干，犀辟尘埃玉辟寒。阆苑有书多附鹤，女床无树不栖鸾。星沉海底当窗见，雨过河源隔座看。若是晓珠明又定，一生长对水晶盘。

李商隐诗 甲午大周延

物。萧史相传为春秋时人，善吹箫，秦穆公把女儿弄玉许配给他，并为筑凤台以居。一夕吹箫引凤，与弄玉一同升天而去。（《列仙传》）洪崖亦是传说中的仙人，郭璞《游仙诗》之三有云："左挹浮丘袖，右拍洪崖肩。"这里情郎以萧史自比，嘱咐女子不是萧史休要回首顾盼，见到同为仙道中人的洪崖，切莫拍肩交好。

颈联极写其欢爱放纵的情态。"紫凤放娇"，是形容女子娇美恣情。"紫凤"，据《禽经》云："鸀鳿，凤之属也，五色而多紫。"王昌龄有诗云："紫凤衔花出禁中。""楚佩"，当是用《楚辞·离骚》"扈江蓠与辟芷兮，纫秋兰以为佩"辞意。"赤鳞狂舞"，则比喻男子雄健放纵。江淹《别赋》有云："耸渊鱼之赤鳞。"这句暗用"瓠巴鼓瑟，游鱼出听"的典故，故有"拨弦"云云。

尾联借用鄂君《越人歌》的典故，表示对情郎的想念之情。据刘向《说苑》："君独不闻夫鄂君子晳之泛舟于新波之中也？乘青翰之舟，极䔲芘，张翠盖而撽犀尾，班丽裖衽，会钟鼓之音，毕榜枻越人拥楫而歌。于是鄂君乃揄修袂，行而拥之，举绣被而覆之。"诗中所谓"舟中""绣被"云云都出自这个典故。"鄂君"与颔联中的"萧史"相同，都是指称公主的郎君的。公主一方面斋戒修道，"绣被焚香"；另一方面却因为寒衾独宿，一如越人之于鄂君，不能不想起与情郎欢会的美好时光而顿生"怅望"。

《碧城三首》如果撇开它的讽刺意义，单就其所描写的情爱生活而言，在中国古典诗歌中是颇为出格的。程梦星评曰："此首（第二首）较前，已极写其放荡矣。"又云："愚尝谓义山作此等诗，鄙俗至矣。使不善学者读之，即以为冶容诲淫可也。山谷忏悔绮语，义山作俑可乎？然考其本源，实从《国风》《离骚》及《三都》《两京》《长杨》《羽猎》诸赋得来。盖侈言其情事，而归之于正道，所谓备鉴戒也。"（《重订李义山诗集笺注》）

最后看看第三首。

第三首是全诗的总结。首联一般以《汉武内传》所载王母七夕来会作解，因为尾联也提到"武皇内传"。《汉武内传》记云："帝闲居承华殿，忽见一女子，美丽非常，曰：'我墉宫玉女王子登也。七月七日王母暂来。'帝下席跪诺。于是登延灵之台，盛斋存道以候之。至七月七日二更后，王母果至。"其实，这里用"七夕"的典故，就是借牛郎织女七夕相会来比喻公主与情郎的幽期密约，因为公主在"碧城"之上，与牛郎、织女同居太空星汉之间，这样理解似乎较为自然。洞房垂帘，正指公主与情郎欢会。

颔联颇为难解。程梦星曰："顾兔生魄，早已有娠，珊瑚无枝，但犹未产耳。"（《重订李义山诗集笺注》）即言公主有孕，尚未生产，一说联系下一联希望青春永驻，美色不衰，"玉轮顾兔"，用《楚辞·天问》的典故："夜光何德？

死而又育。厥利维何？而顾兔在腹。"王逸注云："言月中有兔，何所贪利，居月之腹而顾望乎？""初生魄"，是指望月始缺时有体无光的阴影部分。《尚书·康诰》云："惟三月哉生魄。"注云："始生魄，月十六日明消而魄生。""铁网珊瑚"句，据《本草》："珊瑚似玉，红润，生海底磐石上，一岁黄，三岁赤，海人先作铁网沉水底，贯中而生，绞网出之，失时不取则腐。"这两句的意思，大约是说时光流逝，人生易老，容颜易衰，当及时行乐。"有花堪折直须折，莫待无花空折枝。"

颈联承接颔联意绪，既然时光易逝，青春易老，则希望通过修道祈求青春永驻，美色不衰，如此便可以欢情永结，长享温柔。"检与神方教驻景"，冯浩解云："《说文》：'景，光也。'驻景有驻颜之意，谓得神方使容颜光泽不易老也。""凤纸"，系唐朝宫中所用，道家青词亦用之。王建《宫词》有云："每日进来金凤纸，殿头无事不多书。"这里是说公主拿修道用的凤纸竟写起相思的情书来了。

最后一联劈头而下，十分突兀，似乎要将入道公主突然唤醒：君不见汉武帝临幸大长公主及呼卖珠儿董偃为主人翁等宫闱秘事在"武皇内传"（当为《汉武内传》）中一一记录在案；公主也切莫侥幸，以为碧城云霄中做的好事人间并不知晓，其实早已尽人皆知了。这对于沉迷于温柔乡中的公主不啻是当头棒喝，定然要吓出一身冷汗来的。原来诗人的用意全在于此！故程梦星评曰："唐时贵主之为女道士者不一而足，事关风教，诗可劝惩，故义山累致意焉。"

宋人黄鉴《杨文公谈苑》称："义山为文多简阅书册，左右鳞次，号'獭祭鱼'。"这里所谓的"文"实际上指的是诗。义山诗好用典，且多用僻典，这是不可否认的事实，因此多为后人诟病。《碧城三首》几乎是无一句不用典故，这对于读者来说，固然带来不少困难。但是，义山用典绝不是典故的堆砌和卖弄，而是为了营造一种氛围和境界。这三首诗中，许多典故巧妙地自然组合在一起，构成一系列深曲幽邃、新奇瑰丽的意象，可见其用典是极具创造性的。故清人薛雪《一瓢诗话》有云："后人以獭祭毁之，何其愚也，试观獭祭者能作得半句玉谿诗否？"

本诗通篇采用隐喻的手法，把场景安排在云端碧城之中，颇能切合入道修仙的公主。诗中把男女情事描绘得淋漓尽致、香奁可掬，直到最后，才从云端跌落到现实的地面，末尾两句极具警醒的力量，此即所谓"侈言情事，归于正道"。可以说，《碧城三首》是在浪漫的情调中体现了诗人一贯的现实精神。

紫鳳放嬌銜
楚珮
赤鱗狂舞
撥湘弦
義山詩意
甲子中秋
老波刘波寫

● 义山诗意图　刘波 作　（刘波，中国艺术研究院研究员、国画院画家）

孤月流照图 陈孟昕 作

（陈孟昕，中国艺术研究院研究生院原副院长）

雁尽书难寄，愁多梦不成。

愿随孤月影，流照伏波营。

《闺怨》　沈如筠

袅袅城边柳，青青陌上桑。

提笼忘采叶，昨夜梦渔阳。

《春闺思》　张仲素

打起黄莺儿，莫教枝上啼。

啼时惊妾梦，不得到辽西。

《春怨》　金昌绪

——唐代闺怨诗三首

我国古时候，战争连绵不断，给人民带来了许多不幸和痛苦。有战争就必然需要男儿出征，男儿出征就必然造成妻子独守闺门。因此，征夫与思妇便成为诗人经常吟咏的题材。尤其是诗人笔下那些独守闺门的思妇，她们的思念与期待，她们的寂寞与幽怨，她们的痛苦与悲哀，更是动人心魄，感人至深。下面，我们就来欣赏三首唐人的闺怨诗。

　　第一首是初唐诗人沈如筠的《闺怨》：

　　雁尽书难寄，愁多梦不成。

　　愿随孤月影，流照伏波营。

　　这首诗写一位闺中女子在明月之夜思念丈夫，感叹书信难寄，好梦不成，因此希望追随月光来到丈夫的军营。

　　"雁尽书难寄，愁多梦不成。"开头两句是一个十分工整的对句，非常巧妙而又十分细腻地表现了这位闺中的思妇想念征夫的满腔愁绪。"雁尽书难寄"，这是引用雁足传书的典故。根据《汉书·苏武传》记载，苏武出使匈奴，被匈奴单于扣留，并把他流放到北海牧羊。后来匈奴与汉朝和亲，汉武帝要求匈奴放还苏武。匈奴谎说苏武已死，苏武也想了一个办法骗过了匈奴单于。他让汉朝的使臣对单于讲，汉武帝在上林苑射猎，射下来一只从北方飞来的大雁，大雁的脚上系着一封信，信上说苏武并没有死，在北方某大泽中。匈奴单于无奈，只得把苏武归还了汉朝。后来，鸿雁就被附会成了替人们传递书信的使者。这位思妇正在闺房内思念远戍边疆的丈夫，希望鸿雁也能帮她传递一封书信，可是大雁早已飞过，想托鸿雁寄信已是不可能的事了，所以说"雁尽书难寄"。既然书信没有办法寄达，那么即使能做个梦也好呀，在梦中岂不是可以与丈夫倾诉离别之恨和相思之苦嘛！然而，"愁多梦不成"，由于这离愁别恨太多、太深、太重，以至于想做个团圆梦也不成。

思念丈夫的满腔愁绪使得这位闺中思妇辗转反侧，难以入睡。于是，她起身走近窗前，抬头一望，但见一轮孤月悬挂在空中。此情此景，更加深了她的孤独感和寂寞感。这时候，她忽然冒出一个奇妙的想法：她多么希望自己能够像月光一样，洒落到丈夫的军营，投入到亲人的怀抱啊。"愿随孤月影，流照伏波营。""流"，是形容月光如流水一般倾泻而下。"伏波营"，是用东汉伏波将军马援南征交趾的典故，这里指的就是丈夫的军营。大概这位思妇的丈夫这时候正在南疆戍守。明月当空，四海与共。思妇通过月光把闺房与军营连到了一起，深情地表达了自己的美好愿望。

诗中的主人公在闺中思念远戍边疆的丈夫，希望雁足传书不成，希望梦中团聚也不成，最后希望与明月一道来到亲人的军营，这一愿望能否实现呢？诗人没有继续往下写。很显然，思妇这种美好而天真的想法是无法实现的，这种深沉而悲切的闺怨也是无法解脱的。

下面我们再来欣赏第二首，这是中唐诗人张仲素的《春闺思》：

> 袅袅城边柳，青青陌上桑。
>
> 提笼忘采叶，昨夜梦渔阳。

这首诗写一位采桑女子因沉醉在昨夜梦中到战地渔阳与丈夫相逢的喜悦之中，竟然忘记了采桑。这首诗的写法与前面一首有些不同，虽然同是描写闺思闺怨，基调却显得明快活泼；但实际上，在这种明快和活泼的基调中所表现出来的闺怨反而更显得深沉和厚重。

诗的开头两句是写景："袅袅城边柳，青青陌上桑。"这是一幅色彩明丽的春日郊野图。"袅袅"，是形容柳丝低垂摇曳的样子。"陌"，即阡陌，也就是田间的小路。"陌上桑"，这里既是写实，指田野间的桑林；同时，因为"陌上桑"是乐府古题，大多描写采桑女子春日相思的内容，所以也与这首诗"春闺思"的题意相合。"袅袅城边柳，青青陌上桑。"城边的绿柳，在和煦的春风吹拂下，依依飘拂；陌上的桑林，在春光的沐浴下，那新嫩的叶子青翠欲滴。自然界一派春光明媚、生机勃勃的景象，诗歌由此起兴，是为了衬托主人公思春怀春的心情。接着便描写她采桑的情景。

袅袅城边柳青青陌

上桑提笼忘采叶

昨夜梦渔阳

唐张仲素春闺思
乙未年高福生书

● 高福生 作 （高福生，《深圳特区报》编审）

"提笼忘采叶，昨夜梦渔阳。"这位采桑女子手提竹篮，却忘了采桑，在那里发呆。这是为什么呢？原来她昨天夜里做了一个梦，梦见自己来到了渔阳，见到了日思夜想的丈夫。"渔阳"是当时的战地，大概采桑女子的丈夫就在那里从征打仗。此时此刻，她还在回味着梦中的情景，以至于忘了手中的活计——采桑。"提笼忘采叶，昨夜梦渔阳。"这两句诗写得非常精彩，诗人抓住采桑女子凝思回想的片刻神态，把一位痴痴地思念征夫的采桑女子活脱脱地刻画出来了：她身倚桑树，手挎竹篮，却一动不动，完全沉醉在梦境的回想之中。

　　那么，采桑女子梦见的是什么呢？诗并没有告诉我们，但我们根据诗的题目和诗中所描绘的意境可以推知，这是一个令人高兴的梦，一个值得回味的梦。然而，当采桑女子从美好梦境的回味之中突然惊醒的时候，那美好的梦境只会加倍激起她对战场上的丈夫更为深切的担忧和刻骨铭心的思念。

　　这首诗在风格上明显受到《诗经》的影响，《诗经》有一首题为《卷耳》的诗，写一位采集卷耳的女子一心想着远征的丈夫。她一面采卷耳，一面幻想战场上的丈夫如何翻山过冈，如何饮酒解愁等种种情景。她这样心不在焉，以致一筐卷耳老也采不满。而《春闺思》这首诗的作者刻画采桑女子思念征夫，手法更为高妙，留给了读者更多的想象余地。

最后，我们要欣赏的第三首，是晚唐诗人金昌绪的《春怨》：

打起黄莺儿，莫教枝上啼。

啼时惊妾梦，不得到辽西。

这首诗写一位春闺中的思妇驱赶黄莺，希望能够安安稳稳地进入梦乡，到辽西与丈夫团聚，曲折而深刻地表现了闺怨的主题。

这首闺怨诗在写法上与前两者又有明显的不同，四句诗前后衔接，上下相承，环环紧扣，诗意连续，成为一个不可分割的有机整体。诗的感情基调和第二首类似，也是偏向于活泼的一类，语言生动、通俗，带有民歌风味。

起句显得十分突兀："打起黄莺儿"。这位闺中的思妇为什么要特意把黄莺赶跑呢？接着第二句做了解释："莫教枝上啼"。原来是不让黄莺在树枝上啼叫。本来黄莺的啼叫是十分婉转动听的，这位闺中思妇为什么不让它啼叫呢？第三句又进一步做了解释："啼时惊妾梦"。黄莺的啼叫会惊醒我的梦。那么，这梦又是什么美妙而重要的梦呢，竟值得如此费心劳力，要特地把黄莺赶走，不让它啼叫，以免惊破好梦？最后才告诉我们最终的原因："不得到辽西"。到辽西去干什么呢？诗没有再做交代，因为这是不言而喻的。辽西，是当时的战场。这位春闺中的思妇希望梦中能去辽西，

打起黄莺儿

啼时惊妾梦

莫教枝上

不得到

辽西

唐 金昌绪 诗 春怨

二〇一五年六月

旭初

● 旭初 作（阎焕东，字旭初，中国人民大学中文系副教授、现代文学教研室主任、中国人民大学美学研究所副所长、教授，文化部政策法规司副司长、中国艺术研究院当代室教授，《中国文化报》副总编）

自然是想去和她在那里作战的丈夫相会。哪怕是梦中，只要能够见上一面也好，所以这位痴情而又细心的思妇，为了达到这样一个虚幻的目的，竟那么认真地驱赶黄莺，以防止黄莺啼叫惊破她的美梦。这一系列动作和心理的描写，既表现了这位闺中女子的细心，同时也表现了她独守空房的寂寞和无聊，尤其表现了她对远在辽西的丈夫的深切思念。

上面这三首五言绝句都是描写闺中思妇的，并且都是通过写梦来表达闺怨，表达思念征夫的一往情深的。闺中怨与梦中情，是那样深深地打动和感染着我们。作者都是以思妇的口吻，站在思妇的立场上，委婉而曲折地诉说了战争给她们带来的痛苦。唐代另一位诗人陈陶的《陇西行》中有两句诗说："可怜无定河边骨，犹是春闺梦里人。"诗人以强烈的对比，直接控诉了战争的残酷和悲惨：可怜那无定河边的累累白骨，他们的家属还在春闺美梦中苦苦思念着，希望他们回家团聚呢。也许，上面几位思妇所思念的丈夫，也早已血洒沙场，成了塞外枯骨，而她们却还在一往情深地苦苦思念着。如果真是这样的话，那么，思妇的闺怨，就成为无尽的悲哀了；思妇的梦情，也就成为永远的梦幻了。当然，这是作者，也是我们读者，尤其是闺中的思妇所不愿发生的事情。

篆刻释文：天山共色（骆芃芃 作）

一样春风一样柳，
不同情志不同诗

碧玉妆成一树高，万条垂下绿丝绦。

不知细叶谁裁出，二月春风似剪刀。

《咏柳》　贺知章

一树春风千万枝，嫩于金色软于丝。

永丰西角荒园里，尽日无人属阿谁？

《杨柳枝词》　白居易

绊惹春风别有情，世间谁敢斗轻盈！

楚王江畔无端种，饿损纤腰学不成。

《垂柳》　唐彦谦

——唐人咏柳诗三首

春天来了，万物复苏，那池畔河边的杨柳，最先绽出了鹅黄的细叶，给人们报告春的信息。"春风杨柳万千条"，嫩绿的柳丝，在和煦的春风吹拂下，翩翩起舞，这春光融融的景象，不能不引起人们无限的遐思。古往今来，无数诗人墨客写下了许许多多咏柳的诗词。今天，我们就一起来欣赏三首唐人的咏柳诗。

第一首是初唐诗人贺知章的《咏柳》：

碧玉妆成一树高，万条垂下绿丝绦。

不知细叶谁裁出，二月春风似剪刀。

这是一首脍炙人口的著名诗篇，现在不少两三岁的小孩都能背诵。那么，这首诗为什么能够得到人们如此的喜爱呢？我以为主要是因为诗人采用了贴切而新颖的比喻，给人以新鲜而难忘的印象。

诗人先把柳树比作美丽的少女："碧玉妆成一树高，万条垂下绿丝绦。"那亭亭玉立的柳树，就像美女刚刚梳妆打扮完毕一样，分外妖娆。那万千条碧绿的柳丝，如同美女身上华丽的衣饰，秀美可人。"碧玉"是汉乐府《碧玉歌》中的少女形象，诗人拿来比喻春天的柳树非常贴切：一则柳树碧玉妆成一树高，万条垂下绿丝绦。不知细叶谁裁出，二月春风似剪刀。

贺知章咏柳　石坚书

● 范坚　作　（范坚，江西师范大学美术学院教授，江西省书法家协会副主席）

有女性柔美的特性，二则"碧玉"有近似绿柳的颜色，这就把美丽动人的柳树形象地展示在我们的面前。

接着，诗人又用了一个更为新奇美妙的比喻："不知细叶谁裁出，二月春风似剪刀。"柳丝上那细细的嫩叶一夜之间就从光秃秃的柳枝上冒了出来，难道是谁一片一片细心裁出的吗？原来是二月春风像剪刀一样把柳叶剪裁得匀称妥帖，鲜嫩可人。诗人用剪刀来比喻看不见摸不着的春风，引发了人们奇妙的想象：鬼斧神工的大自然不仅用"剪刀""裁"出了万千条柳丝的细叶，也"裁"出了红花绿草，"裁"出了万里春光。不仅使柳树披上了新装，成了美丽的少女，也给大地换上了新装，成了一个生机勃勃的世界。诗人名为咏柳，实际上是对春天的歌颂，是对春的力量、春的美丽的热烈礼赞。

接下来，我们再来欣赏第二首，这是中唐诗人白居易的《杨柳枝词》：

一树春风千万枝，嫩于金色软于丝。

永丰西角荒园里，尽日无人属阿谁？

白居易这首咏柳诗与贺知章的不同，他是借咏柳来抒发感慨，属于托物言志的一类。

诗的前两句写柳的妩媚生动，风姿可爱："一树春风千万枝，嫩于金色软于丝。"这一株柳树沐浴着春风，千万条柳丝，翩翩起舞，摇曳生姿。远远地望去，那刚刚抽芽的鹅黄色的柳叶，似乎比黄金的颜色还要嫩黄；那轻轻飘拂的柳丝，仿佛比缕缕细丝还要柔软。诗人用"千万枝"来形容这株柳树的繁密和茂盛，一株柳树就有万千枝条，给人以春意盎然的感觉。又用一个"嫩"字和一个"软"字来形容新柳的颜色和轻柔，也颇能抓住其特征。刚刚绽出新芽的柳枝的确是金黄色的，再经过一段时间的生长，才会像前一首诗所描写的那样，成为碧绿的丝条。

前面两句用夸张和比喻，写尽了春风杨柳的无限可爱，接下来诗人笔锋一转，感叹柳树生长在荒僻的地方，无人欣赏："永丰西角荒园里，尽日无人属阿谁？"原来这株柳树生长在洛阳城永丰坊西南角的一个荒园里，尽管它长得枝叶繁茂，春意稠秾，但由于这地方太偏僻，太荒凉，会有谁来领略和欣赏呢？只落得终日寂寞，备受冷落，与前两句所描写的动人风姿形成强烈的反差，表达了诗人对柳树的无限惋惜和深切遗憾。

诗中讲到的"永丰"，指的是唐代东都洛阳的永丰坊。当时，诗人白居易已被解除尚书的职务，远离京都长安，在洛阳闲居。也许是早春的某一日，诗人路过永丰坊，看到这株风姿可爱却无人赏识的柳树，他触景生情，不免想到自己的现实景况，因而感慨万端。这使我们想起柳宗元，他被贬谪到永州，写出著名的《永州八记》，描写永州的山水之美，感叹这些美好的山水不在中州胜地而在荒僻的蛮夷之境，"千百年不得一售其伎"。这都是托物言志之作，饱含着作者自己的身世之感。

最后，我们一起来欣赏晚唐诗人唐彦谦的《垂柳》：

> 绊惹春风别有情，世间谁敢斗轻盈！
> 楚王江畔无端种，饿损纤腰学不成。

这首题为《垂柳》的诗，用意全不在写柳，纯粹是借题发挥，比起前一首白居易的《杨柳枝词》来，托物言志的成分更为明显。

诗的前两句写垂柳在春风中飘逸潇洒，婀娜多姿，别有一番风情。"绊惹春风别有情，世间谁敢斗轻盈！"与前面两首不同，诗人没有着意去刻画垂柳的枝叶形貌和色泽光彩，而是着重描写垂柳的神情风韵。春光融融，杨柳依依，逗得春风竟不愿离去。垂柳那轻盈的体态，柔软的身姿，世间有谁能胜过它呢？"绊惹春风别有情"中的"绊惹"二字用得极妙，"绊"是被绊住了脚的"绊"，"惹"是招惹的"惹"，"绊惹"就是撩拨逗玩的意思。明明是春风把柳丝吹起，使之随风起舞，摇曳生姿；诗人却说是柳丝吸引了春风，惹得春风停住了脚步。这种写法就十分生动有趣，把垂柳风姿特出、恃美而骄的神情刻画得活灵活现。"世间谁敢斗轻盈"中的"斗"，是争强斗胜的"斗"，这里是比赛的意思，"斗轻盈"就是比赛看谁更轻盈。

诗人为什么要把垂柳写得这般娇美，这般柔情万种呢？原来是为后面两句做铺垫。"楚王江畔无端种，饿损纤腰学不成。"诗人由眼前垂柳的纤细柔顺，忽然联想到楚灵王好细腰的故事来。相传楚灵王喜好细腰，他的臣下一个个都节食束腰，迎合他的癖好，以至于闹到"灵王好细腰，国中多饿人"的地步。诗人结合眼前的景物，把这个故事加以引申，用来讽刺晚唐社会政治腐败的客观现实。江边的这些柳树，楚王只不过是无意栽种的，而那些惯于揣摩帝意，迎合圣上的大臣却满以为摸到了帝王的意向，一个个都饿瘦了身体，但并没有得到帝王的宠爱。原来诗人是借垂柳起兴，讽刺和指责媚上的权奸、误国的臣僚。同时，诗人不仅嘲讽争宠取媚的臣下，矛头也直指封建帝王。与诗人差不多同时的另一位诗人曹邺在一首题为《捕鱼谣》的诗中这样写道："天子好征战，百姓不种桑；天子好年少，无人荐冯唐；天子好美女，夫妇不成双。"指陈时弊，直指帝王。所不同的是，唐彦谦的这首《垂柳》采取托物寄兴的手法，讽喻的意义委婉含蓄一些罢了。

● 傅振羽 作 　（傅振羽，中国艺术研究院书法学博士）

绿蚁新醅酒

风吹不肯回

尚谁

发开将

盈樽迟君

陈海良 作

（陈海良，中国艺术研究院书法院创作部副主任，书法学博士）

春花秋月何时了，往事知多少。小楼昨夜又东风，故国不堪回首月明中。雕栏玉砌应犹在，只是朱颜改。问君能有几多愁，恰似一江春水向东流。

李煜虞美人词 陈海良

拾玖

春花秋月何时了？往事知多少？小楼昨夜又东风，故国不堪回首月明中。

雕栏玉砌应犹在，只是朱颜改。问君能有几多愁？恰似一江春水向东流。

《虞美人》 李煜

李煜是南唐的最后一个皇帝，一个亡国之君，所以历史上称他为李后主。他的名字之所以流传下来，倒不是因为他做过皇帝，而是因为他是一位出色的词人。《南唐二主词》中收有他的三十多首词，其中多数是他早期的作品，多是描写宫廷享乐生活的艳词，意义不大；而亡国之后，做了赵宋的俘虏，生活发生了根本的变化，这时候写的作品，多是抒发自己国破家亡的内心感受，情真意切，具有很高的艺术性，形成了独特的风格，对后世产生了很大的影响。这里要讲的《虞美人》，就是他被俘后怀念故国，抒发内心苦闷的代表作品之一，是历来传诵的名篇。

五代十国是唐宋之间一个短暂而黑暗的时代，军阀割据，战乱频起，中原大地出现了四分五裂的局面。在北方，先后有所谓梁、唐、晋、汉、周"五代"；南方则有吴、南唐、吴越、楚、闽、南汉、前蜀、后蜀、荆南加上北方的北汉，称之为"十国"。南唐是十国中较为强大的国家之一，占据今江苏、安徽淮河以南和福建、江西、湖南、湖北的部分地区，立都金陵，也就是现在的南京市。南唐于公元937年立国，开国君主便是李煜的祖父李昪。在战乱中创立基业的李昪，深知兵戈之害，立国后积极推行息兵养民政策。李昪在位不到七年就去世了，他的儿子，也就是李煜的父亲李璟继位。李璟在位十八年，继续奉行其父李昪所制定的国策，这片东南富庶的土地上生产得到发展，"旷土尽辟，桑柘满野"，出现了经济的繁荣和社会的安定。公元961年，也就是赵宋建国第二年，李璟病逝，李煜即位。李煜即位后，国势岌岌可危，他一方面向赵宋纳贡称臣，一方面奉佛求神，委曲求全，苟且偷安。终于在公元975年，赵宋重兵围困金陵，李煜无力抵抗，率众"肉袒出降"，第二年的正月就被押解到汴京（今开封），成了赵宋王朝的阶下囚。至此，先后经历先主李昪、中主李璟、后主李煜，惨淡经营了三十八年的南唐小朝廷也就彻底覆灭了。

到了汴京之后，李煜过了两年屈辱的囚徒生活。宋太祖赵匡胤封给他一个带有侮辱性的爵位——"违命侯"，把他幽禁在一栋小楼里，过的是所谓"日夕只以眼泪洗面"的日子。往日享尽荣华的一国之主，如今成了他人的阶下之囚。在这样凄凉的处境中，词人遥念故国，思绪万千，满腔的哀愁和悲愤，饱蘸泪水，熔铸成这首千古流传的《虞美人》词。

词的上阕由描写眼前的景物而引起对往事和故国的怀念，下阕则主要抒发内心感慨。

"春花秋月何时了？往事知多少？"词一开头，就是一个沉重的自问句，因为这时候，词人只身独处，心中的愁绪无法向别人倾诉，所以只好自问自答、自我排遣了。"春花秋月"，在诗人词客的笔下本是极为美好的景物，且多为爱情的象征；可是，词人在这里却说"春花秋月何时了"中的"了"是了结、了却的意思。"何时了"，是问到底什么时候有个完结，词人对"春花秋月"为什么会产生这样的感觉呢？

李煜自幼天资聪颖，能诗文，善书画，通音律，本是一位多情的风流才子。他18岁和宰相周宗的女儿娥皇成婚，娥皇后来被封为国后，史称"大周后"，她长得很漂亮，擅长音律歌舞，亦通书史，因此俩人感情十分深厚，终日在后宫优游歌舞，纵情欢乐。后来，李煜又与娥皇的妹妹相好，当李煜28岁的时候，娥皇去世。娥皇死后四年，他就把娥皇的妹妹立为皇后，这就是"小周后"。南唐灭国之后，小周后也同李煜一道被押解到汴京，被宋太宗赵匡义强征入宫。昔日朝夕相伴的皇后，如今咫尺天涯，不得相见。词人独自一人在花前月下，想起昔日的美好时光，怎能不暗自伤悼，万分悲切呢！年年岁岁花相似，岁岁年年人不同，何况词人的生活发生了这么巨大的变故，所以他害怕"春花秋月"勾起对往事的回忆，不愿见到这些美好景物，巴望它早些消逝，早些完结。由此可见，这一"了"字，具有十分沉痛、十分厚重的力量。

"春花秋月"，有的本子作"春花秋叶"。这是用春天的花和秋天的叶这种自然界时序变换中具有代表性的事物来指代一年的时光，因为古人往往用"春秋"来代表一年，而这首词大约作于词人被俘之后的第二年春天，正好是一年的时间。这是说，词人觉得这种囚徒生活十分难熬，不知什么时候有个尽头。这样当然也是可以解得通的。并且，"春花秋月"也同样可以作这样的解释。但是，联系下一句"往事知多少"，似乎还是用"花前月下"那样的意思去解说更好一些。所谓"往事"，当然可以包括词人作为一个亡国之君的种种国仇家恨；但也许还是承前句而来，词人因眼前景物触发，很自然地想起昔日与大、小周后花前月下许许多多美好的光景和值得回忆的旧事。"知多少"，是说那些"往事"不知道有多少，即记得很多很多的意思。作者的另一首《浪淘沙》词："往事只堪哀，对景难排。秋风庭院藓侵阶。一桁珠帘闲不卷，终日谁来？金锁已沉埋，壮气蒿莱。晚凉天净月华开。想得玉楼瑶殿影，空照秦淮。"全词以"往事"二字领起，所谓"对景难排"的也就是和这里一样的情思，一样的幽怨。

"小楼昨夜又东风，故国不堪回首月明中。"如果说前两句主要是回忆昔日花前月下的往事，那么这两句主要是抒发亡国失地的悲痛。"小楼"，就是自己现在被囚禁的住所。词人在另一首《乌夜啼》词中，曾这样描写这座小楼和他的心境："无言独上西楼，月如钩，寂寞梧桐深院锁清秋。剪不断，理还乱，是离愁。别是一般滋味在心头！"往日是一国之君，如今成了囚徒，整天待在这牢狱一般的小楼里，当然"别是一般滋味"。夜里一阵东风拂来，明月高照，词人身在异地，遥望故国，想到祖宗的事业，大片的河山，金陵的宫阙，江东的父老，等等，等等，这一切都不堪回首啊！这里需要特别注意的是句中的"东风"二字。我们知道"秋风鲈鱼"的故事：《世说新语》上说，张翰在洛阳做官，当秋风起时，便想起家乡吴中的莼菜和鲈鱼，觉得人生贵在适意，何必到千里之外来做官呢！于是他便辞官归里了。这里李后主因东风而思故国，虽然与张翰的境界不同，但思念家乡和故国的情思是一致的。汴京在西，金陵在东，东风一起，敏感的词人就会想到这风是从他的故国吹来的；可是，令人悲恸的是，作为南唐的故国已经不复存在了。真是"亡国之音哀以思"，此时此刻，我们可以想见小楼之内、明月之下的词人是多么伤感和悲切。

上阕词人遥念故国，是大范围的整个南唐故国，下阕很自然地更进一步怀念故国中的京城殿阙："雕栏玉砌应犹在，只是朱颜改。""雕栏玉砌"，是泛指宫殿，这里指南唐故都金陵城内的宫苑建筑。"应犹在"，是说这些宫殿应该还在吧。这是作者身在异地的推测之词。有的本子作"依然在"，则没有了推测的意思。"朱颜改"，一般认为是指改变了红润的面颜，这是泛指人事的变迁。近代学者王闿运则认为："朱颜本是山河，因归宋不敢言耳。"说"朱颜改"含有江山易主的意义是讲得通的，但说作者因归宋而不敢明言则未必如此，因为上阕已经明言"故国"，那么这里明言"山河"又有何不可呢？显然，这种解释有些牵强。实际上诗无达诂，有些诗句或词语如果解说得过于明确，反而觉得拘泥和死板，失去了原有的韵味。这两句是说，故国的宫殿虽然依旧存在，但山河易主，物是人非，我的容颜也不胜憔悴，显得有些苍老了。

最后，词人把无限的愁绪，用形象化的手法，倾泻而出："问君能有几多愁？恰似一江春水向东流。""问君"，是作者自问。"愁"，是全词的基调，却一直到最后才明确点了出来。"愁"本是一种看不见摸不着的精神活动，词人却用比喻的手法，使之具体、生动而形象地展现在我们面前：长江的流水，滔滔汩汩，永不停息……我们读着读着，似乎就被这种深沉而悠长的愁绪所感染，感到有一种莫名其妙的无尽的惆怅。有人说这句是脱胎于李白的诗："请君试问东流水，别意与之谁短长"（《金陵酒肆留别》）；也有说是脱胎于刘禹锡的《竹枝词》中"水流无限似侬愁"。他们虽然都用流水来比喻愁绪，其间也许有某种启发和借鉴，但都有各自不同的特色，有各自的创造性。欧阳修《踏莎行》词"离愁渐远渐无穷，迢迢不断如春水"，这两句脱胎于后主的痕迹似乎还更为明显一些。这里还有一点需要注意的是，词人当时在汴京，就在黄河边上，为什么不说"一河春水"而说"一江春水"，不取近的黄河而偏偏要用遥隔千里的长江做比喻呢？这如同上阕的"东风"一样，也是寄托一种对故国的情思。因为长江是故国的江，用来传达对故国的思念和满腔的愁绪，真是再贴切不过了。

王国维在《人间词话》中评论李煜的词说："尼采谓一

切文学，余爱以血书者。后主之词，真所谓以血书者也。"据陆游《避暑漫录》描述，李煜在汴京的囚楼里，七夕之夜，命歌妓作乐，庆贺他的四十一岁生日。因歌声传到外面，激怒了宋太宗，他随即派人赐"牵机药"御酒，毒死了李煜。而歌妓唱的就是这首"小楼东风"词。于此说来，这首词真是用血写成的了。

清人赵翼有诗云："国家不幸诗家幸，赋到沧桑句便工。"李煜倘若没有国破家亡的惨痛经历，平平稳稳地做着小朝廷的皇帝，写一点风花雪月的艳词，也许文学史上就留不下他的名字了，我们今天也不可能读到像《虞美人》这样催人泪下、感人肺腑的作品。

贰拾

帘外雨潺潺，春意阑珊，罗衾不耐五更寒。梦里不知身是客，一晌贪欢。

独自莫凭栏！无限江山，别时容易见时难。流水落花春去也，天上人间！

《浪淘沙》　李煜

李煜的这首《浪淘沙》，在有的传本中还有一个标题叫作《怀旧》。又据蔡绦的《西清诗话》记载："后主归朝，每怀江国，且念嫔妾散落，郁郁不自聊，尝作长短句云：'帘外雨潺潺'，含思凄婉，未几下世。"可知这首词写于李煜被俘之后，临死之前，是怀旧思乡之作。

当时，李煜已成了亡国之君，大宋王朝的阶下囚。李煜于公元961年，24岁登基，是南唐小朝廷的最后一个皇帝，史称"李后主"。后主即位的时候，大宋王朝已经建立，即使他是一位励精图治、富有军政才能的皇帝，也改变不了灭国失地的命运；何况他是一个"几曾识干戈"（《破阵子》），多愁善感，擅长吟风弄月的风流才子。所以，虽然苟延残喘了十多年，最后还是在强大的赵宋面前"肉袒出降"，成了一位亡国之君。因此，后人有凭吊李后主的句子说道："作个才人真绝代，可怜薄命作君王。"

这首《浪淘沙》就是这位薄命君王对自己囚徒生活的写照和对故国思念之情的抒发。基调深沉，词意悲切，是一曲凄婉动人的哀歌。

词的上阕描写当时被幽禁的凄苦生活和感受，采用的是倒叙的写法，先写梦醒，再写梦中。"帘外雨潺潺，春意阑珊，罗衾不耐五更寒。"清晨，词人一梦醒来，帘外雨声淅沥，虽然已是暮春时节，但是，孤身寒衾，不禁觉得抵挡不住料峭春寒的袭击。词一开始，就渲染了一种孤寂凄冷的气氛。"潺潺"，是形容雨声。"阑珊"，衰残、将尽的样子。"春意阑珊"，是说春天即将消逝。"罗衾"，是丝绸的被子。这几句中值得注意的是"罗衾不耐五更寒"的"寒"字，既是实指当时的自然环境，也是暗指词人当时凄凉悲苦的心境。

"梦里不知身是客，一晌贪欢。""身是客"，"客"是相对于"主"而言的，凡寄居他处都是客，这里是说自己过去是一国之主，如今成了他人的阶下之囚。"一晌"，是一会儿、片刻的意思。这两句回过头来追忆梦中的情景：还以为是在金陵宫中与皇后同枕共欢，"红日已高三丈透"（《浣溪沙》），还贪恋片刻的床褥欢娱，岂不知一梦醒来，自己已是大宋的囚徒，孤身一人睡在囚楼之中。当然，李后主绝不是三国时代蜀汉的后主刘禅，做了魏国的俘虏而乐不思蜀。恰恰相反，李后主在汴京的生活太凄凉、太寂寞、太痛苦，以至于只能在梦幻中寻求片刻的欢乐，来重温一下昔日的帝王生活。然而，梦毕竟只能是梦，一旦清醒过来，眼前的现实生活却是这般凄苦难堪。这苦与乐、荣与辱、贵与贱的极大反差，便更加刺激了词人的内心，加深了词人对故国的怀念。紧接着，词人在下阕便进一步抒发了对故国的深深的眷念之情。

"独自莫凭栏！无限江山，别时容易见时难。""凭

簾外雨潺潺、春意闌
珊　羅衾不耐五更
寒　夢裡不知身是
客　一晌貪歡獨自
莫憑欄　無限江山
別時容易見時難
流水落花春去也
天上人間

李主李煜　浪淘沙
甲午歲　查振科書

● 查振科 作　（查振科，中国艺术研究院研究员、文化艺术出版社原社长）

栏"，就是倚靠着栏杆。词人为什么要凭栏呢？下面说得十分清楚："无限江山，别时容易见时难。"原来词人是要登上高楼，凭栏远眺，朝东方望一望故国的山河。后主登基以后，虽然无力抵抗强大的赵宋王朝，无力挽救南唐的灭亡命运，但是，他也不是甘心做亡国奴的。宋太祖曾先后两次派遣使臣到金陵劝降，都被他严词拒绝。后来宋太祖重兵围困金陵，后主才不得已出降。后主投降之后，白衣纱帽，随着赵宋的军队，被押解到汴京。从此以后，他就再也没有见到自己的故国了，所以说"别时容易见时难"。其实，离别故土又何曾"容易"呢？当然，重见故土就更加困难了，甚至是绝不可能的事情。因此，词人只能凭栏远眺，朝着故国的方向望一望。可是这样一来，反而更加激起他对故国的思念，心里更加难受。所以，词人不得不告诫自己："独自莫凭栏！"尽管如此，"四十年来家国，三千里地山河"（《破阵子》），故国之思总还是无时无刻不萦绕在词人的心头。"无限江山"，有的本子作"无限关山"，这是说，登上高楼，关山阻隔，遮住了视线，无法望见南唐故国。因而"关山"二字虽与"凭栏"相切，但不如"江山"二字的含义丰富，更能体现词人对故国江山的无限眷恋之情。

"流水落花春去也，天上人间！"最后这两句承上句"别时容易见时难"，抒发一种无可奈何的感慨。昔日做帝王，今朝为囚徒，这岂不是天上人间的差别！以往的荣华，就像流水落花一样，那大好春光已经一去不复返了。同时，这两句还照应上阕的"春意阑珊",表达一种逝者如斯、惜时伤春的感叹。也就是说,这两句既是伤春,更是伤人,流水落花,春去人逝,词人似乎感受到自己的生命即将结束。《西清诗话》说后主写了这首词后不久就去世了,如果可信的话,最后这两句竟成了预示自己命运的谶语了。

这首词写得凄婉哀痛,由于作者直抒胸臆,感情真切,因而这首词具有很强的感人力量。明人胡应麟评论李煜的词云:"(后主)乐府为宋人一代开山。盖谓温、韦虽藻丽,而气颇伤促,意不胜辞。至此君方是当行作家,清便宛转,词家王、孟。"意思是说,花间派词人温庭筠、韦庄虽然词采华丽,但内容贫乏;而李煜的词有真情实感,清丽婉转,可以比作诗家的王维、孟浩然。后主词对后来产生了很大影响,堪称是宋词的开山之祖。这是因为李煜有着国破家亡的惨痛遭遇和生活经历,才能突破风花雪月的无病呻吟,才能写出《浪淘沙》和《虞美人》等动人心魄的作品,从而冲破艳词的樊篱,把词的创作推向一个新的境界。王国维也认为:"词至后主而眼界始大,感慨遂深。"(《人间词话》)由此可见,李后主词在我国词的发展史上具有十分重要的地位。

篆刻释文：天山共色（邵晨 作）

環滁皆山也其西南諸峰林壑尤美望之蔚然而深秀者琅琊也山行六七里漸聞水聲潺潺而瀉出於兩峰之間者釀泉也峰回路轉有亭翼然臨於泉上者醉翁亭也作亭者誰山之僧智僊也名之者誰太守自謂也太守與客來飲於此飲少輒醉而年又最高故自號曰醉翁也醉翁之意不在酒在乎山水之間也山水之樂得之心而寓之酒也若夫日出而林霏開雲歸而巖穴暝晦明變化者山間之朝暮也野芳發而幽香佳木秀而繁陰風霜高潔水落而石出者山間之四時也朝而往暮而歸四時之景不同而樂亦無窮也至於負者歌於途行者休於樹前者呼後者應傴僂提攜往來而不絕者滁人遊也臨溪而漁溪深而魚肥釀泉為酒泉香而酒洌山肴野蔌雜然而前陳者太守宴也宴酣之樂非絲非竹射者中弈者勝觥籌交錯起坐而喧嘩者眾賓歡也蒼顏白髮頹然乎其間者太守醉也已而夕陽在山人影散亂太守歸而賓客從也樹林陰翳鳴聲上下遊人去而禽鳥樂也然而禽鳥知山林之樂而不知人之樂人知從太守遊而樂而不知太守之樂其樂也醉能同其樂醒能述以文者太守也太守謂誰廬陵歐陽修也

時在農曆丙申年六月唐琦書於大可齋

● 唐琦 作 （唐琦，山东省诸城市美术书法家协会副主席）

贰拾壹

醉翁之意何在

环滁皆山也。其西南诸峰，林壑尤美。望之蔚然而深秀者，琅琊也。山行六七里，渐闻水声潺潺，而泻出于两峰之间者，酿泉也。峰回路转，有亭翼然临于泉上者，醉翁亭也。作亭者谁？山之僧曰智仙也。名之者谁？太守自谓也。太守与客来饮于此，饮少辄醉，而年又最高，故自号曰醉翁也。醉翁之意不在酒，在乎山水之间也。山水之乐，得之心而寓之酒也。

若夫日出而林霏开，云归而岩穴暝，晦明变化者，山间之朝暮也。野芳发而幽香，佳木秀而繁阴；风霜高洁，水落而石出者，山间之四时也。朝而往，暮而归，四时之景不同，而乐亦无穷也。

至于负者歌于途，行者休于树，前者呼，后者应，伛偻提携，往来而不绝者，滁人游也。临溪而渔，溪深而鱼肥；酿泉为酒，泉香而酒洌；山肴野蔌，杂然而前陈者，太守宴也。宴酣之乐，非丝非竹；射者中，弈者胜，觥筹交错，起坐而喧哗者，众宾欢也。苍颜白发，颓然乎其间者，太守醉也。

已而夕阳在山，人影散乱，太守归而宾客从也。树林阴翳，鸣声上下，游人去而禽鸟乐也。然而禽鸟知山林之乐，而不知人之乐；人知从太守游而乐，而不知太守之乐其乐也。醉能同其乐，醒能述以文者，太守也。太守谓谁？庐陵欧阳修也。

《醉翁亭记》　欧阳修

古人贬官之后，大多放情山水，以示旷达，因而留下了很多清新优美、寓意深刻的游记之作。例如柳宗元的《永州八记》和苏东坡的前后《赤壁赋》就是这类作品的典范。欧阳修的《醉翁亭记》也是他被贬滁州时写下的一篇著名的游记。

这篇游记虽然字里行间无不流露出作者寄情山水、排遣愁怀的情绪，但更主要的是，借描写滁州"山水之乐"以表明作者"与民同乐"的崇高理想和政治态度。所以，通篇贯穿一个"乐"字，充满了悠闲自适的情调，并且从侧面反映了作者治理滁州的政绩，表现出滁州地方政通人和的清明景象。

欧阳修是北宋中叶杰出的政治家，曾积极支持和参与韩琦、范仲淹等人的政治革新。仁宗庆历三年（1043），保守势力当政，"庆历新政"遭到挫败，韩、范等人先后被贬，欧阳修也于庆历五年（1045）落职，被贬到滁州做地方官。滁州虽地处僻远，但欧阳修在这里做知州，为政以宽，不扰百姓，加之风调雨顺，年丰物阜，呈现出一派升平景象。这篇脍炙人口的《醉翁亭记》就是在他被贬谪的第二年，即庆历六年（1046）写下的。

文章开门见山，由滁州的地理环境渐次写到醉翁亭。"环滁皆山也。"这短短一句，笔墨极少而信息量极大，一下子就把滁州城群山环绕、巍峨壮观的景象展示在你的面前。"滁"是州名，其治所在今安徽省滁州市。根据《朱子语类》的记载，欧阳修的初稿说滁州四面有山，写了几十个字，后来反复圈改，最后改定为"环滁皆山也"这五个字。这是欧阳修修改文章一个很有名的例子。关于滁州城的地理环境，钱锺书先生在《管锥编》一书中作了考辨，说他亲自到了实地考察，根本不是什么"环滁皆山"，而是"四望无际，只西有琅琊"。钱先生当然不会不知道欧阳修是采用文学夸张的手法，只不过就其地形加以辨证而已。我们在阅读时，仍不妨按作者所描写的情景去理会。文章接着从四面群山中点出"其西南诸峰，林壑尤美"。"林壑"是讲山势，即山间的树林和壑谷。作者特别告诉我们，滁州城四面环山，要数西南方向的山林景致尤为优美。"望之蔚然而深秀者，琅琊也。"远远地望去，林木葱茏、幽深秀丽的样子，那便是琅琊山了。"蔚然"是草木茂盛的地方。"琅琊"是山名，在滁州西南十余里处。上面这几句是写远景，就像电影一样，镜头逐渐推近，范围逐渐缩小，从滁州四面群山写到西南诸峰，再从西南诸峰写到琅琊山。以下是写近景，都是在琅琊山上的所见所闻。"山行六七里，渐闻水声潺潺，而泻出于两峰之间者，酿泉也。"在琅琊山上行走了六七里，渐渐听到潺潺的流水声，流水从两座山峰之间奔泻而来，这便是酿泉。酿泉的"酿"原本作"让"，大约是根据下文"酿泉为酒"而改的。这里描写山的静景和泉的动态，山、水相映成趣，并且由酿泉又引带出醉翁亭来。"峰回路转，有亭翼然临于泉上者，醉翁亭也。"随着回环的山路而拐弯过去，便看见有一座亭子，犹如鸟儿展翅一般，高高地立在酿泉旁边，这就是醉翁亭。峰回路转，是说山势回环，山路也随着拐弯，这是在山间行走时常常可以见到的景象。句中用"翼然"二字形容四角翘起的亭子，给静物赋予了动态，使人有身临其境之感。还有"临"字也不可放过，说明亭子与酿泉的地势不是平行的，而是居高临下。这都是传神妙笔，值得玩味。以上为一层意思，描写醉翁亭的位置；下一层交代醉翁亭的来历。

醉翁亭与一般名胜古迹不同，它与作者有着直接的联系。因此，文中连用两个设问句交代醉翁亭的来历。"作亭者谁？山之僧曰智仙也。"这亭子是谁修造的呢？是琅琊山琅琊寺的和尚智仙。"名之者谁？太守自谓也。"这醉翁亭的名称又是谁起的呢？原来是太守用自己的号来给它命的名。"名"在这里作动词用，是起名、命名的意思。"之"是代词，指这个亭子。太守本来是汉朝时对一郡的行政长官的称谓，宋代一州的行政长官称知州，因州、郡所管辖的地方大致相似，所以用"太守"来代称"知州"。这里是作者自称。我们既明白了醉翁亭命名的来历，醉翁是太守自谓，那么不禁要问：太守何以自号"醉翁"呢？文中进一步作了解释。"太守与客来饮于此，饮少辄醉，而年又最高，故自号曰醉翁也。"太守与随从宾客来到这地方饮酒，稍许喝一点酒就醉了，而年纪在众人当中又数最高，因此便自号醉翁。"翁"是对老者的称呼，其实，当时欧阳修只有四十岁。他另有一首《题滁州醉翁亭》的诗云："四十未为老，醉翁偶题篇。醉中遗万物，岂复记吾年。"又有《赠沈遵》诗云："我时四十犹强力，自号醉翁聊戏客。"可见作者自号醉翁是带有戏谑意味的；并且，作者贬放在外，以醉翁自谓，牢骚成分，亦自不待言。所以文中接着说："醉翁之意不在酒，在乎山水之间也。"在我国古代，酒与落魄文人有不解之缘，它是自我陶醉或者自我麻醉的工具。欧阳修自号醉翁，不能说没有借酒浇愁之意。作者说他到这里游玩，不在乎喝酒，而是为了寻求山水之乐。可是下一句又说："山水之乐，得之心而寓之酒也。"游山玩水的乐趣，领会在心里，而又寄托在饮酒之中。为文一转三折，言外之意未尽。

以上是第一段，写醉翁亭的环境及其命名由来。下面三段分别写山水之乐、游人之乐和太守之乐。

第二段写醉翁亭一带早晚和四季的不同景色以及作者在此领略的无穷乐趣，这是写"山水之乐"。"若夫日出而林霏开，云归而岩穴暝，晦明变化者，山间之朝暮也。"这一段在行文上与第一段错落有致的参差句式不同，多用整齐的偶句，音节和谐，色彩明丽，把这里的山水描绘得更加美丽可爱。"若夫"是发语词，相当于现代汉语的"说到什么什么"。"霏"是雾气，"林霏开"这句是说清晨旭日东升，霞光璀璨，林间雾气消散，黛色葱翠。"云归"与"日出"相对，古人以为云从山出，晚亦归之。"暝"是昏暗的意思，"岩穴暝"这句是写山林晚间的幽静。作者描写山间早晚的变化，抓住最带山林特征的"云""雾"来写，可以说是典型化的。接着描写山间四季的变化："野芳发而幽香，佳木秀而繁阴；风霜高洁，水落而石出者，山间之四时也。""四时"即四季。"野芳发而幽香，佳木秀而繁阴"，这两句写春、夏之景。春天，山间各种野花竞相开放，幽香扑鼻；夏天，林中枝叶繁茂，浓荫蔽日，气候凉爽宜人。"风霜高洁，水落而石出者"，这两句写秋、冬之景。风霜高洁，就是风高霜洁，即天空高旷、霜色洁白的意思，这是秋天的景象。"水落而石出者"是就前面提到的酿泉而言的。俗话说，飞瀑之下必有深潭。"泻出于两峰之间"的酿泉，其下亦必有深潭，况且酿泉在山间斗折蛇行，水潭肯定会有不少，一到冬季，泉水枯竭，深潭便水落石出了。这几句写山间四时景色变化的不同也是典型化了的。山林之间的景物如此美好而又变化无穷，所以文中接着写道："朝而往，暮而归，四时之景不同，而乐亦无穷也。"这句是对这一段文章的总结，朝、暮、四时都是回应和收束上文。"而乐亦无穷也"的"乐"，是前面提到的"山水之乐"。由于山间早晚和四季的景物各有不同，因此任何时候来这里都可欣赏到不断变化着的山水之美，所以游山的乐趣也就无穷无尽了。

前面两段重点在描写山中景物，后面两段则着重记叙游乐的盛况。

第三段便是写游人之乐和亭中饮宴之乐。"至于负者歌于途，行者休于树，前者呼，后者应，伛偻提携，往来而不绝者，滁人游也。""负者"是背着东西或挑着担子的人，大约是指在山中打柴的樵夫或者在路上挑担的担夫。后句"伛偻"是驼背的老人，"提携"是被人搀扶的儿童。这几句是描写滁州人安居乐业的升平景象：大道上，挑担子的边走边唱，走路走累了的在树下休息，有老人，有小孩，一路上前呼后应，来往不绝。好一幅滁人游乐图！这与孔子的学生曾晳所描绘的暮春时节一行人在沂水沐浴，痛痛快快洗了个澡，然后唱着歌回家这种儒家的理想社会何等相似！所以说这种清明盛世的景象，既客观地从一个侧面反映了作者治滁的政绩，也表现了作者与民同乐的崇高理想和政治态度。接着描写饮宴的盛况。"临溪而渔，溪深而鱼肥；酿泉为酒，泉香而酒洌；山肴野蔌，杂然而前陈者，太守宴也。"临溪而渔的"渔"，是动词，即捕鱼的意思。泉香而酒洌，"泉香"是说酿泉的水味道很香，这是强调泉美；"酒洌"是说酿泉水酿的酒味道清醇，这是强调酒美。这句在苏东坡书写的《醉翁亭记》碑里写成"泉洌而酒香"，也可以说得通。山肴野蔌，"肴"是酒菜，"蔌"是菜蔬，这里泛指乡间的野味、蔬菜。文中列举这些就地取材的时鲜野味，是暗暗地将贬官生活和在京城做官的生活两相对照。醉翁亭上的饮宴，虽然比不上朝廷国宴的山珍海味，但山溪中捕的鱼，酿泉水做的酒，以及各种乡土野味，也别有一番情趣。"宴酣之乐，非丝非竹；射者中，弈者胜，觥筹交错，起坐而喧哗者，众宾欢也。""酣"是喝酒喝得半醉的样子。非丝非竹，是说在山中饮宴没有丝、竹之类乐器伴奏取乐，这是暗用刘禹锡《陋室铭》"无丝竹之乱耳，无案牍之劳形"的典故。"射"是古时候的一种游戏，"弈"是下棋。所谓"射者中，弈者胜"，都是从好的一面来写，因为射者必有不中，弈者亦必有失败，如果把这败兴的一面也一并写上，就不免倒胃口了。还有上文写到的"木"是"佳"木，"鱼"是"肥"鱼，这些地方都是作者为文用心之处，必须留意。"觥"是酒具，"筹"是用来行酒令的签子。觥筹交错，是说酒杯子和筹码相错杂，形容喝酒尽欢的样子。起坐而喧哗者，是说大家喝完了酒，离开座位说笑打闹。这几句写醉翁亭上的宴会，大家无拘无束，恣意取乐，所以说"众宾欢也"。这一段极写饮宴之乐，但最后作者留给我们的形象，却是一个面容苍老，白发斑斑，昏然颓倒在宾客中的"醉翁"。"苍颜白发，颓然乎其间者，太守醉也。""苍颜"即苍老的容颜，"颓然"是精神不振的样子，这里形容醉态。"乎"是"于"的意思。"其间"指宾客们中间。"颓然乎其间"，就是醉倒在宾客们中间。

第四段写太守醉归及作记之人，是写"太守之乐"。"已而夕阳在山，人影散乱，太守归而宾客从也。"不一会儿，太阳就快下山了，因为斜阳映照，人影也显得散乱了，于是太守起程回府，而宾客簇拥于后。"树林阴翳，鸣声上下，游人去而禽鸟乐也。"树林阴翳，是林间天色发暗的样子。鸣声上下，是傍晚的时候小鸟一面鸣叫着一面在树枝上跳上跳下。有过山林生活经验的人都知道，黎明和傍晚的时候，禽鸟是要在林中喧闹一番的。由此可知作者观察生活的细致。鸟噪暮林，这大约是太守归途所见，因此，作者以为游人尽兴离去，山中便是禽鸟的世界了，它们也一定会十分快乐吧。"然而禽鸟知山林之乐，而不知人之乐；人知从太守游而乐，而不知太守之乐其乐也。"作者由禽鸟之乐，引出这一番耐人寻味的议论来。禽鸟只知道山林的快乐，而不知道人们的快乐；人们只知道跟随太守游玩的快乐，而不知道太守为什么快乐。这几句话很有一点庄子与惠子论鱼之乐的理趣，但欧阳修所讲的却是一个十分严肃认真的话题。所谓"太守之乐其乐"，含义很深，既表示了太守以宾客的快乐为快乐，更主要的则是以山中游人的快乐为快乐，即乐民之乐，也就是与民同乐，这就是"太守之乐"，也就是醉翁之意之所在。作者认为自己的这种高尚情操，随从的宾客是不了解的。"醉能同其乐，醒能述以文者，太守也。"文章最后又点出"醉"字来，始终紧扣题意。这几句说，喝醉了能同大家一道快乐，酒醒了便能写成文章来记叙此事，这又是太守的高明之处。那么，这位太守究竟是谁呢？作者直到最后才亮相，道出自己的名字来。"太守谓谁？庐陵欧阳修也。""庐陵"是作者的家乡，在今江西省吉水县。古人署名常冠以郡望。文章写到这里，戛然而止，给人以余音袅袅、意犹未尽之感。

本文虽写于谪贬之时，但文中既没有柳宗元"凄神寒骨，悄怆幽邃"的感情变化，更没有苏东坡"如怨如慕，如泣如诉"的悲叹，自始至终洋溢着欢快的气氛，这是与一般贬放官员寄情山水所不同的地方。诚然，字里行间也流露出谪贬生活的愁绪，但没有一字明言，表达得婉曲深沉，很有情致。

根据《滁州志》记载："欧阳公《记》成，远近争传。"这是因为《醉翁亭记》无论内容，还是形式上都是十分完美的精品。本文构思精巧，结构严密，层次十分清楚。全文用二十一个"也"字句，每句包含一层意思，朗诵起来，语气舒缓，摇曳生姿，增强了文章的抒情气氛。其次，文章散中夹骈，多用偶句，既在散行中求整齐，又在整齐中求变化，错落有致，音韵和谐，真令人百读不厌。

扫码收听

篆刻释文：明月松间照（邵晨 作）

● 秋声图　傅旭明 作　（傅旭明，中央美术学院教师）

欧阳子方夜读书，闻有声自西南来者，悚然而听之，曰："异哉！"初淅沥以萧飒，忽奔腾而砰湃，如波涛夜惊，风雨骤至。其触于物也，鈥鈥铮铮，金铁皆鸣；又如赴敌之兵，衔枚疾走，不闻号令，但闻人马之行声。余谓童子："此何声也？汝出视之。"童子曰："星月皎洁，明河在天，四无人声，声在树间。"余曰："噫嘻，悲哉！此秋声也。胡为而来哉？盖夫秋之为状也，其色惨淡，烟霏云敛；其容清明，天高日晶；其气栗冽，砭人肌骨；其意萧条，山川寂寥。故其为声也，凄凄切切，呼号愤发。丰草绿缛而争茂，佳木葱茏而可悦；草拂之而色变，木遭之而叶脱；其所以摧败零落者，乃其一气之余烈。夫秋，刑官也，于时为阴；又兵象也，于行为金；是谓天地之义气，常以肃杀而为心。天之于物，春生秋实。故其在乐也，商声主西方之音；夷则为七月之律。商，伤也，物既老而悲伤；夷，戮也，物过盛而当杀。

"嗟乎！草木无情，有时飘零，人为动物，惟物之灵。百忧感其心，万事劳其形。有动于中，必摇其精。而况思其力之所不及，忧其智之所不能。宜其渥然丹者为槁木，黟然黑者为星星。奈何以非金石之质，欲与草木而争荣。念谁为之戕贼，亦何恨乎秋声！"

童子莫对，垂头而睡。但闻四壁虫声唧唧，如助余之叹息。

《秋声赋》　欧阳修

欧阳修是北宋时期杰出的政治家和文学家。他四岁丧父，母亲郑氏用芦荻画地教他识字读书，24岁（仁宗天圣八年，1030年）中进士，在朝廷做谏官，为人耿直，敢于诤谏。仁宗庆历年间，范仲淹倡导革新，他竭力支持，是"庆历新政"的重要成员。革新失败后，被指控为"朋党"，受到排挤打击，屡遭贬官。直到晚年回到朝廷，官至参知政事，卒谥"文忠"。

欧阳修晚年自号"六一居士"，即形容自己有藏书一万卷、录金石文一千卷、琴一张、棋一局、酒一壶，外加一老翁。这当是他晚年生活的写照。《秋声赋》写于他53岁（仁宗嘉祐四年，1059年）那年的秋天，当时他在政治上不得志，又有眼疾，因而通过对自然界秋之声的描摹，来抒发自己对人生和时世的感慨。文中对自己忧心劳形、老之将至的伤感，实际上是对新政未能推行所发的感慨和牢骚，表明人事上的挫折，较之自然界肃杀之秋的威力要厉害得多。

这篇文章题为《秋声赋》，可知是一篇赋体文。赋发展到宋代，已经发生了很大的变化，出现了散文化的句式，形成了所谓的"文赋"。这篇赋保持了排比铺陈、设为问答的古赋特点，通过一连串生动的比喻，把无形的秋声描绘得淋漓尽致，宛如在眼前；对秋天的萧瑟景象也极尽渲染之能事，有动人心魄的艺术感染力。

文章分为三个部分，第一部分描写秋声；第二部分感叹人事；第三部分结尾，回应开头。一开头说：欧阳子方夜读书，闻有声自西南来者，悚然而听之，曰："异哉！"这里不称"吾"或"余"等，而说"欧阳子"，这就是赋的写法。开头这几句当中，有几个关键的词语要特别注意：首先是"夜"字，不仅交代了时间，而且创造了特定的氛围。其次是"声"字，紧扣题目。在夜深人静的时候，作者正在灯下读书，突然听到来自西南方向的声音，将会是一种什么感觉呢？接下来"悚然""异哉"两个词，表明了作者当时的感受。悚然，是惊骇恐惧的样子；异哉，是作者对这种声音既感到惊恐，又产生了疑虑，这究竟是一种什么声音呢？开头这几句为全文定下了悲凉伤感的基调。

接下来，作者叠用一系列比喻和比拟，把无形的、抽象的、变化莫测的秋声，化为有形的、具体的、可感的艺术形象，使之历历在目，声声在耳："初淅沥以萧飒，忽奔腾而砰湃，如波涛夜惊，风雨骤至。其触于物也，铮铮铮铮，金铁皆鸣；又如赴敌之兵，衔枚疾走，不闻号令，但闻人马之行声。"从"初"到"忽"，表明了声音变化的过程，由近及远，由小到大。"淅沥以萧飒"是因为"风雨骤至"，"奔腾而砰湃"则是"波涛夜惊"的景象。这里也是赋的写法，错落对偶，互为照应。"其触于物也，铮铮铮铮，金铁皆鸣"，这似乎是写实：秋风掠过，风铃响起，铮铮铮铮，一片和鸣。

这实际上也是作者于黑夜之中的冥想，是想象中的景象。通过以上两层比喻，已经把这种声音渲染得使人惊心动魄了，但作者意犹未尽，笔锋一转，又来了一个使人更为震撼的比喻："又如赴敌之兵，衔枚疾走，不闻号令，但闻人马之行声。"这里的"衔枚"是指古代行军，为了避免喧哗，令士兵把短木棒衔在口中。这里不是描写军队鼓乐震天、人马喧嚣的场面，而是独特地表现"衔枚疾走"这样急迫而森严的情景，极为贴切，极为准确。以上一连串的比喻，风雨之声、波涛之声、金铁之声、人马之声，在这宁静的秋夜，是怎样的震撼人心啊！

于是，作者对童子说："此何声也？汝出视之。"这究竟是什么声音呢？你出去看看。这里用"视"而不是"听"，很妙。童子出去看了之后，回来向主人禀报："星月皎洁，明河在天，四无人声，声在树间。"明河，即指银河。童子说，外面银河当空，星星和月亮十分皎洁明亮，四下里并无人声，那声音可能是从树林之间过来的。玩味童子的话语，不仅雅洁，而且颇具禅意，显然不是童子的口吻，而是作者的想象，只不过采用赋体主客问答的形式，借童子之口说出而已。童子不能理解这声音的缘由，作者不无感慨地说："噫嘻，悲哉！此秋声也，胡为而来哉？"至此才点出"秋声"，并提出问题，这秋声是怎样形成的呢？引出下面一段议论。

"盖夫秋之为状也，其色惨淡，烟霏云敛；其容清明，天高日晶；其气栗冽，砭人肌骨；其意萧条，山川寂寥。"

这一层从秋天的"色""容""气""意"几方面来描写秋天的情状。这里除了"其容清明，天高日晶"描写秋高气爽，可以给人以心胸开朗的感觉之外，其余的我们根据作者所用的一系列形容词，可以充分体会到秋天的惨淡、寒凉、萧条和寂寥。这就是作者笔下的"秋之为状"，正因为如此，"故其为声也，凄凄切切，呼号愤发。"由秋之"状"引出了秋之"声"，这是写"秋声"亦即秋风的成因。注意，这里"凄凄切切"与上文"淅沥以萧飒"相呼应，"呼号愤发"则与"奔腾而砰湃"相呼应。

接下来描写秋风的威力："丰草绿缛而争茂，佳木葱茏而可悦；草拂之而色变，木遭之而叶脱；其所以摧败零落者，乃其一气之余烈。"前两句宕开一笔，写夏天草木茂盛的样子。然而，秋风一到，绿草变枯而萎地，树叶变黄而飘落。秋风如何有这样的威力呢？原来就是秋天的"一气之余烈"。春秋代序，四时更替，一年一度秋风紧，这是大自然千古不易的规律。由此，又引起了对"秋"的进一步的解释。

"夫秋，刑官也，于时为阴；又兵象也，于行为金；是谓天地之义气，常以肃杀而为心。"据《周礼》记载，周朝用天地四时之名命官，如：天官冢宰、地官司徒、春官宗伯、夏官司马、秋官司寇、冬官司空，谓之六官。司寇掌管刑罚，所以这里称"秋"为"刑官"。"于时为阴"，是说秋天在四时之中属阴。古代以阴、阳二气配合四时，春夏属阳，秋冬属阴。"兵象"，古代用兵多在秋天，因此人们认为秋天是战争之象。"于行为金",是说秋天在五行之中为金。古代把金、木、水、火、土五行分属四时,秋天属金。我们今天还说秋天为"金秋",说秋风为"金风"。以上引经据典来解释秋天,归结到最后两句:"是谓天地之义气,常以肃杀而为心。""刑官"也好,"兵象"也好,"于时为阴"也好,"于行为金"也好,总之,秋天的特点就是"肃杀"二字。"天之于物,春生秋实。"春天生长,秋天结实,这是大自然的规律。这里的"天"就是指自然规律。这两句作为过渡,接着上文从阴阳、五行方面的解释,下面再从乐律方面进一步对秋加以解释。

"故其在乐也,商声主西方之音;夷则为七月之律。商,伤也,物既老而悲伤;夷,戮也,物过盛而当杀。"古代用宫、商、角、徵、羽五音分配四时,秋天为商声。另外,西方是秋天的方位,所以说"商声主西方之音"。文章开头说"有声自西南来者",也暗含"秋声"之意。"夷则",古代十二乐律之一。古人以十二乐律与十二月令相配,七月为夷则,所以说"夷则为七月之律"。"商"与"伤",是同音相训;"夷"与"戮",是同义相训。这一层从乐律方面的解释,无非是要说明"物既老而悲伤""物过盛而当杀"的道理。

以上一大段,从新陈代谢、四时更替的自然规律来解释秋天的肃杀之气,正因为这种肃杀之气而形成了令人惊骇的秋声。下面一段则从自然转向社会,从草木而转向人事。"嗟乎!草木无情,有时飘零,人为动物,惟物之灵。百忧感其心，万事劳其形。有动于中，必摇其精。"作者由对自然物象的观察和体悟，很自然地联想到人类社会，联想到自己的处境，不禁感慨良多。无情的草木，一到了秋天就会凋零；人为万物之灵，各种烦恼扰乱其思想，各种事务消耗其精力，如何承受得了呢！庄子说过："必静必清，无劳汝形，无摇汝精，乃可以长生。"（《庄子·在宥》）这只不过是道家清静无为的思想，追求长生不死的一种理想而已，在现实社会中是不可能做到的。世间万事，所见所闻，必然会有所感动，有所思考，以致诉诸行动。特别像欧阳修这样有抱负、有作为的政治家，当然更会忧国忧民，感时伤世。所以他说："有动于中，必摇其精。"正所谓"风声雨声疾苦声，声声入耳；国事家事天下事，事事关心"，怎能不伤心费神呢！"而况思其力之所不及，忧其智之所不能。"更何况，许多事情，想得到而做不到，更不要说有时连想也难以想到。总之，受天时、地利、人和等诸多条件限制，许多事情就只能是"白了少年头，空悲切"。因此紧接着说："宜其渥然丹者为槁木，黟然黑者为星星。""人生不满百，常怀千岁忧"，由于过多的忧愁，理所当然生命就容易衰老。"渥然"，是容颜润泽的样子；"槁木"，形容面容枯槁如烂木头一般。"黟然"，头发乌黑的样子；"星星"，形容头发已经斑白了。这里两相对照，无非是感慨人的生命形质易于衰老。前面说到，此文写于作者53岁之时，当时他患眼疾，加之政治上的挫折不断，大概这位老人已经感觉到自己心力交瘁，垂垂老矣。所以，接着抒发感慨："奈何以非金石之质，欲与草木而争荣，念谁为之戕贼，亦何恨乎秋声！"人非金石之质，乃血肉之躯，怎能与一岁一枯荣、衰而复盛的草木争荣呢！我衰老得这般快，到底是谁造成的呢？又有什么理由怨恨这自然界发出的秋声呢？很显然，这里委婉地表达了作者对现实的不满和无法施展抱负的苦闷心情，抒发了对生命短促、人生易老的深沉感叹。这就是本文的主旨之所在。

文章最后还有一个结尾，与开头相呼应，描写当时的现实情景："童子莫对，垂头而睡。但闻四壁虫声唧唧，如助余之叹息。"这十分简短的结尾，几句话不仅把当时的场景描摹得生动传神，而且给人以余音袅袅、不绝如缕之感。作者的叹息之声与唧唧虫声，也许还有童子的微微鼾声，久久回响在读者的耳边，萦绕在我们的心头。

欧阳修在写此文之前，曾赠诗好友梅尧臣，简直就是这篇文章的提纲，诗曰："夜半群动息，有风生树端。飒然飘我衣，起坐为长叹。苦暑君勿厌，初凉君勿欢。暑在物犹盛，凉归岁将寒。清霜忽以飞，零落亦溥溥。霜露本无情，岂肯私蕙兰。不独草木尔，君形安得完。栉发变新白，鉴容销故丹。风埃共侵迫，心志亦摧残。……"由此可见，作者悲秋而伤时，其感慨之深沉，积郁之浓厚，不得不一吐再吐，方为快事。当代作家峻青在其散文名篇《秋色赋》中说，欧阳修《秋声赋》写的不只是时令上的秋天，而是那个时代、那个社会在作者思想上的反映。这样的分析，的确把握了这篇文章的精神实质。

金溪民方仲永，世隶耕。仲永生五年，未尝识书具，忽啼求之。父异焉，借旁近与之。即书诗四句，并自为其名。其诗以养父母、收族为意，传一乡秀才观之。自是指物作诗立就，其文理皆有可观者。邑人奇之，稍稍宾客其父，或以钱币乞之。父利其然也，日扳仲永环谒于邑人，不使学。

余闻之也久。明道中，从先人还家，于舅家见之，十二三矣。令作诗，不能称前时之闻。又七年，还自扬州，复到舅家。问焉，曰："泯然众人矣。"

王子曰：仲永之通悟，受之天也。其受之天也，贤于材人远矣。卒之为众人，则其受于人者不至也。彼其受之天也，如此其贤也，不受之人，且为众人。今夫不受之天，固众人；又不受之人，得为众人而已耶？

《伤仲永》　王安石

金溪民方仲永世隶耕仲永生五年未尝识书具
忽啼求之父异焉借旁近与之即书诗四句并自为
其名其诗以养父母收族为意传一乡秀才观之
自是指物作诗立就其文理皆有可观者邑人奇
之稍稍宾客其父或以钱币乞之父利其然日扳仲永
环谒于邑人不使学
余闻之也久明道中从先人还家于舅家见之十二
三矣令作诗不能称前时之闻又七年还自扬州复
到舅家问焉曰泯然众人矣
王子曰仲永之通悟受之天也其受之天也
贤于材人远矣卒之为众人则其受于人者
不至也彼其受之天也如此其贤也不受之人
且为众人今夫不受之天用众人又不受之人
得为众人而已邪
　　　　　录宋王安石伤仲永书
　　　　岁甲午榴月李天天于京华

● 李天天 作 （李天天，首都师范大学书法学博士）

人的聪明才智，不可否认与他的天资禀赋有关，但更为重要的是后天的学习和教育。古往今来，产生了许许多多天资聪慧、智力超常的"神童"，他们当中有的得到了很好的教育和培养，成了国家的栋梁之材；有的则由于种种原因，而终未能够成才。王安石的小品文《伤仲永》就为我们叙述了一个"神童"夭折的故事，读来耐人寻味。

这篇文章通过方仲永的事例，说明人的天赋才能虽有高下之分，但后天的教育和学习对于人才的成长起着决定性作用，如果不注意后天的教育和学习，天才也会变为庸才。全文可分为前后两个部分，前一部分叙事，后一部分议论。前面叙事的部分又可分为两段。我们先来看第一段。

"金溪民方仲永，世隶耕。"文章一开头交代人物的姓名、籍贯和出身。"金溪"是县名，现在属于江西省抚州市，是作者的家乡临川县的邻县。"世隶耕"，就是世世代代种田，"隶"是属于的意思。这句告诉我们，方仲永是金溪县的一个农家子弟。注意，作者没有介绍别的情况，单单提出"世隶耕"来，这是为了给下文张本做铺垫。

"仲永生五年，未尝识书具，忽啼求之。"仲永长到五岁的时候，连写字的文具都没有看到过。"书具"就是写字的工具，也就是人们通常称之为文房四宝之类的东西。这句是承上句"世隶耕"而来的，既是祖祖辈辈种田的农户，家中又哪来这些东西呢？然而奇怪的是，仲永突然又哭又闹，却又不是要吃要玩，而偏偏要他从来没有见过的文房四宝。

"父异焉，借旁近与之。即书诗四句，并自为其名。"他的父亲自然觉得非常奇怪，便试探着向邻居借来了文房四宝给他。"旁近"是就近的意思，也就是邻居。接着，更为奇怪的事出现了，这个从来不曾见过笔墨的小孩子，居然提起笔来，写了四句诗，并且还落了款。这简直是奇迹，然而更令人不可思议的是这首诗还立意不差。

"其诗以养父母、收族为意，传一乡秀才观之。自是指物作诗立就，其文理皆有可观者。"这五岁的小仲永写的诗，主题思想是要侍奉父母、团结宗族，的确不同凡响。因此，他的诗就在乡里的读书人中流传开了。"收族"，是要同族的人按辈分、亲疏的宗法关系团结起来。"以……为意"，是一个常见的文言句式，意思是把什么什么作为思想内容。从此以后，别人指定题目要仲永作诗，他都能够一挥而就，并且文采和内容两方面都很不错。可见，仲永作诗绝不是弄虚作假的。"自是"，从此。"指物作诗"，别人为了考他，就以眼前的事物为题限他即席作诗。"文理"，"文"就是文采，即艺术性；"理"是指内容，即思想性。

"邑人奇之，稍稍宾客其父，或以钱币乞之。父利其然，日扳仲永环谒于邑人，不使学"，同乡人以为仲永小小年纪能作出这样的好诗来，将来必定前途无量，因此都很看重他。并且，渐渐地对他父亲也另眼相看，当作贵客来接待。甚至有的人还送上钱财，请仲永作诗。"邑人"，即同乡人。"稍稍"，是渐渐地、慢慢地。"宾客其父"，意思是请他父亲去做客，"宾客"在这里作动词用。"或以钱币乞之"，是说有的人用钱币来请仲永作诗。这样一来，仲永的父亲觉得有利可图，就整天带着仲永四处拜访，不让他上学读书。"利其然"，是说别人以钱物向仲永求诗，仲永的父亲便贪图这样的利益。扳，是领着、引着的意思。"环谒"，就是到处拜访人。

以上是第一段，叙述方仲永五岁写诗出名的经过。读后，我们不免要产生疑问：一个连笔墨都没见过的农家子弟，别说写诗，就是写字也是不可能的。五岁能诗，我国历史上倒是有过这样的事情，但从来与诗书翰墨无缘的农家子弟仲永居然也能作诗，这显然是不可信的。也许，作者对方仲永的故事并非亲眼所见，而是道听途说的，这在下文已有交代；也许，作者为了强调自己的观点，带有一定的夸张色彩，把仲永给神化了。这段文章最后以"不使学"三字作结，就为这位神童的悲剧命运作了伏笔。

接着我们来看第二段。

"余闻之也久。明道中，从先人还家，于舅家见之，十二三矣。令作诗，不能称前时之闻。"作者说，方仲永五岁能诗的事情已经听说很久了，这是补充说明第一段所叙述的内容是听说来的。"明道"是宋仁宗的年号。"先人"，这里指作者已经故去的父亲，因为这篇文章不是当时写下的，而是后来追记的。根据有人考证，王安石在明道二年，也就是公元1033年，跟随父亲一道回乡，因为他的母亲吴氏是金溪人，所以得以在舅家见到慕名已久的方仲永。那时候，方仲永已经十二三岁了，那年王安石也只有13岁，大致和方仲永的年纪差不多，但是王安石毕竟是诗书人家，学问自然已不简单了。他让方仲永作诗，觉得大失所望，方仲永的诗已不能同以前的传闻相比，名不副实了。"称"，就是相符的意思。

"又七年，还自扬州，复到舅家。问焉，曰：'泯然众人矣！'"再过了七年，王安石从扬州回老家，又到了舅舅家中。他仍然惦记着方仲永的事，一打听，人们告诉他说：已经和普通人没有什么两样了。"泯"是消失的意思，这里是指方仲永幼儿时期的聪颖天资消失殆尽。

第二段通过作者先后两次所见所闻，叙述方仲永由一个神童沦为平庸之辈的结果。世界上任何事物的发展变化总是有一个过程的。方仲永天赋超人，5岁能诗；可是由于他那位糊涂的父亲"不使学"，几年之后方仲永便"不能称前时之闻"了；最终则"泯然众人矣"。这就是方仲永悲剧的演变过程。

以上两段为全文的第一部分，侧重叙事。第二部分是作者就第一部分叙述的事情所发的议论，他告诉我们，从方仲永这个神童的悲剧故事中，我们得到什么启发，应该吸取什么教训。

"王子曰：仲永之通悟，受之天也。其受之天也，贤于材人远矣。卒之为众人，则其受于人者不至也。""王子"是作者自称，"王子曰"是采用了《史记》以来人物传记的传统写法，先叙述人物事迹，最后发表自己的意见。作者认为，仲永的聪颖是天生的。"通悟"就是聪明的意思。"受之天"，就是我们通常所说的天资、天赋。人一生下来，智力就存在着差异，不承认这一点，不是唯物主义的态度。所以作者接着说，正因为方仲永的天赋好，所以他的聪明才智远远超过普通人。"材人"是经过人力教育培养出来的人才，这里是与"受之天"的"天才"相对而言的。作者首先肯定了仲永的天才，接着笔锋一转，说仲永结果沦为了普通的人，原因就在于他没有得到人力的教育和培养。可见，作者既承认先天素质的差异，尤其强调后天的教育，受之天不若受之人，这就是文章的主旨所在。

本来文章写到这里也就可以结束了，然而作者并没有就此搁笔，而是将仲永一事引申开来，联系到普通人身上。"彼其受之天也，如此其贤也，不受之人，且为众人。今夫不受之天，固众人；又不受之人，得为众人而已耶？"这几句说，像仲永那样天分很高的人，由于不受教育，尚且会成为普通人。可是现在有些人，天赋不高，本来就是很平凡的人，却又不受教育，难道还够得上一个普通人的水平吗？最后这层意思，催人猛醒，发人深思！作者叙述方仲永的故事，不单单怜惜仲永，主要目的在于告诉人们要重视学习，重视教育，重视人才的培养。

这篇文章的题目叫作《伤仲永》，"伤"就是"惋惜"的意思。文章中没有明写一个"伤"字，但字里行间无处不流露出对方仲永这位夭折的天才的痛惜之情。作者采用先扬后抑的手法，把方仲永的天资渲染得越神奇，铺张得越厉害，就越使人为他的结局而惋惜，也就越使人感到学习的重要性。文章层次分明，语言简练，叙事环环紧扣，议论层层推进，首尾呼应，逻辑严密，叫人读后不能不有所感悟，不能不受到启发。

篆刻释文：受命不迁（殷玉刚 作）

扫码收听

贰拾肆

明月清风，物我两忘

壬戌之秋，七月既望，苏子与客泛舟游于赤壁之下。清风徐来，水波不兴。举酒属客，诵明月之诗，歌窈窕之章。少焉，月出于东山之上，徘徊于斗牛之间。白露横江，水光接天。纵一苇之所如，凌万顷之茫然。浩浩乎如冯虚御风，而不知其所止；飘飘乎如遗世独立，羽化而登仙。

于是饮酒乐甚，扣舷而歌之。歌曰："桂棹兮兰桨，击空明兮溯流光；渺渺兮余怀，望美人兮天一方。"客有吹洞箫者，倚歌而和之。其声呜呜然，如怨如慕，如泣如诉；余音袅袅，不绝如缕，舞幽壑之潜蛟，泣孤舟之嫠妇。

苏子愀然，正襟危坐，而问客曰："何为其然也？"客曰："'月明星稀，乌鹊南飞'，此非曹孟德之诗乎？西望夏口，东望武昌，山川相缪，郁乎苍苍，此非孟德之困于周郎者乎？方其破荆州，下江陵，顺流而东也，舳舻千里，旌旗蔽空，酾酒临江，横槊赋诗，固一世之雄也，而今安在哉？况吾与子渔樵于江渚之上，侣鱼虾而友麋鹿，驾一叶之扁舟，举匏樽以相属。寄蜉蝣于天地，渺沧海之一粟。哀吾生之须臾，羡长江之无穷。挟飞仙以遨游，抱明月而长终。知不可乎骤得，托遗响于悲风。"

苏子曰："客亦知夫水与月乎？逝者如斯，而未尝往也；盈虚者如彼，而卒莫消长也。盖将自其变者而观之，则天地曾不能以一瞬；自其不变者而观之，则物与我皆无尽也。而又何羡乎？且夫天地之间，物各有主，苟非吾之所有，虽一毫而莫取。惟江上之清风，与山间之明月，耳得之而为声，目遇之而成色；取之无禁，用之不竭。是造物者之无尽藏也，而吾与子之所共适。"

客喜而笑，洗盏更酌。肴核既尽，杯盘狼藉。相与枕藉乎舟中，不知东方之既白。

《前赤壁赋》　苏轼

本文是苏东坡贬谪黄州的第三年写的，原题《赤壁赋》。因作者在这一年当中两游赤壁，写下了两篇同名的《赤壁赋》，故后人冠以"前""后"加以区分，这如同诸葛亮的前后《出师表》一样。文中所写的赤壁是黄州赤壁矶，并非三国时孙、曹大战的赤壁（在今湖北蒲圻县境内；一说在湖北嘉鱼），有人说苏轼把地理位置搞错了，实际上作者只不过是借题发挥，抒发自己的感慨而已，不可能连这样起码的历史常识都不知道。

苏东坡的思想比较复杂，儒、佛、道思想在他的世界观中既矛盾又统一：他有儒家积极入世、关心社会的一面，这使得他虽屡遭贬谪，非但没有消极颓废，而且每到一处都有所作为，深为百姓拥戴；但另一方面，长期的贬谪生活又使他与老庄思想十分合拍，通达乐观，超然物外，所谓"无往而不乐"；不仅如此，他还与僧人交往，精研佛教典籍，表现出与世无争、不计得失的超脱。他在谪贬黄州期间，"与田父野老相从溪山间"，以纵情山水来排遣心中的苦闷。据说，黄州城外有一块朝东的山坡，面对长江，竹树掩映，风景优美，苏轼十分喜欢这块地方，经常与朋友一块到这里饮酒赋诗，并自号"东坡居士"。《前赤壁赋》就是在这样的思想背景下写成的。

这是一篇赋体文。这种文体是从汉赋、六朝骈赋发展而来，到唐宋形成文赋，其特点是骈散结合，押韵、句式与散文不同，多用排比对偶，讲究音节和谐，此外，本文还采用了辞赋体主客问答的形式。全文分三个部分，我们先来看第一部分。

"壬戌之秋，七月既望，苏子与客泛舟游于赤壁之下。"文章一开头交代时间、地点、人物和事件。时间是壬戌年的七月十六日，也就是宋神宗元丰五年（1082）七月十六日。"壬戌"是这一年的干支。"既望"是农历的每月十六日，农历每月初一叫"朔"，十五叫"望"，十六叫"既望"。这里为什么不直接写"元丰五年七月十六之夜"，而写"壬戌之秋，七月既望"呢？这就是赋体文的写法，下一句自称"苏子"而不称"我"，也是文体所要求的。"壬戌之秋，七月既望"两句交代了时间，而"苏子与客泛舟游于赤壁之下"一句则包含了地点、人物和事件，用笔可谓简练。地点是"赤壁"，人物是"苏子与客"，事件是"泛舟游于赤壁之下"。这里提到的"客"，据《东坡尺牍》，同游赤壁者为秀才李委。一说为道士杨世昌。魏学洢《核舟记》则认为是佛印和尚和黄庭坚。实际上不一定实有其人，赋体文中的"客"常常是作者虚拟的人物。"苏子与客"在赤壁泛舟，江面之上，"清风徐来，水波不兴"，这既是写景也是作者的感受。注意，这里的"清风"与下一句的"明月"，都是为下文做铺垫的。"举酒属客，诵明月之诗，歌窈窕之章。"

作者的兴致很高，他一面向客人敬酒，一面吟诵诗歌。这里提到的"明月之诗"，是指《诗经·陈风·月出》一诗，而"窈窕之章"则是此诗中的句子（《月出》诗中有云："月出皎兮，佼人僚兮，舒窈纠兮，劳心悄兮。""窈纠"与"窈窕"音近，故苏轼称之为窈窕之章）。所谓"窈窕之章"也就是"明月之诗"，这样写也是辞赋的手法，为了对偶而重复。这里由吟诵明月之诗很自然地转换到对现实景物的描写："少焉，月出于东山之上，徘徊于斗牛之间。"这里的"斗牛"，是两个星辰的名称，其分野位于吴越一带，"徘徊"原本是形容人的，现在用来形容月亮在两星之间冉冉上升，十分生动贴切。这里不仅写月，也点明了时间，南斗星出现于东方，是晚上七点左右。作者一面吟诗，一面喝酒，不一会儿，月上东山，江面上又是另一番景象："白露横江，水光接天。""白露"是指江面上朦胧的水汽。白茫茫的水汽笼罩江面，一轮满月初升，月光照在水面上，波光粼粼，水天相接，浑然一体。这景象是何等宏阔而幽静。在这样美妙的清风明月之夜，泛舟于江上，该会产生一种什么样的感觉呢？

"纵一苇之所如，凌万顷之茫然。浩浩乎如冯虚御风，而不知其所止；飘飘乎如遗世独立，羽化而登仙。"驾着一叶扁舟，飘荡在茫茫万顷的长江上，真如列子御风而行，并不一定要到达什么目的地，这样飘飘忽忽，好像是长了翅膀，要离开这世俗的人间而飞向神仙的境界。这里描写的就像电影镜头一般，有远景、近景，有全景还有特写。"纵一苇之所如，凌万顷之茫然"是全景，让我们看到的是水汽茫茫的长

● 赤壁夜游图（版画） 王霄 作 （王霄，中国艺术研
究院文学艺术院画家，北京工笔重彩画会理事）

江，江面上漂着一只小船。而"冯虚御风"则是特写，我们似乎看到了云彩之上主人公从容的神态和飘舞的裙裾。接着镜头由近推远，主人公飘飘欲仙，脱离了现实社会向仙境飞升。苏东坡词"我欲乘风归去"，大约也是描写这样一种感觉和境界，以上是第一部分，写月夜泛舟的超然之乐，反衬其对现实生活的厌倦。

接下来我们来看第二部分。"于是饮酒乐甚，扣舷而歌之。"到这里才点明一个"乐"字，他们一面喝酒，一面拍打船舷，情不自禁地唱起歌来。歌词是这样的："桂棹兮兰桨，击空明兮溯流光；渺渺兮余怀，望美人兮天一方。"意思是说：我用桂树做的棹，用木兰树做的桨，划着月光映照的江水溯流而上；我的心情绵远而忧伤，遥望圣明的君王，为什么要让我与您天各一方！这显然是模仿楚辞，用香草美人的比喻，来抒发自己高洁的情怀，以及作为一个贬谪的朝臣对君王的思念。"客有吹洞箫者，倚歌而和之。"客人当中有一位吹洞箫的，随着歌声而吹箫伴奏。洞箫悠远而低沉的旋律，伴随着这略带幽怨的歌词，在皓月当空的寂静的江面上响起，其音乐效果如何呢？"其声呜呜然，如怨如慕，如泣如诉；余音袅袅，不绝如缕，舞幽壑之潜蛟，泣孤舟之嫠妇。"这一段描写箫声，十分生动形象。呜呜低吟的箫声，似乎有无限的幽怨、无限的思慕；似乎是在低声哭泣，又似乎在倾诉衷肠。箫声悠长婉转，却动人心魄，连水中的蛟龙都被感动了，竟为之起舞；而那孤舟上的寡妇，则早已泣不成声。"泣孤舟之嫠妇"，是暗用白居易《琵琶行》中"天涯沦落人"——"商人妇"的典故。这里既是描写音乐，同时也描写了作者感情的变化。接着，就是作者感情变化后的一段主客对话。

"苏子愀然，正襟危坐，而问客曰：'何为其然也？'"前面说到，自称"苏子"是赋体文的需要。"愀然"是写面部表情的变化，因忧愁而变得严肃起来。"正襟危坐"，就是整整衣襟，严肃地端坐的样子。这是与前面"扣舷而歌"相对而言的，不再是那么悠闲随便了。"苏子"神情严肃地向客人发问：你的洞箫怎么会吹出这样的声调来呢？于是引发了客人一大段议论。客人说："'月明星稀，乌鹊南飞'，此非曹孟德之诗乎？西望夏口，东望武昌，山川相缪，郁乎苍苍，此非孟德之困于周郎者乎？方其破荆州，下江陵，顺流而东也，舳舻千里，旌旗蔽空，酾酒临江，横槊赋诗，固一世之雄也，而今安在哉？"前面已经讲过，苏轼夜游赤壁，只不过借赤壁这个地名和曹操等人的历史故事来抒发感慨。这里所谓的"客曰"，也只不过是假托客人之口对历史兴亡和人生得失发表自己的看法。客人先引述了曹操《短歌行》一诗中的句子。为什么要引这两句呢？他们在明月之夜泛舟赤壁，来到孙曹交战的地方，触景生情，联想到曹操和他写的关于明月的诗，这当然是极其自然的，更何况作者当时的景况与曹操此诗所抒发的情感也颇有相通之处。作者在赤壁向西望去是夏口（今湖北武昌），向东望去是武昌（今湖北鄂城），这不就是当年周瑜大败曹操的地方吗？如今山川依旧，青山苍苍，江流滚滚。然而，当年曹操率领八十万大军，先攻破荆州，随即攻下江陵，沿着长江一路东进，那江面上船头连着船尾（舳，船头；舻，船尾），千里不绝，战旗飘扬，遮天蔽日，曹操在大船上临江饮酒，横槊赋诗，真是何等英雄气概！而今都已成为历史，什么都不存在了。

接着，用一个转折词从历史拉回到现实："况吾与子渔樵于江渚之上，侣鱼虾而友麋鹿，驾一叶之扁舟，举匏樽以相属。""况"在这里起转折加递进的作用，以下的文字都是拿自己与曹操相比。虽然我苏东坡也与曹操一样富有雄才大略，希望干一番轰轰烈烈的事业，却被贬谪到这样僻远的地方，只好在江渚之上打鱼砍柴，与鱼虾为伴侣，同麋鹿交朋友，驾着这简陋的小船，拿着葫芦瓢饮酒。这里几乎每一句都是以自己贬谪生活的现实处境与曹操的显赫一时相对照。但值得指出的是，作者把自己的贬谪生活描写得富有诗意，这一方面把自己对现实处境的不满和牢骚巧妙地隐藏了起来；另一方面也表达了作者随遇而安、不计得失的旷达情怀。所以接下来说："寄蜉蝣于天地，渺沧海之一粟。哀吾生之须臾，羡长江之无穷。挟飞仙以遨游，抱明月而长终。知不可乎骤得，托遗响于悲风。"这一段文字是典型的赋体文写法，语言讲究而对仗工整，大意是说：人生十分短暂，就像那朝生暮死的昆虫蜉蝣一样寄生于天地之间，人类也十分渺小，如同那茫茫大海中的一粒粟米。人的一生，转瞬即逝，而浩浩长江却万古长流，这真是令人羡慕啊！多么希望与神仙一道遨游太空，或者像今天晚上这样伴着明月与友人一道玩赏，这样无忧无虑，没有尽期。当然，这不过是脱离现实的幻想，是不可能得到的，因而只好借托洞箫之声把这种情感抒发出来。最后一句"托遗响于悲风"，是说刚刚讲的这些内容都通过箫声表达出来了，这就巧妙地回应了前面作者听到那"如怨如慕，如泣如诉"的箫声后问客人"何为其然也"上来，作了很好的收束。以上是第二部分，通过主客问答，描写人生无常的惆怅，表现其对贬谪生活的哀怨。

最后来看第三部分。作者听了客人上面一大段议论后说："客亦知夫水与月乎？逝者如斯，而未尝往也；盈虚者如彼，而卒莫消长也。盖将自其变者而观之，则天地曾不能以一瞬；自其不变者而观之，则物与我皆无尽也。而又何羡乎？"作者针对客人的言论，阐明了自然界变与不变的道理。客人上面讲的一大段话始终紧扣眼前的情景——江水和明月，所以作者一开头就说：难道你也知道水与月吗？玩味其语气，意思是说客人并不真正懂得水与月。那么，作者是怎样看水与月的呢？"逝者如斯，而未尝往也"，这是说水。《论语·子罕》上记载："子在川上曰：'逝者如斯夫，不舍昼夜。'"孔子见流水而感叹时光流逝，岁月不居。这里苏轼从另外一个角度说，水虽然不停地流动，却一点也没有流走，眼前的长江，流了亿万斯年，却还是长流不息。"盈虚者如彼，而卒莫消长也"，这是讲月。月亮每月一次朔望，缺了又圆，圆了又缺，最终不曾有丝毫的减少或增多。这是什么道理呢？作者从变与不变的不同角度很好地解释了这一自然现象：从变化的角度来看，天地间的万事万物无时无刻不在发生变化；从不变的角度来看，则万物与你我都是永恒的，这也许就是我们现在所说的物质不灭的道理吧。既然如此，长江之无穷又有什么可以羡慕的呢？这里与其说是对自然现象的解释，倒不如说是作者对人生得失的一种态度，一种襟怀，一种人生观和宇宙观。因而作者更进一步说："且夫天地之间，物各有主，苟非吾之所有，虽一毫而莫取。惟江上之清风，与山间之明月，耳得之而为声，目遇之而成色；取之无禁，用之不竭。是造物者之无尽藏也，而吾与子之所共适。"作者说，天地之间的所有物质都各有所属，只要是不属于我的，哪怕一丝一毫我也不取。唯独这江上的清风和山间的明月，耳听之有声，目观之有色，取之没有禁止，用之没有穷尽。这是大自然赐予的无尽宝藏，你我都可以尽情地欣赏和享用。最后一句"吾与子之所共适"的"适"，一作"食"。朱熹《朱子语类》说："风为耳所食，色为目所食。"这似乎也能解得通。这一段文字不仅富于哲理，而且境界很高，最值得玩味。

客人听了苏子这段话有什么反应呢？"客喜而笑，洗盏更酌。"客人听了苏子的话非常高兴，开心大笑，以至于将喝残了的酒又重新摆布，再次痛饮起来。我们可以想象，在这样明月清风之夜，二三好友在长江上泛舟游赏，一面喝酒，一面唱歌、吹箫，更有心灵的对话与沟通，该是何等痛快！何等尽兴！"肴核既尽，杯盘狼藉。相与枕藉乎舟中，不知东方之既白。"这真是一幅绝妙的写照：菜肴和果品都吃光了，酒也喝得烂醉，案几上一片杯盘狼藉，船舱里大家七歪八倒互相枕着睡觉，不知不觉竟东方发白了。以上是第三部分，作者以老庄哲学表达自己以不变应万变的旷达情怀。

《前赤壁赋》是千古传诵、不可多得的佳作。它是一篇记游文，也是一篇抒情文，同时又是一篇说理文，写景、抒情、说理三者水乳交融，浑然一体。就写景来说，文中的景物描写十分优美，明月、清风、白露、水光、一叶扁舟、主客酬答、饮酒赋诗、扣舷而歌、倚歌吹箫……组成一幅赤壁夜游图，给人以身临其境之感。就抒情而言，文中凡描写景物都贯注了作者的思想感情，此即所谓物中有我，景中有情。开头写清风徐来，月出东山，泛舟江上如羽化登仙，其乐无穷；中间一段，借客人之口道出人生无常的愁苦；最后一段，讲到物我无尽，风月共享，再写夜游之乐，回应开头。全文由乐生悲，由悲复乐，亦乐亦悲，既矛盾又统一，与作者政治失意的苦闷及其对待人生的达观态度完全吻合，这种情怀通过写景和主客对话得到了很好地表达。再就说理而言，古人十分推崇文章的最后一段，称苏东坡是仙人，认为他的人生境界很高。作者阐述变与不变的辩证法则，完全不同于一般的说理，而是通过生动的形象，用水的流逝，月的盈虚，乃至风声月色来述说道理，是一种充满诗意的哲理。这种艺术手法十分高超。

王能宪 作

（王能宪，本书作者）

常记溪亭日暮沈醉不知归路兴尽晚回舟误入藕花深处争渡争渡惊起一滩鸥鹭

李清照词如梦令 王能宪书

贰拾伍

一曲潇洒高雅的
青春之歌

常记溪亭日暮，沉醉不知归路。兴尽晚回舟，
误入藕花深处。争渡，争渡，惊起一滩鸥鹭。

《如梦令·常记溪亭日暮》　李清照

宋代杰出的女词人李清照出身于一个官宦诗书家庭，父亲李格非官至礼部员外郎，同时也是当时著名的学者和文学家，母亲是状元王拱辰的孙女，亦能诗文。李清照自幼受家庭熏陶，具有广博的学识、卓越的才华和高雅的生活情趣。然而，她不同于一般名门闺秀，谨守深闺绣楼不与外界接触，而是常常投身到大自然的怀抱，陶醉于游览，寄情于山水；诗词中也常常表现出"压倒须眉"的豪放与洒脱。

　　《如梦令·常记溪亭日暮》就是李清照早年的一首记游之作。通过这首词，我们可以看到作者青年时代向往自然、热爱生活的情怀和无拘无束、天真烂漫的性格，可以看到一个风流倜傥、充满青春活力的少女形象。

　　这是一首小令，篇幅很短。起句"常记溪亭日暮，沉醉不知归路"，点明记游。"常记"二字总领全篇，以下所写的全都是回忆某一次郊游。因为那次郊游太有趣了，印象太深了，所以常常回想，难以忘怀，以至于要诉诸笔墨，用词曲记载下来。"溪亭日暮"，交代了时间和地点。"溪亭"就是溪边的亭子，一说是作者家乡历下的名泉之一。"溪亭日暮"是怎样的一番景象呢？作者没有具体描绘，留给了读者想象的余地。作者站在溪边的亭阁之上，观赏夕阳西下的景色：清清溪水，落日熔金，暖暖村落，袅袅炊烟，近处田畴如画，远方群山连绵……面对这样的自然美景，女词人酒兴大发，一面欣赏景物，一面举杯痛饮，不知不觉就喝醉了。"沉醉"是醉得很厉害的样子。醉到什么程度呢？醉到了"不知归路"的程度，连回家的路都不知道了。"不知归路"四个字把女词人的醉态刻画得惟妙惟肖，"沉醉"这句从一个侧面揭示了女词人嗜酒任性的丈夫气概。李清照在词中很多地方写到喝酒，而且常常喝醉，这是与一般闺阁女子大为不同的地方。黄昇的《花庵词选》收录这首词给补充了个题目，便是叫《酒兴》。"沉醉不知归路"还有另外一层含义，就是作者为溪亭日暮这样迷人的景色所陶醉，乐而忘返。况且，欧阳修说过："醉翁之意不在酒，在乎山水之间也。山水之乐，得之心而寓之酒也。"所以，喝酒与欣赏山水本是可以统而为一的。

正因为词人"沉醉不知归路"，所以，"兴尽晚回舟，误入藕花深处"。这两句承前而来，是"不知归路"的结果，同时又引出另一番新的境界来。作者这次郊游，是乘兴而来，兴尽而归。所谓"兴尽"的"兴"，既指酒兴，也指游兴。怎样的"兴尽"呢？作者也没有做具体描绘，大约也是留给读者去自由想象吧。也许李清照带着几名侍女，赏罢溪亭日暮的景观，酒也喝醉了。既然游兴和酒兴都得到了满足，那就回家去吧！于是，她们一行驾着画舫，乘着酒意，在夕阳的映照下驶向归途。写到这里，词人笔锋一转，别开生面："误入藕花深处。""误入"自然是由于"沉醉不知归路"所造成的。我们也曾有过走错路的懊丧，但作者"误入藕花深处"，非但没有丝毫的懊丧，反而喜不自胜，就像陶渊明笔下的武陵渔夫误入桃源一般，对眼前这无意中看到的景象惊喜不已。"藕花"就是荷花。她们的画舫驶进了一片荷池，一朵朵荷花亭亭玉立，一团团荷叶随风摇荡，一阵阵荷香沁人心脾。所以，她们误入藕花丛中，非但没有察觉，竟然还入了深处。这个"深"字用得很好，既体现了荷塘之广，荷花之盛，更体现了她们一行迷途之远，为下文做了铺垫。

尽管荷塘的景色如此美好，但毕竟是日暮时分了，既已误入藕花深处，就得赶快找到归路回家。"争渡，争渡，惊起一滩鸥鹭。""争渡"就是抢渡。叠用"争渡"二字，就把她们手忙脚乱地奋力划船的情态十分生动地表现出来了。也许当她们突然意识到误入迷途的时候，片刻间显得有点惊恐，酒也醒了许多，于是大家就奋力划起船来。读到这里，我们仿佛听到了一群姑娘的嬉笑声和摇桨击水声。有人把"争渡"的"争"解释为"怎么"的"怎"，虽然词义可通，词曲中也常有这种用法，但不如解释为"抢渡"更为生动形象，上下文意衔接得更为紧凑。正因为她们奋起抢渡，才"惊起一滩鸥鹭"。栖息在沙滩上的鸥鹭，被她们一行人的嬉声笑语和争渡时划桨击水的声音所惊吓，扑棱棱拍打着翅膀飞向暮色苍茫的天空。这又是一番何等美妙的景象，一个多么动人的场面。"一滩"的"滩"字也用得很好，不仅表现了鸥鹭之多，还表现了鸥鹭栖息的场所，更能使人产生身临其境之感。如果换上"一群"就不能达到这种效果。"鸥鹭"是两种水鸟，这里不一定就是实指"鸥"和"鹭"，而是泛指一般水鸟。但"鸥鹭"出现在诗词中，经常具有一种特定的意象。《列子》说，古时候有个人特别喜欢鸥鸟，每天去海边，总是有几百只鸥鸟同他一道游玩。一天，他父亲对他说："捉一只带回家来吧。"第二天当他怀着捕捉鸥鸟的心机来到海边的时候，鸥鸟就在空中飞舞不下，再也不靠近他了。古琴曲《鸥鹭忘机》就是歌咏这件事。作者在词中描写"鸥鹭"，更充分地表现了自己潇洒纯真的天性。作者在这里虽然只是描写了惊飞的鸥鹭，没有直接写到人，但她们一行自由活泼、开心玩乐的神情早已传达给了读者。

有人曾把李清照和豪放词人辛弃疾并列，称为"济南二安"（李清照号易安，辛弃疾字幼安，都是济南人），还有人说她"不徒俯视巾帼，直欲压倒须眉"。的确，李清照现存的七十多首词作，尽管也有不少低回婉转、传情入微的作品，但也有不少像《如梦令》这样一扫香艳词风，毫无儿女之态的清新豪放之作。这是李清照作为女性词人不同于其他词人的一个显著的特色。

　　这首词在艺术上也有独到之处，语言通俗、质朴无华，完全采用白描手法，把一次平平常常的郊游中所经历的溪亭日暮、误入藕花塘、鸥鹭齐飞几幕场景毫不经意地点了出来，形象生动，意境开阔，情趣盎然。仅仅三十三个字的一首小令，却蕴涵着那么丰富的意境，充分体现了作者善于剪裁的功夫和驾驭语言的能力。

篆刻释文：误入藕花深处（尹军 作）

扫码收听

贰拾陆

田夫抛秧田妇接，小儿拔秧大儿插。

笠是兜鍪蓑是甲，雨从头上湿到胛。

唤渠朝餐歇半霎，低头折腰只不答。

秧根未牢莳未匝，照管鹅儿与雏鸭。

《插秧歌》　杨万里

俗话说，一年之计在于春，因为春天的耕耘和播种，决定了秋后的收成，所以春天是农家最繁忙、最辛苦，也是最关键的时期。我国是一个农业大国，古往今来，一些关心社会、关心人民的知识分子写下了无数关于春耕春插的诗篇。我们今天就和大家一起来欣赏杨万里的《插秧歌》。

杨万里是江西吉水人，南宋绍兴二十年（1150）进士，做过太常博士、宝谟阁学士等官。他精通经学，看重名节，是一位品格高尚的知识分子，最崇拜张浚的正心诚意之学，把自己的书斋取名为"诚斋"，著有《诚斋集》。杨万里与陆游、范成大等号称"中兴四大诗人"，一生作诗两万余首，仅流传下来的就有九种诗集，共四千余首。这首《插秧歌》收在《西归集》中，是他辞官回乡路经衢州时所写的。

这首诗题为《插秧歌》，是一首歌行体的诗，但并不长，一共只有八句。诗人截取一家农户全家老小忙插秧的一个场景，反映了农家繁忙辛苦的劳动生活和勤劳朴实的优秀品格。

诗一开头就给我们描绘了一幅繁忙的插秧图景："田夫抛秧田妇接，小儿拔秧大儿插。"丈夫把秧把抛向田中，妻子顺手接住；小儿子在忙着拔秧，大儿子在忙着插秧。真是全家大小齐上阵，男女老少忙插秧，好一派生动忙碌的景象。"田夫抛秧田妇接，小儿拔秧大儿插"，这两句是互文见义，这是诗歌经常采用的手法，不必拘泥地理解为小儿拔、父亲抛、母亲接、大儿插，因为一家人插秧，分工只是相对的，不可能长时间固定不变。总之，这里是描写一家大小在田间忙碌，各有所司，没有一个闲人。

接着写他们冒雨插秧的辛苦："笠是兜鍪蓑是甲，雨从头上湿到胛。"他们头上戴着斗笠，身上披着蓑衣，就像全副武装的武士出征一样，头戴钢盔，身着甲胄，保护得严严实实；但由于雨下得太大，他们全身都被淋湿了。插秧在江南一般在农历三四月间，暮春时节，有时春寒料峭，冷雨潇潇。他们冒雨插秧，即使戴了斗笠，穿了蓑衣，也起不了多大作用，因为插秧的时候，两只手要不停地运动，斗笠、蓑衣都是遮不住的，雨水全顺着手臂往衣服里面渗透，时间一长，全身上下都会湿透。诗中说"雨从头上湿到胛"，而"胛"即肩胛，就是胳膊与背相交的地方，说从头到胛，实际上是浑身上下都被雨水淋湿了。"笠是兜鍪蓑是甲"，诗人把头戴斗笠、身披蓑衣的农人比作全身披挂的武士，这一生动形象的比喻，很好地烘托了水田如战场、插秧如作战那繁忙紧张的气氛。而后一句"雨从头上湿到胛"，则渲染了雨中插秧的辛劳和艰苦，同时也透露出诗人对他们的深切同情。

以上四句着重描写插秧的场景，下面四句则通过对话和

杨涛 作

（杨涛，中国艺术研究院研究员，博士生导师，中国书法院副院长）

田夫抛秧田妇接，小儿拔秧大儿插。笠是兜鍪蓑是甲，雨从头上湿到胛。唤渠朝餐歇半霎，低头折腰只不答。秧根未牢莳未匝，照管鹅儿与雏鸭。

杨万里诗一首 甲午夏月杨涛

动作来刻画人物，进一步表现农家的勤劳与农事的繁忙。

"唤渠朝餐歇半霎，低头折腰只不答。"大概是前面所说的"田妇"已从田里回到家中，做好了早饭，又来到田头，叫丈夫和儿子回家吃早饭，顺便歇息一会儿；然而他们谁也没有起身回家，继续在田里低着头，弯着腰，默默地、不停地插秧。诗人用白描的手法，真切地表现了农家争分夺秒、吃苦耐劳的精神。他们一大早就下田插秧，连续干了几个小时都没有歇一口气，连早饭也顾不上吃。"低头折腰只不答"，这一句写得很妙，最值得玩味：为什么"不答"呢？难道是他们没听见吗？当然不是；或许是他们不觉得饿也不觉得累吗？更不是。那么，他们为什么不答应呢？最后两句做了明确的回答。

"秧根未牢莳未匝，照管鹅儿与雏鸭。"根据这两句可以知道，前一句说"低头折腰只不答"的不答，只不过没有答应回家歇息，并非没有答话，这两句就是回答的话。根据答话的口气，可以推测答话人就是这家农户的主人，即前面所说的"田夫"。他一边插秧一边跟他的妻子说话，连头也没有抬，腰也没有伸，他说：秧还没有插完，这时候我们怎么能歇得下呢？你赶快回家吧，因为刚插下的秧苗根基还不牢固，可要照管好鹅儿和小鸭，不能让它们下田来毁坏秧苗。言外之意是说，至于我们吃饭和歇息的事，这会就顾不上了。这简短而朴实的话语，蕴含了多么丰富的内容！这里要特别说明的是"秧根未牢莳未匝"一句中的"莳未匝"，一般人都只理解了它的字面意义："莳"，是栽种的意思，这里指插秧；"未匝"，是说秧还没有插完；"匝"是圆周的意思。这样的理解当然没有错。但是，秧没有插完为什么叫"未匝"呢？这必须从插秧的形式来理解。我记得小时候在老家插秧，不像现在那样拉绳子一畦一畦地插，一般是从田边开始往后退着绕圈插，插秧的人前后相随，一个跟一个，一圈绕一圈，直到最后绕到了田的中央，这块田的秧也就插完了。如果没有切身的体验，恐怕是不能理解到这一层的。

这首诗是现实生活的写照，诗人撷取插秧的劳动场景而入诗，富有生活气息，真实而感人。全诗语言浅白流畅，句句押韵，朗朗上口，很有歌行体的特点。诗的格调清新、自然、明快，虽然诗中也写到了雨中插秧的辛苦与劳累，但并不给人以愁苦和悲伤的感受，始终洋溢着既紧张繁忙又轻松欢快的气氛，充分表现了劳动人民热爱劳动、热爱生活、勤奋乐观的特征。尽管诗人是站在旁观者的角度，但诗中所表现出来的不是士大夫的冷眼旁观，也不是以士大夫的闲情来欣赏，而是带有深厚的思想感情的，是一首劳动的颂歌。

扫码收听

篆刻释文：复得返自然（李立山 作）

小荷图　阴澍雨　作

（阴澍雨，中国艺术研究院副研究员，《美术观察》杂志编辑）

泉眼无声惜细流，树阴照水爱晴柔。

小荷才露尖尖角，早有蜻蜓立上头。

《小池》　　杨万里

毕竟西湖六月中，风光不与四时同。

接天莲叶无穷碧，映日荷花别样红。

《晓出净慈寺送林子方》　　杨万里

你一定读过宋人周敦颐的《爱莲说》吧，你对"出淤泥而不染，濯清涟而不妖"的荷花当留下高尚而圣洁的印象。你也一定读过朱自清的《荷塘月色》，那清幽美妙的"荷香月色"更是沁人心脾，令人陶醉。现在我们一起来欣赏宋代大诗人杨万里的两首咏荷诗，同样也能使你得到美的享受。

杨万里最擅长描写自然景物。他曾说过：在后园散步，或者登临古城，或者采菊赏花，总有千万种景象纷至沓来，向我贡献写诗的素材，常常是挥之不去，前面的景物还没有写下来，后面的接着又来了，因此一点也不觉得作诗有什么困难。（原文引自《荆溪集》自序："步后园，登古城，采撷杞菊，攀翻花竹，万象毕来，献予诗材，盖麾之不去，前者未雠，而后者已迫，涣然未觉作诗之难也。"）这是因为诗人平时注意观察自然，一旦把自然景物写到诗中来就生动逼真，清新自然。下面我们将要赏析的这两首咏荷诗，很能说明杨万里这类诗歌的艺术特色。

先来看第一首《小池》。这是一首七绝，四句诗是这样写的：

泉眼无声惜细流，树阴照水爱晴柔。

小荷才露尖尖角，早有蜻蜓立上头。

诗人先写小池和周围的环境：一汪清泉，涓涓细流，无声地流淌着，形成这样一个小小的池塘。池塘边有郁郁葱葱的林木，浓密的树荫倒映在水面上；在阳光的映照下，显得格外的柔和宁静。

在这样一片温馨宁谧的小池塘里，诗人再推出他要吟咏的对象："小荷才露尖尖角，早有蜻蜓立上头。"刚刚从泥中冒出水面的新荷，叶子还没有舒展开来，方才露出一个尖尖的小角；在这个尖尖的小角之上，还有一只蜻蜓站立在上面。

以上就是《小池》这首小诗给我们描绘的一幅小巧玲珑、生趣盎然的画面。通过画面，我们可以看出诗人观察自然景物的细致以及诗人捕捉自然景物入诗手法的高妙。例如，第一句描写泉水"泉眼无声惜细流"，诗人用一个"惜"字，不仅把泉水的涓涓细流缓缓流出的景象表现得十分准确，而且又以拟人化的手法把泉水写"活"了，仿佛这汪清泉十分吝惜自己，舍不得流出似的。这样就使诗句顿时增添了无限情趣和韵致。又如，最后两句描写荷叶和蜻蜓，那刚出水面的新荷，翠绿的嫩叶卷起尖尖小角，却早有一只可爱的蜻蜓立于其上。这是诗人刹那间所见的景象，却能手疾眼快，简直就像一个高明的摄影师，把那稍纵即逝的一瞬定格为永恒的诗意，成为脍炙人口的名句。

接下来我们再来看第二首，题为《晓出净慈寺送林子方》。这首诗是描写杭州西湖的，净慈寺是西湖边上一个著名的佛寺。"晓出"，拂晓时从净慈寺出来。"林子方"是诗人的朋友，曾做过直阁秘书。这个题目交代了写诗的缘起。一天早晨，诗人从净慈寺出来，送朋友林子方出行，经过西湖边，看到西湖美丽的景色，随即吟成了这首小诗。这也是一首七绝，诗人写道：

毕竟西湖六月中，风光不与四时同。

接天莲叶无穷碧，映日荷花别样红。

前两句交代时间和地点，强调六月的西湖风光特别美好。"四时"即春、夏、秋、冬四季。诗人说，毕竟是西湖啊，它的炎夏六月，比起春、秋和冬日，风光大有不同。农历六月，在江南正是暑热难当的时节，然而西湖却不同。为什么不同呢？诗题已经告诉我们，诗人是一大早从净慈寺出来，来到西湖边上，这里地处山水之间，加之西湖水域宽广，也能减少几分暑气，因此诗人此时不但不会有暑热的感觉，反而觉得格外凉爽。再加上眼前的景色如此美好，所以诗人兴致极高，觉得六月的西湖风光特别不同。

那么，六月的西湖风光有什么不同呢？它的特异之处何在？诗的后两句做了具体描写："接天莲叶无穷碧，映日荷花别样红。"西湖上一望无际的荷叶，一直延伸到水天相接的地方；在碧绿的荷叶之上，一朵朵粉红色的荷花，映着早

● 李胜洪 作 （李胜洪，中国艺术研究院中国书法院原常务副院长，中国书法家协会理事）

毕竟西湖六月中，风光不与四时同。接天莲叶无穷碧，映日荷花别样红。

右录杨万里诗一首 甲午 胜洪

晨的阳光，显得格外艳丽。

可以想象，爱好大自然的诗人，面对西湖万顷碧叶红花，怎能不为之而陶醉，为之而吟哦呢！诗的前两句仿佛是诗人看到眼前这片胜景之后的一声喝彩，脱口而出，夸赞西湖的风光，虽然并不具体，却是满怀激情。随着这声喝彩，诗人便浓墨重彩地具体描绘了湖面上的荷花那浩渺广阔的气象和鲜艳夺目的景色，使我们切实感受到西湖六月的不同风光。

杨万里这两首咏荷诗，虽然都是以自然界的荷花为吟咏对象，但境界绝然不同。前一首《小池》显得清幽雅致，形象小巧；后一首《晓出净慈寺送林子方》则写得境界阔大，气势恢宏。然而，无论境界如何不同，而诗人师法自然的精神是一致的，正如诗人自己所说的那样："不是风烟好，何缘句子新！"

贰拾捌

稻花香里说丰年

明月别枝惊鹊，清风半夜鸣蝉。稻花
香里说丰年，听取蛙声一片。

七八个星天外，两三点雨山前。旧时
茅店社林边，路转溪桥忽见。

《西江月·夜行黄沙道中》　辛弃疾

南宋爱国词人辛弃疾以其"奋发激越""悲歌慷慨"的豪放词风著称，但同时他在江西上饶、铅山一带放闲隐居期间，也写下了不少"委婉清丽"的作品，描绘江南的风光景物，吟咏淳朴、宁静的农村生活。《西江月·夜行黄沙道中》便是其中的一首。

这首词没有明确的写作年代，根据内容，可知是作者在上饶闲居的时候写的。词的题目叫《夜行黄沙道中》。诗人通过夜行黄沙道中所见，描写了农村夏夜的幽美景色和自己的内心感受。

"黄沙"，即"黄沙岭"的简称。据《上饶县志》："黄沙岭在县西四十里乾元乡，高约十五丈。"又据陈文蔚《游山记》（见陈文蔚《克斋集》），辛弃疾在这里建有书堂。也许这首词就是作者从黄沙岭书堂外出访友夜归途中所写。

词的上阕勾画了一幅幽美的农村夏夜图。

明月别枝惊鹊，清风半夜鸣蝉。

明月当空，惊鹊高飞；清风徐来，夜蝉低唱。

开头这两句，一下子就把我们带进了一个充满诗情画意的境界。上句写鹊儿惊飞，体现了诗人观察生活的细致入微。皎洁的月光从树叶的缝隙中筛落下来，照射到栖息在树枝上的鹊儿身上，鹊儿被惊醒而飞落到别的枝头，顿时引起林中一片骚动，其他的鹊儿也随之扑棱棱地乱飞乱叫。苏轼在《次周令韵送赴阙》和《次韵蒋颖叔》两首诗中两次写到"月明惊鹊未安枝"的诗句，与辛弃疾在这里所描写的境界十分相似。"别枝"，即另枝，鹊儿因月光照射，惊飞不定，从一枝飞到另一枝。有人把"别"解为离别，作动词用，虽然词义可通，但与下文"半夜"不相对偶。下句写夜蝉迎风鸣叫。记得前几年曾就朱自清的散文《荷塘月色》讨论过夜蝉是否鸣叫的问题，有人认为夜蝉不叫，朱自清写"夜里最热闹的要数树上的蝉声和水里的蛙声"是描写失实。由"清风半夜鸣蝉"可证，朱自清并没有错。本人也曾在北大校园中多次听到过夜蝉的鸣叫。"清风"与"鸣蝉"似乎有某种联系，人们常用"餐风饮露"来形容蝉的高洁。所以，一阵清风吹过，夜蝉便迎风低唱起来。这两句既点明了时间是在"明月""清风"的"半夜"，又通过"鸣蝉"告诉我们节令是在夏季。在那沉静的清风吹拂的明月之夜，突然间惊鹊离枝、夜蝉鸣叫，这动静交织、清幽奇丽的夜景，使得这位夜行的诗人心情十分舒畅。就在他欣喜不已的时候，接着又出现了更令其陶醉的景象。

稻花香里说丰年，听取蛙声一片。

田野里稻花飘香，沁人心脾；蛙声阵阵，热闹非凡，似乎在谈论着丰收的年景。这里，诗人把"蛙"拟人化了，说蛙也懂得"说丰年"。在诗人看来，这一片蛙声不啻一首优美动人的丰收乐曲。"稻花香里说丰年，听取蛙声一片"，这样写，不仅可以使读者听到热闹的蛙声，闻到扑鼻的稻香，看到辽阔的田野，和由此所构成的一派丰收在望的图景，而且从中可以想象到诗人那兴奋的情致，喜悦的心情和甜蜜的笑容。我们知道，辛弃疾十分重视农业生产，他常说："人生在勤，当以力田为先。"并用庄稼的"稼"给他的住处取名叫"稼轩"，后来便成了他的别号。辛弃疾在各地做地方官期间，也特别关心农事，重视农桑，因此，即便是革职放闲的辛弃疾，当他在稻谷扬花时节从田间小径经过时，也不能不为眼前这番景象而欢欣鼓舞，喜不自胜。

下阕写天气变化，以及作者作为一个夜行人的特殊感受。

七八个星天外，两三点雨山前。

看来，天气已经发生了变化，刚刚还是"明月""清风"的夏夜，忽然间就剩下几颗星星在高远的天边闪烁，几点疏雨从山前飘洒过来。这是描写夏雨到来之前的景象。这两句是从前蜀诗人卢延让的两句诗变化而来的。卢延让《宿东林》诗云："两三条电欲为雨，七八个星犹在天。"这种景象在南方的夏天常常能够见到。俗话说："六月落雨隔牛背。"就是说，南方夏天雨来得急，范围小，有时头顶上几片乌云就会骤然下起雨来，以至于牛背的这一边在下雨，而牛背的那一边却是晴天。倘若是夜晚，则在乌云的云层之外，还可以看到寥落的星星。"七八个星天外"所描写的就是这种景象。作者告诉我们天已起云，骤雨将至。真是天变一时间，骤雨说到就到，"两三点雨"便从山前飘然而至。这两句描写夏夜骤雨将临的天气特征，不仅十分逼真，而且对仗工整，富有情趣。"七八个""两三点"既给人以虚疏的感觉，而"星"和"雨"又是在正常情况下不可能同时出现的奇观，这就构成了一种淡远奇特的境界，给人以深刻的印象。本来，酷热的夏夜，吹来一阵凉风，洒下几点小雨，正好可以消减几分暑气，让人倍觉凉爽。可是，对于这位"夜行黄沙道中"的诗人来说，则不能不怀有被雨淋湿的顾虑。这"两三点雨"洒落在夜行人的面颊上，不免使他有些焦急和慌张，这样，就把收尾两句衬托得十分有力。

旧时茅店社林边，路转溪桥忽见。

记得往日经过这地方时，社林旁边有一座茅店，但由于一时慌乱竟找不着了；正在疑惑之际，匆匆走过一道溪桥，再拐了个弯，茅店便突然出现在眼前。真是"山重水复疑无路，柳暗花明又一村"，我们可以想见：在这浓云盖顶、骤雨将至的夏夜，突然发现了往日曾经歇息过，而眼下又可避雨的"社林边"的"茅店"，夜行人该会感到多么亲切，多么高兴！"忽见"的"忽"字用得十分传神，把夜行人急寻不着而突然见到的惊喜之神情充分地表现出来了。"社林"，"社"即土地庙；"社林"，指土地庙周围的树林。古时候立社，通常都要栽种与本处土地相适应的树木。所以，凡有"社"处必有"林"。

这首词描写农村夏夜的景色，月光皎洁，清风徐来，蝉吟蛙咏，稻花飘香，这优美的自然景物和丰收景象，给夜行人带来无限的喜悦。后段写天气突变，骤雨将至，天外疏星，山前飘雨，溪边社林，旧时茅店，从景物的变化到人物的感受都历历在目，逼真传神，反映出作者轻松愉快的心情。

这首词在艺术手法方面也有一些特色。首先，因为写的是夜景，视觉受到了限制，诗人便通过描写听觉、嗅觉和触觉加以补充。例如"惊鹊""鸣蝉""蛙声"等是听觉形象，"稻香"是嗅觉形象，"雨点"是触觉形象。这些形象给月白风清的视觉画面增添了动态和立体感，使得全词的意境更加丰富，形象更加生动，诗意更加浓郁。其次，辛词多用典故，好掉书袋，很多词都晦涩难懂，而这首词却未用一个典故，即便是袭用前人诗句，也能够水乳交融，浑然一体，达到了出神入化的境地。这首词的语言朴实自然，甚至有"七八个星""两三点雨"这样的口语入词，读来清新流利，体现了这位大词人以豪放为主而又丰富多彩的艺术风格。

扫码收听

周国城 作 （周国城，广州市书画研究院院长，广州市美术家协会主席）

秋去冥冥弄地千

夏莺从四百那

人间上灯火闹珊畫

辛亥元夜词香玉

案元夕

水寿 陈忠康

● 陈忠康 作 （陈忠康，中国艺术研究院中国书法院创作部主任，书法学博士）

东风夜放花千树
更吹落星如雨宝马雕
车香满路凤箫声
动玉壶光转一夜鱼
龙舞 蛾儿雪柳
黄金缕笑语盈盈暗

篆刻释文：醉翁之意（曲学朋 作）

贰拾玖

伤心人别有怀抱

东风夜放花千树，更吹落、星如雨。宝马雕车香满路。凤箫声动，玉壶光转，一夜鱼龙舞。

蛾儿雪柳黄金缕，笑语盈盈暗香去。众里寻他千百度，蓦然回首，那人却在、灯火阑珊处。

《青玉案·元夕》　辛弃疾

正月十五元宵节，是我们民族的传统节日。这一天的夜晚要闹花灯，往往通宵达旦，男女老幼都成群结队出来观看灯火，欢度良宵。因此，古往今来，不少文人墨客写下了大量有关元宵的诗词歌赋。宋代词人辛弃疾的《青玉案·元夕》词，就是一首著名的描写元宵节的佳作。

"青玉案"是这首词的词牌，"元夕"是这首词的题目。"元"，就是开始的意思，一年开始的第一天叫"元旦"，第一个月叫"元月"。过去元月指的是农历的正月，现在的元月则是公历的一月。古时候又把正月十五叫作"上元节"（七月十五为"中元节"，十月十五为"下元节"），这一天的夜晚叫"上元夜"，也叫"元宵"。"夕"是夜晚的意思，"元夕"即是"元宵"。那么，根据这个题目，这首词要写的内容就是正月十五上元夜元宵节的事情。

现在我们就一起来赏析这首词。

东风夜放花千树，更吹落、星如雨。

词一开头就描绘出元宵佳节满城灯火的热闹场面。"东风夜放"，"东风"即春风。一元复始，万象更新，春风吹拂，鲜花盛开。仿佛眼前这"花千树""星如雨"就是一夜春风送来的。请注意"东风夜放"的"夜"字，词人在这里是用夸张的手法描写眼前的真实景象：那五光十色的彩灯缀满了楼台院落、大街小巷，好像一夜之间被春风催开的千树繁花一样；又如满天星斗被春风吹落，化成无数晶莹的水珠洒满夜空。这是一幅多么奇异瑰玮、色彩明丽的画面。唐代诗人苏味道《正月十五日夜》诗云："火树银花合，星桥铁锁开。"诗中所谓"火树银花"，既有夸张，亦是写实。据《开元天宝遗事》记载："韩国夫人置百枝灯树，高八十尺，竖之高山，上元夜点之，光明夺月亮也。"街道中、城头上彩灯高悬，火树银花；昔日紧锁的城门，今夜洞开，平时黑沉沉的护城河，今夜在灯光的映照下，也如同天上的星河一般灿烂。辛弃疾的这首《元夕》词或许正是从苏味道的诗中化出，而境界尤为瑰丽。这几句是描写元宵的灯火和烟花之盛，接着则描写游人和车马之盛。

宝马雕车香满路。

"宝马"，即是好马、名马；"雕车"，即雕有纹饰的车。"宝马雕车"，是极写车马的豪华。这是形容富贵人家乘坐高头大马或华辇丽车，傅粉熏香，出门观灯。他们从街中缓缓而过，一路幽香四溢。这里虽然没有直接写人，但我们通过"宝马雕车香满路"的烘托，便可以想象到游人的稠密和繁盛。接下来词人又进一步描写了观灯游乐的热烈场景：

凤箫声动，玉壶光转，一夜鱼龙舞。

正月十五闹花灯，并不只是高挂彩灯，燃放焰火，同时还有其他一些技艺和歌舞等各种节目。"凤箫声动""鱼龙舞"就是这一类的节目。"玉壶"，指的是元宵的明月，"玉壶光转"是说月亮由东而偏西了。尽管如此，却依然箫管声声不断，歌舞阵阵犹欢，人们似乎要通宵达旦，彻夜游乐。

以上为这首词的上阕，主要描写元宵节繁华热闹的场面；下阕则通过对一个带有象征意义的女子的追寻，抒发了自己的内心感慨。

蛾儿雪柳黄金缕，笑语盈盈暗香去。

我们说上阕描写游人是通过车马烘托出来的，那么这里才是真实地、具体地描写游人——一群穿戴华贵、笑语盈盈的妇女。她们平时谨守在深闺绣楼，今夜难得出阁赏灯游玩，于是一个个梳妆打扮，头上戴着"蛾儿""雪柳""黄金缕"之类首饰，一路上笑语声声，香风阵阵，一面观灯，一面打趣，尽情地欣赏玩乐。这两句描写这一群观灯的女性，即是对上阕倾城闹元宵的补充，也是为下文做铺垫。

众里寻他千百度，蓦然回首，那人却在、灯火阑珊处。

原来词人是在寻找一位女子，眼前这些打扮得花枝招展、嘴里叽叽喳喳招摇过市的女子当然不是他所要寻找的。他在人群中寻觅、张望，一遍又一遍地，甚至是千百遍地寻找他的意中人，差不多找了一整夜了都还没有找到。可是，就在那突然一回头的一瞬间，却看见"那人却在、灯火阑珊处"。"灯火阑珊处"，就是灯火将尽，或者灯火疏落，僻静而不起眼的地方。词人于不经意中突然在那"灯火阑珊处"找到了他"千百度"寻觅的那个女子，其欣喜之情自不待言。全词写到这里戛然而止，给读者留下丰富的想象。

你一定会问：这位女子是谁呢？词人为什么在热闹非凡的元宵节偏偏要"千百度"地寻找这位女子呢？这当中是不是寄寓了词人的某种情怀呢？这些问题的确是我们理解这首词的关键。

这首词收录在四卷本《稼轩词》的甲集，甲集编于宋淳熙十五年（1188），毫无疑问，这首词应当是淳熙十五年之前的作品。淳熙十五年，词人在政治上受到排挤，被迫退休闲居在江西上饶一带，已经六七年了。词中所描写的这位"灯火阑珊处"的女子，绝不可能是词人"相约黄昏后"的恋人，而只是一个象征性的孤高、淡泊、不慕荣华、自甘寂寞的女性形象，它所寄寓的是词人的身世之感，是词人不同流俗的高尚人格的写照。梁启超评论这首词说："自怜幽独，伤心人别有怀抱"，这是很有见地的。

篆刻释文：风烟俱净（吴义达 作）

叁拾

神鬼也怕恶人

艾子行水，途见一庙，矮小而装饰甚严。前有一小沟，有行人至，水不可涉。顾庙中，而辄取大王像横于沟上，履之而去。复有一人至，见之，再三叹之曰："神像直有如此亵慢！"乃自扶起，以衣拂拭，捧至座上，再拜而去。

须臾，艾子闻庙中小鬼曰："大王居此为神，享里人祭祀，反为愚民之辱，何不施祸以谴之？"王曰："然，则祸当行于后来者。"小鬼又曰："前人以履大王，辱莫甚焉，而不行祸；后来之人，敬大王者，反祸之，何也？"王曰："前人已不信矣，又安敢祸之。"

艾子曰："真是鬼怕恶人也！"

《艾子杂说·行水》

鬼神既是一个哲学上的大命题，也与芸芸众生密切相关。尽管长期以来我们提倡科学，破除迷信，但至今仍有人相信鬼神，崇拜鬼神。近年来，那些早被破除的封建迷信的陈规陋习又死灰复燃，而且愈演愈烈。许多地方修建寺庙，重塑神像，善男信女，顶礼膜拜。难道神灵真能赐福于人吗？难道菩萨真能保佑平安吗？今天我们向大家介绍一则古代笔记，相信大家对这个问题可以得出自己的看法。

这则笔记选自《艾子杂说》。《艾子杂说》一卷，收录在元末明初著名文学家陶宗仪编辑的笔记小说丛书《说郛》中，作者题为宋代苏轼撰，实际上是后人伪托之作。艾子是作者虚拟的一个人物，历史上并非实有其人。作者通过艾子的所见所闻，表达了自己对一些问题的见解。这则故事通过记叙艾子看见两个对待神像采取不同态度和行为的人物，表明了作者不信鬼神的思想。

故事是这样开头的："艾子行水，途见一庙，矮小而装饰甚严。""艾子行水"，是说艾子沿水而行。一天，艾子沿着河边行走，途中看见一座庙宇。这座庙宇虽然不是很大，但装饰得十分庄严肃穆。这几句交代艾子的行踪，实际上也就是故事发生的地点。

紧接着，这里便出现了故事中的两个人物。"前有一小沟，有行人至，水不可涉。"不一会儿，来了一个行人，他走到庙门口的一条水沟前，由于水沟太宽，行人跨不过去。怎么办呢？"顾庙中，而辄取大王像横于沟上，履之而去。"行人便返回庙中，立即从神龛上搬来了大王的神像，并把神像横放在水沟上，毫无顾忌地踏着神像，越过水沟，头也不回地走了。这里"顾庙中"的"顾"，就是返回、反顾的意思，"顾庙中"即返回到庙中。"辄取大王像"的"辄"与立即的"即"相通。"履之而去"，"履"是鞋子，这里引申为践踏。"之"指大王神像。"履之而去"，即踩着大王神像越沟而去。

　　上面是故事中出现的第一个人物。接着，又出现了与第一个人物迥然不同的第二个人物："复有一人至，见之，再三叹之曰：'神像直有如此亵慢！'"不一会儿又有一个人来到庙门口的水沟前，看见大王神像横躺在水沟上，连连叹息道："大王神像竟遭到如此的亵渎和侮慢，真是罪过，罪过！"于是，"乃自扶起，以衣拂拭，捧至座上，再拜而去。"这人一边叹息，一边把神像扶起，用自己的衣服揩干净前面那人踏过的脚印和污泥，又把神像捧回庙中，恭恭敬敬地安放在原来的位置上，再三跪拜之后方才离去。

　　以上是文章的前半部分，描写艾子行水途中所见；接下来写他在庙中所闻。

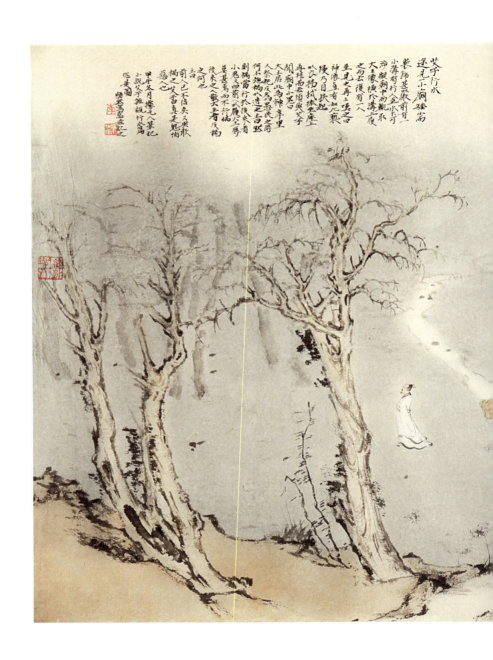

● 艾子行水图 李乐然 作 （李乐然，中国艺术研究院美术学博士）

"须臾，艾子闻庙中小鬼曰：'大王居此为神，享里人祭祀，反为愚民之辱，何不施祸以谴之？'"过了一会儿，艾子听见庙中的小鬼在议论这件事。这当然是采用拟人的手法，使得庙中的小鬼和大王都会讲话。小鬼议论些什么呢？他们对大王说："大王您在这一带是至高无上的神，享用周围百姓的香火祭祀，如今却遭到那愚蠢无知之徒的侮辱，何不施降灾祸来惩罚他呢？"听了小鬼的建议，大王如何表态呢？"王曰：'然，则祸当行于后来者。'"大王回答道："你们说得对！不过，灾祸只能施降给后面的那个人。"

大王的话使小鬼大惑不解。"小鬼又曰：'前人以履大王，辱莫甚焉，而不行祸；后来之人，敬大王者，反祸之，何也？'"小鬼又问道："前面那个人竟敢践踏大王，奇耻大辱，莫过于此，却不降祸于他；后来的那个人，明明是敬仰大王的，反而要降祸于他，这是什么道理呢？"大王回答得十分干脆。"王曰：'前人已不信矣，又安敢祸之。'"大王苦笑着说："既然前面的那个人不相信鬼神，我如何能够降祸于他呢。"

艾子在一旁听了大王与小鬼的对话，大发感慨："真是鬼怕恶人也！"原来，不信鬼神的人，鬼神也奈何他不得；相信鬼神的人，却遭受鬼神的祸害。真是信则有，不信则无，作者的用意是十分明显的。结论既已得出，全文也就水到渠成，到此结束了。

我们知道，唯物主义者是无神论者，用现代科学的观点看问题，鬼神是根本不存在的。即使在科学并不发达的古代，我们的先哲也讨论过鬼神是否存在的问题，他们当中也不乏无神论者。两千多年前的孔夫子是不相信鬼神的，《论语》上就说："子不语怪、力、乱、神。"南北朝时期的大思想家范缜著有《神灭论》，提出"形存则神存，形谢则神灭"的著名论断，认为人的形体存在，精神也就同时存在；人死之后，形体消失了，精神也就不存在了。所以，鬼神是根本不存在的。这则笔记所反映的思想与我国古代无神论的思想传统一脉相承，虽然文中没有提出什么明确的思想观点，但故事本身给人的思想启示是鲜明而深刻的。

这则故事文字不长，语言十分精练，没有一个多余的字句。刻画人物，三言两语，即形神兼备。前后两人，对比鲜明，一举一动，各具性情。前头的那人遇水沟不能通过，即取神像横于其上，履之而去，表现出大胆果敢的性格，我们仿佛能看见他干脆利落的动作和昂首阔步的神情。后头的那人看见神像横陈于水沟之上，先是叹息再三，接着是扶起，以衣拂拭，捧至座上，再拜而去。这一系列动作刻画出一副谨小慎微、敬奉神明的虔诚相。小鬼与大王的对话也都切合各自的身份，并且话中有话，暗含讥讽。这些，都给读者留下了深刻的印象。

● 论卜图（油画）　魏新 作　（魏新，油画家，中国美术家协会会员）

东陵侯既废，过司马季主而卜焉。

季主曰："君侯何卜也？"东陵侯曰："久卧者思起，久蛰者思启，久懑者思嚏。吾闻之，蓄极则泄，闷极则达，热极则风，壅极则通。一冬一春，靡屈不伸；一起一伏，无往不复。仆窃有疑，愿受教焉。"季主曰："若是，则君侯已喻之矣，又何卜为？"东陵侯曰："仆未究其奥也，愿先生卒教之。"

季主乃言曰："呜呼！天道何亲？惟德之亲。鬼神何灵？因人而灵。夫蓍，枯草也；龟，枯骨也，物也；人，灵于物者也。何不自听，而听于物乎？且君侯何不思昔者也？有昔者必有今日。是故碎瓦颓垣，昔日之歌楼舞馆也；荒榛断梗，昔日之琼蕤玉树也；露蛩风蝉，昔日之凤笙龙笛也；鬼磷萤火，昔日之金釭华烛也；秋荼春荠，昔日之象白驼峰也；丹枫白荻，昔日之蜀锦齐纨也。昔日之所无，今日有之不为过；昔日之所有，今日无之不为不足。是故一昼一夜，华开者谢；一春一秋，物故者新。激湍之下，必有深潭；高丘之下，必有浚谷。君侯亦知之矣，何以卜为？"

《司马季主论卜》 刘基

近些年来，我们常常能在街头巷尾和偏僻的乡村，看到一些算命、占卜和相面的人。从现代科学的角度来看，这些都是骗人的把戏，十分荒唐可笑。然而，在我国古代，特别是在科学技术和生产力水平十分低下的上古时代，占卜的风气是很盛的，上至国家军政大事，下至个人生活小事，都要预卜吉凶。现在所能见到的甲骨文，就是殷商时代记录占卜的卜辞。后来还出现了一部专门研究卜筮的著作，这就是大名鼎鼎的《周易》。尽管如此，自古以来，也有不相信这一套的。汉代大思想家王充在《论衡》一书中专门写了一篇《卜筮》对此进行批判。明代大政治家和文学家刘基也写过一篇《司马季主论卜》的文章，假托一位占卜的专家对占卜和鬼神都给予了否定，并引出一番兴衰变化的大道理来。现在就向大家介绍刘基的这篇文章。

刘基，字伯温，处州青田也就是现在的浙江省青田县人。他是元朝末年中的进士，并在江西和浙江一带做过地方长官，因不满元人的残暴统治，不久弃官归隐。后来辅佐朱元璋平定天下，是明朝开国功臣之一。刘基精通政治、军事、天文、历法，并且兼长诗文。《司马季主论卜》是他的寓言集《郁离子》中的一篇。"司马季主"，是文中一个卖卜人的姓名，复姓"司马"，"季主"是他的名字。据《史记》记载，司马季主是楚人，精通《周易》，常在长安东市占卜，是汉朝初年一位著名的占卜专家。"卜"，即占卜，也叫卜筮、卜卦，又叫占卦。司马季主论卜，就是司马季主谈他对占卜的看法。其实并不真是司马季主的看法，而是作者通过司马季主对占卜和天道、鬼神的一番议论，表达自己对这些问题的看法。

文章先引出人物和事件："东陵侯既废，过司马季主而卜焉。"东陵侯被废为平民之后，去拜访司马季主，请他占卜。东陵侯，是秦王朝的贵族，姓邵，名平，被封为东陵侯。秦被汉灭之后，东陵侯被废为平民百姓，因为家贫，在长安城东种瓜，他种的瓜有五种颜色，味道很美，当时人称为"东陵瓜"。"既废"，是说东陵侯在秦灭以后丧失了侯的爵位。"过司马季主而卜焉"中的"过"，是拜访的意思。"卜"，即占卜。以上两句是文章的第一段，写东陵侯来到长安东市请司马季主为他占卜。下面写他们两人关于占卜的问答。

当东陵侯来到司马季主的卜席之前要求卜卦时，司马季主就问他："君侯何卜也？"君侯您要卜问什么呢？"君侯"是司马季主对东陵侯的尊称，看来他们本是相互熟悉的。"何卜"，即卜何，卜问什么。东陵侯没有直接回答司马季主要卜问什么的提问，而是列举了一大通自然现象，对此感到疑惑不解，请司马季主给予解答。

"东陵侯曰：久卧者思起，久蛰者思启，久懑者思嚏。"东陵侯说：长期卧床的人想坐起来，长期蛰居家里的人想走出去，长期气闷的人想打喷嚏。"久蛰者思启"的"蛰"，本是指虫类冬眠，也引申指人长期待在家里，深居简出；"启"，打开闭塞的意思。"久懑者思嚏"，是说心气憋得难受的时候就想打喷嚏。"懑"，是郁闷的意思；"嚏"，就是打喷嚏。东陵侯接着还说："吾闻之，蓄极则泄，闷极则达，热极则风，壅极则通。"我还听说过，积蓄到了极点就会泄漏，关闭到了极点就会开放，炎热到了极点就会生风，堵塞到了极点就会畅通。上面两层意思，讲的都是物极必反的道理。自然，东陵侯随着秦王朝的覆灭，由侯爵降为平民，这种盛衰变化，也是物极必反的结果。不过，东陵侯这里所强调的是有衰然后有盛，有穷然后有通，他似乎在期待和盼望着衰落之后的复兴。所以，他接着又说："一冬一春，靡屈不伸；一起一伏，无往不复。"自然界中，冬去春来，没有只是委曲而不能伸展的东西；一起一伏，没有只是过往而不能回复的事物。这里的言外之意更为明显：我由贵族降为平民，什么时候才能由平民又恢复到贵族呢？所以东陵侯最后说："仆窃有疑，愿受教焉。"联系自然界中事物的发展变化，我对自己的前途命运感到疑惑不解，希望得到您的指教。"仆"，是东陵侯谦卑的自称。"窃"，是自己心里面私下琢磨。"受教"，是接受对方的指教。东陵侯兜了很大一个圈子，才回到司马季主"君侯何卜"的问题上来，原来他是要请司马季主释疑解惑。

司马季主听了东陵侯这番话之后说道："若是，则君侯已喻之矣，又何卜为？"如此说来，君侯早已明白这些道理了，还要问什么卜呢！"若是"，如果像这样的话。"喻"是知晓、明白的意思。司马季主认为东陵侯所说的那些话，已经把事物变化循环往复的道理阐述得十分透彻了，还用得着自己再来说什么呢！东陵侯仍然很谦虚地说："仆未究其奥也，愿先生卒教之。"他说：我不能深究其中的奥妙，还是希望先生多多指教。"未究其奥"的"奥"，是深奥、奥妙的意思。"愿先生卒教之"的"卒"，是到底、终归的意思。东陵侯认为自己所说的这些不过是事物的表面现象，至于其中深层的奥妙之处，还是要请您司马季主先生赐教。于是引出司马季主的一番议论来。

以上是文章的第二段，写东陵侯向司马季主问卜，自己却先讲了一通关于事物发展变化的道理。下面第三段是司马季主就东陵侯所讲的这番道理作进一步深入阐发，这是全文的重点所在，也是文章最精彩的部分。

司马季主在东陵侯的诚恳敦促之下，终于发表了自己的看法。然而，他并没有直接解答东陵侯提出的问题，而是先从另外的话题谈起。他说："呜呼！天道何亲？唯德之亲。鬼神何灵？因人而灵。"唉！天道有什么可亲的呢？唯有道德修养才是最重要的。鬼神有什么灵验的呢？只不过因为有人迷信它才灵验。这里提出"天道"和"鬼神"，应该说这些对于一个占卜人来讲，是神圣不可侵犯的，然而司马季主却并不虔诚和恭敬。接着他又谈了对占卜的看法："夫蓍，枯草也；龟，枯骨也，物也；人，灵于物者也。何不自听，而听于物乎？""蓍"是一种草，"龟"是指龟甲，都是卜筮所用的材料。司马季主认为这些东西只不过是一些枯草烂骨头，都是一种物体，有什么灵验的呢？而人是比物更灵的，为什么不听从自己，却要听从物的摆布呢？早在卜筮之风十分盛行的商周之际，姜太公就说过"枯草死骨，何知吉凶"的话，表示对卜筮的不相信（见王充《论衡·卜筮》）。司马季主的看法与姜太公的话完全一致，所不同的是，司马季主是一位卜筮的专家。我们简直难以置信，这种言论竟然出自一个占卜人之口，唯其如此，这种批判和否定才最为有力，最为彻底。

上面这层意思，是对天道、鬼神和卜筮的否定，认为人们自身应该把握和主宰自己的命运，不应该相信枯草烂骨头有什么灵验。接着，司马季主的话锋一转，联系到东陵侯的实际和他提出的问题，阐述了事物盛衰兴废的变化规律。"且君侯何不思昔者也？有昔者必有今日。"司马季主进一步说：君侯何不想一想过去呢？有过去就必然有今日。这里"君侯何不思昔"的"思"，与前面东陵侯说的"久卧者思起"等三句中的三个"思"字相关联，但内容却完全不同。东陵侯的三个"思"字，都是企望美好的未来；而司马季主却倒过来要东陵侯想一想过去，并且由"有昔者必有今日"引出了下面一大段今昔对比、盛衰对照的文字。

"是故碎瓦颓垣，昔日之歌楼舞馆也"，所以，如今的破瓦断墙，正是昔日的歌楼舞馆。"荒榛断梗，昔日之琼蕤玉树也"，如今的荒草残梗，正是昔日的琼花玉树。"荒榛断梗"，是描写草木丛生的荒芜景象；"琼蕤玉树"，则是形容美好的花木。"露蛩风蝉，昔日之凤笙龙笛也"，如今的哀蛩悲蝉，正是昔日的凤笙龙笛。"露蛩风蝉"，指风霜寒露中蟋蟀和知了的哀鸣。"凤笙龙笛"，指两种乐器：形状如凤的笙和装饰有龙形的笛子。"鬼磷萤火，昔日之金钉华烛也"，如今的荧光鬼火，正是昔日的金灯华烛。"秋荼春荠，昔日之象白驼峰也"，如今的苦菜荠菜，正是昔日的名贵菜肴象白驼峰。"丹枫白荻，昔日之蜀锦齐纨也，"如今的红枫白荻，正是昔日的名贵衣料蜀锦齐绢。"丹枫白荻"，指红色的枫叶和白色的芦荻花，这里用它们来代替棉絮做衣御寒。"蜀锦齐纨"，指蜀地出产的锦和齐地出产的绢，都是古时名贵的衣料。这里一连用了六个排比的句子铺陈今衰昔盛的强烈反差，显然是对东陵侯由贵族废为平民的真实写照。东陵侯昔日享有的荣华富贵，如今都成了过眼烟云，面对的是破败、荒凉和贫寒。这既是对东陵侯的委婉规劝，同时也警诫世人不要盲目追求功名富贵。所以司马季主接着进一步开导："昔日之所无，今日有之不为过；昔日之所有，今日无之不为不足。"过去没有的，如今有了不算过分；过去有的，如今没有了也不为不足。以上这一层主要是强调盛衰兴废的变化规律，规劝东陵侯面对现实，不要再存幻想。

接着，司马季主又进一步发挥："是故一昼一夜，华开者谢；一春一秋，物故者新。"随着昼夜的变化，盛开的花朵凋谢了；随着季节的更替，旧的事物变成了新的事物。"激湍之下，必有深潭；高丘之下，必有浚谷。"湍急的流水下面，一定会有深潭；高峻的山峰下面，一定会有深谷。司马季主的这些看法实际上与东陵侯的观点是完全一致的。所以最后总结道："君侯亦知之矣，何以卜为？"这些道理您都是明白的，还有什么必要向我问卜呢！他十分谦虚而又得体地结束了自己的议论。不用说，东陵侯的疑惑已经解开，不会再要司马季主为他占卜了。全文也到此结束。

这是一篇议论文，却采用了对话的形式，显得生动活泼，富于变化，而不是呆板艰深，枯燥无味。作者假托古人之口揭示事物发展变化的规律，阐明人灵于物的无神论思想，这是具有积极意义的。刘伯温在民间是一位被神化了的人物，说他能知五百年前，能知五百年后，实际上，他不可能是什么先知先觉，只不过善于发现和把握历史发展的规律而已。这篇文章骈散结合，以骈为主，对仗工整而又流畅自然。文中每用排比句，反复论辩，因此文章虽短而富有才情和气势。总之，这是一篇从内容到形式都非常出色的好文章。

扫码收听

篆刻释文：侣鱼虾而友麋鹿（张伟 作）

猛虎图 孟祥顺 作（孟祥顺，中国艺术研究院国画院画家、中国美术家协会理事）

虎之力，于人不啻倍也。虎利其爪牙，而人无之，又倍其力焉，则人之食于虎也，无怪矣。

然虎之食人不恒见，而虎之皮人常寝处之，何哉？虎用力，人用智；虎自用其爪牙，而人用物。故力之用一，而智之用百；爪牙之用各一，而物之用百。以一敌百，虽猛必不胜。

故人之为虎食者，有智与物而不能用者也。是故天下之用力而不用智与自用而不用人者，皆虎之类也，其为人获而寝处其皮也，何足怪哉！

《说虎》　刘基

俗话说，人为万物之灵，因为与其他物类相比，人类有智慧，有思想，人是最聪明、最能干、最伟大的。但是，人与动物相比，也有局限性。譬如，人不如鸟类，可以在高空飞翔；不如鱼类，可以在水中漫游；也不如走兽，可以在陆地上健步如飞……然而，人类依靠自己的智慧，可以制造出飞机、轮船和汽车，不仅水、陆、空都可以行走，而且其速度之快是禽鱼走兽等动物所望尘莫及的，所以，最终还是万物之灵的人类最了不起。

这个道理自古以来人们就一直在思考，今天要与大家一起欣赏的这篇短文，就是探讨这方面问题的。文章拿老虎来与人类相比，虽然老虎凶猛过人，但是人类能够用智慧和办法制服它，战胜它；并且进一步阐明用力与用智、自用与用物的关系，又从而推广到用人的问题上，这可谓以小见大，寓意深刻。

文章是这样开头的："虎之力，于人不啻倍也。"老虎的力量之大，是人的好几倍。"于人"，就是与人相比较。"不啻倍也"，是说老虎的力量很大，与人相比较，不止大一倍。接着又说："虎利其爪牙，而人无之，又倍其力焉。"老虎还有锋利无比的爪子和牙齿，而人没有，这就更增添了老虎的力量。"利其爪牙"，是说老虎的爪牙很锋利，"利"在这里作动词用。老虎的力量比人大得多，又有锋利的爪牙，所以，文章接着说："则人之食于虎也，无怪矣。"那么，人被老虎吃掉，就没有什么奇怪的了。"食于虎"，是说人被老虎吃掉。这一段是从本能上比较老虎与人的力量，老虎不仅力气比人大得多，而且还有爪牙这些利器也是人所不具备的，因此人被老虎吃掉是必然的结果。

接下来，文章笔锋一转："然虎之食人不恒见，而虎之皮人常寝处之"，这两句是承接上文的。上面说老虎力气大，又有锋利的爪牙，因而人被老虎吃掉是很自然的；但是，老虎吃人的事情并不常见，倒是老虎的皮毛常常被人们用来当作坐卧的用具。"然"是一个转折连词，表示虽然如此，却如何如何的意思。"不恒见"，就是不常见，"恒"就是"常"的意思。"寝处之"，"寝"是睡觉；"处"是居处的意思，指日常生活；"之"指老虎皮，"寝处之"是说人们把老虎皮拿来垫座或做床褥子。"虎之食人不恒见，而虎之皮人常寝处之"这两句的意思是，虽然老虎很凶猛、很厉害，但是老虎吃人的事很少见；而老虎被人猎杀，老虎的皮被人们用来坐卧倒是司空见惯。这是为什么呢？这种现象说明了什么道理呢？

"虎用力，人用智；虎自用其爪牙，而人用物。"这层是分析老虎虽力气过人却被人猎杀的原因：老虎用的是力气，而人用的是智慧；老虎只会使用自身的爪牙，而人则利用其他可以捕杀老虎的器物。这里还是继续采用对比的写法，要特别注意两组对比的词语：一组是"用力"与"用智"的对比，另一组是"自用"与"用物"的对比，通过这样的对比，就突出了人比老虎的高明之处。

紧接着，文章进一步分析"用力"与"用智"和"自用"与"用物"的不同作用和功效，说明老虎之所以失败的道理："故力之用一，而智之用百；爪牙之用各一，而物之用百。以一敌百，虽猛必不胜。"如果力气的作用是一的话，那么智慧的作用可以达到百；如果爪子和牙齿的作用各为一的话，那么利用外物的作用就能达到百。以一和百相敌，所以老虎虽有猛力也必定胜不过聪明智慧的人。这里的"一"和"百"都不一定是确数，只不过强调两者之间比例的悬殊、差别的巨大，从而充分表明了老虎"用力"和"自用"的局限性，突出了人"用智"和"用物"的无穷威力。这一段通过"用力"与"用智"和"自用"与"用物"的对比分析，阐明了老虎"虽猛必不胜"的道理。

以上两段描写人被虎食或者虎被人获而寝处其皮这两种不同情况，都是从虎与人的对比入手，为下文做铺垫，文章的重点在第三段。第三段是这样写的："故人之为虎食者，有智与物而不能用者也。"这是就以上两段的内容所做的归纳和总结，认为人之所以被老虎吃掉，那是因为突然遇上老虎而随身又没有带着武器或其他工具，仓促之间智慧和器物都用不上的缘故。这两句主要是对第一段的呼应，是一个过渡，重要的是下面这几句："是故天下之用力而不用智与自用而不用人者，皆虎之类也，其为人获而寝处其皮也，何足怪哉！"所以天下那些只用力而不用智的人，那些只依靠自己而不依靠别人的人，岂不都是与上文所说的老虎一样的笨蛋！这种笨蛋像老虎一样被人们捕获而寝处其皮，这样的下场和结局又有什么奇怪的呢！

细心的读者也许已经注意到，这里出现了"天下"二字，所谓"天下"，指的就是人世，也就是我们今天所说的人类社会。当然也可以把"天下"的含义理解得更广泛一些，即把它看成是自然界，是自然规律、自然法则。文章到这里已推开一步，由"人"与"虎"的对比推广到"天下"，由一种现象上升为规律，上升为哲理，这就不能不引起人们的警醒和深思。"天下之用力而不用智与自用而不用人者，皆虎之类也。"这是全文的归结点，也是文章通过人与虎的对比所要阐明的深刻寓意。

这篇短文通过虎与人的对比，指出用力不如用智，自用不如用物，又从用物联系到用人，强调外物为我所用，强调人的主观能动作用，是富有积极意义的。这不禁使我们想起先秦大哲学家荀子《劝学篇》中的一段话："登高而招，臂非加长也，而见者远；顺风而呼，声非加疾也，而闻者彰。"这段话的意思是说：站在高处向人招手，距离很远的人也能看得到，这并不是手臂加长了，而是因为站得高。顺着风向呼喊，距离很远的人都能听得清楚，这并不是声音加大了，而是风起了传声的作用。荀子接着还说："假舆马者，非利足也，而致千里；假舟楫者，非能水也，而绝江河。君子性非异也，善假于物也。"荀子说：驾车马可以日行千里，并不是脚力特别好。乘舟船可以渡江河，并不是很会泅水。总而言之，聪明的人并没有什么特别之处，就在于他善于借助和利用外物罢了。荀子这里所说的"善假于物"，与《说虎》这篇文章中所强调的"用物"完全是一个意思。人类正是通过利用外物来改造自然、改造世界，从而提高人类的生存能力，改善生存条件，推动人类社会向前发展。如果说人类不会利用外物，不发挥自己的聪明才智，这就与一般动物没有什么区别了，人类社会也就不可能前进了。这或许就是这篇短文给我们的启示。

《说虎》这篇短文的作者是元末明初的大文学家、大政治家刘基。《说虎》和前一篇《司马季主论卜》都选自刘基的《诚意伯文集》中的《郁离子》。《郁离子》是一个寓言集，是作者仕途失意之后退居乡里时所写的，采用寓言的形式讽刺、批判当时的社会现实。这篇短文也是典型的寓言手法，通过人与虎的对比，以虎为喻，批评"天下"即统治者不善用人，就像老虎一样，"虽猛必不胜"，甚至有可能导致被食肉寝皮的可悲下场，其寓意是十分明显而深刻的！这篇文章很短，全文不足两百字，语言极其精练，却又一波三折，一环紧扣一环，逻辑严密，说服力强，读后不能不叹服文章的寓意既曲折委婉而又无懈可击。

扫码收听

叁拾叁

宦官弄权，祸国殃民

喇叭，唢呐，曲儿小，腔儿大。官船来往乱如麻，全仗你抬声价。军听了军愁，民听了民怕，那里去辨甚么真共假？眼见的吹翻了这家，吹伤了那家，只吹的水尽鹅飞罢。

《朝天子·咏喇叭》 王磐

中国封建时代，宦官弄权为害最烈的是东汉、唐朝和明朝。明朝的两大宦官刘瑾和魏忠贤，欺君罔上，结党营私，欺压百姓，胡作非为，他们把持朝政，为祸之烈在中国历史上达到了顶点。王磐的散曲《朝天子·咏喇叭》就写于明武宗正德年间刘瑾当权之时。作品对狐假虎威、飞扬跋扈的宦官进行了讽刺，揭露了他们到处横征暴敛、搜刮民脂民膏的罪恶，从一个侧面反映了当时的社会现实。

王磐字鸿渐，号西楼，高邮（即今江苏省高邮市）人。他的生卒年没有确切记载，大约生活在弘治、正德年间。根据万历《扬州府志》记载，他有隽才，好读书，洒落不凡，一生纵情于山水诗画之间。自幼鄙薄举业，不参加科举考试，筑楼于高邮城西，与一些文士谈咏其间。他爱好词曲，精于音律，是明代著名的散曲作家之一，在当时名声很大，被誉为"词人之冠"，著有散曲集《王西楼乐府》。

王磐的家乡高邮就在运河边上。那时运河是南北交通运输的重要通道。当时刘瑾"挟天子以令诸侯"，实际上操纵了国家机器；而正德皇帝也就落得清闲，不理政务，纵容刘瑾及其党羽胡作非为。他们不仅掌握了军政大权，而且经营皇庄、皇店，出任税监，控制盐、茶等国家专卖商品，还控制了海外贸易，把爪牙伸向四面八方，到处敲诈勒索，搜刮民财。他们到南方各地搜刮，时常从运河经过，每到一处城镇，就吹起喇叭招呼当地百姓待候他们。明人蒋一葵《尧山堂外纪》说："正德时，阉寺当权……民不堪命，西楼乃作《咏喇叭》以嘲之。"

曲子一开头就开门见山，直接引入本题："喇叭，唢呐，曲儿小，腔儿大。"这里字面上是描写官船到来时喇叭、唢呐齐鸣的情景，实际上是讽刺押解官船的宦官依仗皇家势力耀武扬威的样子。"喇叭"和"唢呐"这两种普通的吹奏乐器，在这里成了某种象征，暗指那些押解官船的宦官。尽管他们地位卑微，本事不大，却狐假虎威，吆三喝四，气焰十分嚣张，所以说"曲儿小，腔儿大"。这种比喻是非常巧妙而辛辣的嘲讽。紧接着说："官船来往乱如麻，全仗你抬声价。"这里点明了"官船"。作者用"乱如麻"形容运河上官船来往的频繁与杂乱，不仅生动形象，而且透露了自己的倾向和态度。"全仗你抬声价"，这句又回应了开头，说官船到来时，靠喇叭、唢呐显示威风。作者指桑骂槐，对喇叭、唢呐的责骂，便是发泄对宦官的仇恨。以上是一层意思，描写官船到来时，喇叭、唢呐齐鸣的喧闹情景。全曲就在这样一种乱哄哄的气氛中展开。

官船靠岸后，船上的官员及其爪牙是如何搜刮抢掠的呢？作者没有具体描写这种场面，而是用十分沉重的语气告诉我们："军听了军愁，民听了民怕。"当地军民一听到这催命般地预示着灾难来临的喇叭声，就得去服役，忍受官吏的勒索，心里怎能不担惊受怕呢？这两句又与上面"官船来往乱如麻"相呼应。官船来往如此频繁，人民该要承受多么沉重的压榨！所以官船一到，喇叭一吹，他们便心里发怵，担心不知又要降临什么灾难。宦官弄权，常常假传圣旨，矫诏办事，所以官船到地方搜刮民财，还有谁敢违抗，谁敢追究是真是假呢？"那里去辨甚么真共假？"这虽然是无可奈何的叹息，但隐藏在字面底下的，则是作者对宦官政治的无比愤慨。这种愤慨，其中包括了对最高统治者纵容宦官为非作歹的指责。这几句又是一层意思，通过描写老百姓对官船到来的惧怕，揭示了宦官的横行和淫威。

最后一层是说在这种代表着灾难的喇叭声中，老百姓一个个倾家荡产，被洗劫一空。"眼见的吹翻了这家，吹伤了那家，只吹的水尽鹅飞罢。"读到这里，不禁联想起柳宗元《捕蛇者说》描写官吏催收赋税的情景："悍吏之来吾乡，叫嚣乎东西，隳突乎南北，哗然而骇者，虽鸡狗不得宁焉。"官船所到之处，"水尽鹅飞"，作者以十分愤慨和憎恶的心情，揭露了宦官贪得无厌，不顾人民死活的罪恶。明代宦官聚敛贪污的情况是非常惊人的。根据《明史纪事本末》记载，刘瑾被弹劾之后，从他家中抄出黄金二十四万锭，元宝五百万锭以及大量的珠宝玉石。这些金银财宝从何而来？还不都是直接或间接地从千千万万劳动人民身上榨取来的嘛！

这篇作品题为《咏喇叭》，通篇借喇叭为题，对狗仗

草書《朝天子·咏喇叭》

喇叭。唢呐。曲兒小。腔兒大。官船來往亂如麻。全仗你抬身價。軍聽了軍愁。民聽了民怕。哪裏去辨甚麼真共假。眼見的吹翻了這家。吹傷了那家。只吹的水盡鵝飛罷。

王磐朝天子咏喇叭小曲之一
二零十四甲午年之秋　黄君偶錄之

● 黄君 作 （黄君，书法家、学者、诗人）

人势、耀武扬威的宦官给予了辛辣的讽刺，揭露了他们横征暴敛、鱼肉百姓的罪行，反映了明代宦官弄权给社会和人民带来的深重灾难。"喇叭"完全是人格化了的宦官形象，通过对喇叭的生动描写，宦官的可恶形象给读者留下了深刻的印象。

　　这是一首散曲。散曲盛行于元、明两朝，就其体制而言，可以分为小令和套数两类。小令是单支的曲子，套数是由若干个同一宫调的单支曲子联结而成。《朝天子·咏喇叭》是首小令。散曲又有北曲和南曲的区分，北曲就是北方的歌曲，南曲是南方的歌曲。它们各自的唱腔和所用的乐器不同，情趣风格也不一样。《朝天子·咏喇叭》是一首北曲。一般认为，曲是从词演变而来的，它与词有很多相似之处。词有词牌，曲也有曲牌，这首曲子的曲牌是"朝天子"。词和曲都可以演唱，都采用长短参差的句式，不过曲不像词那么严格，可以增减字数，有衬字，譬如这首曲的最后一句"只吹的水尽鹅飞罢"，其中"只吹的"三字就是加上去的衬字。因为补入衬字的关系，所以曲的语言比词的语言更通俗，更浅白。另外，曲的用韵也比词更密集，例如这首曲几乎句句押韵，仅有"小"与"愁"两句不用韵，这样演唱起来就更加朗朗上口。散曲还有其他一些特点，这里就不一一介绍了。

扫码收听

余五十二岁始得一子，岂有不爱之理！然爱之必以其道，虽嬉戏玩耍，务令忠厚悱恻，毋为刻急也。

平生最不喜笼中养鸟，我图娱悦，彼在囚牢，何情何理，而必屈物之性以适吾性乎！至于发系蜻蜓，线缚螃蟹，为小儿玩具，不过一时半刻便折拉而死。夫天地生物，化育劬劳，一蚁一虫，皆本阴阳五行之气，氤氲而出，上帝亦心心爱念。而万物之性人为贵，吾辈竟不能体天之心以为心，万物将何所托命乎？

我不在家，儿子便是你管束，要须长其忠厚之情，驱其残忍之性，不得以为犹子而姑纵惜也。家人儿女，总是天地间一般人，当一般爱惜，不可使吾儿凌虐他。凡鱼飧果饼，宜均分散给，大家欢嬉跳跃。若吾儿坐食好物，令家人子远立而望，不得一沾唇齿；其父母见而怜之，无可如何，呼之使去，岂非割心剜肉乎！

夫读书中举中进士作官，此是小事，第一要明理作个好人。可将此书读与郭嫂、饶嫂听，使二妇人知爱子之道在此不在彼也。

《潍县署中与舍弟墨第二书》　郑板桥

教育子女是天下父母都十分关心的问题，尤其是现在，独生子女的教育已成为一个突出的社会问题。许多独生子女的父母以及他们的爷爷、奶奶、姥爷、姥姥们对孩子过分宠爱，使他们一个个都成了"小皇帝""小公主"。这些"小皇帝""小公主"娇生惯养，唯我独尊，不懂得谦让，不会关心别人，缺少吃苦耐劳的精神，这样的孩子长大之后，往往成不了有用之才。因此，一味地宠爱孩子，不是真正的爱，不是正确的教育方法。那么，怎样才是真正的爱呢？怎样才能教育好孩子呢？这里向大家介绍郑板桥关于教育子女的一封书信，从中我们可以得到一些启示和教益。

郑板桥，大家可能都十分熟悉，他是清代著名的画家，"扬州八怪"之一。郑板桥名燮，字克柔，板桥是他的号。他是江苏兴化人，自幼家贫，四岁丧母，刻苦读书，先后考取秀才、举人、进士，曾在山东范县、潍县等地做过知县。后来因为荒年为民请赈，又帮助穷人打官司，得罪了豪绅，罢官归里，卖画为生。下面要介绍的这封信，是郑板桥在潍县当知县的时候写给他弟弟郑墨的。他在潍县任上时给他弟弟一共写了五封信，这是第二封，所以叫《潍县署中与舍弟墨第二书》（这个题目可能是编文集的时候加上去的）。"潍县署中"，就是潍县县衙；"署"即官署、衙门的意思。"舍弟"，是对自己弟弟的谦称。郑板桥写给他弟弟的这些信，大都是谈教育子女方面的问题，因为他没有带家属，子女在老家由弟弟管教。郑板桥在这封信中阐述了他的"爱子之道"，强调对孩子要重视品德教育，要严加管教，要读书明理做个好人。

信是这样开头的："余五十二岁始得一子，岂有不爱之理！"我五十二岁上才得到一个儿子，哪有不疼爱的道理呢！我国古时候有重男轻女的思想，认为只有生了儿子才能传宗接代，所以对男孩特别珍爱。郑板桥老年得子，比起一般人来，自然更要爱惜千倍百倍，然而他对幼子并没有溺爱。作者先强调对幼子的爱，接着笔锋一转，"然爱之必以其道"。这就是说对孩子的爱不可太过分，太没有节制，而应当爱得合乎情理，恰到好处，爱得有原则、有节制，这就是作者的"爱子之道"，也是这篇文章的中心思想。下面就围绕这个中心思想具体说明怎样才是"爱之必以其道"。

"虽嬉戏玩耍，务令忠厚悱恻，毋为刻急也。"即便是嬉闹玩耍的时候，也要注意教育孩子忠厚仁爱，有恻隐之心，不要刻薄凶狠。郑板桥写这封信的时候是五十七岁，他的儿子大约五岁，正是天真烂漫、喜欢玩耍的时候。他在信中叮嘱弟弟，即便是孩子玩耍的时候，也不可忽视对他们的教育。

接下来作者就"嬉戏玩耍"的时候如何培养孩子忠厚恻隐的性格具体加以说明。"平生最不喜笼中养鸟,我图娱悦,彼在囚牢,何情何理,而必屈物之性以适吾性乎!"作者说他平生最不喜欢用笼子来养鸟,因为对于养鸟的人来说,可以享受到某种娱乐和愉悦;而对鸟来讲,成天关在笼子里,就像囚牢一般,这哪里合乎情理呢?为什么非要委屈动物的性情来满足自己的要求呢?"至于发系蜻蜓,线缚螃蟹,为小儿玩具,不过一时半刻便折拉而死。""发系蜻蜓",就是用头发或线绳绑住蜻蜓,让它飞却又不能飞走。"线缚螃蟹",即是用线绑住螃蟹的腿,让它在地上爬行却又走不脱。这些都是小孩经常玩的游戏,这种"小儿玩具"虽能一时取乐,但蜻蜓、螃蟹之类小生命经不起折腾,不一会儿就会断胳膊缺腿,很快死去。

紧接着,作者就这事发表议论:"夫天地生物,化育劬劳,一蚁一虫,皆本阴阳五行之气絪缊而出。"这段话的意思是,天地间生出万物,辛辛苦苦化育而成,即使是一只小蚂蚁、一只小虫子,也都是阴阳五行之气变化而来的。"阴阳五行",是古人对自然现象的解释,认为天地间存在着阴阳二气,它们相生相克,既互相对立又互相作用,从而引起一切自然现象的发生和变化。后来有人进一步从自然界本身来理解自然的本源及其变化,用日常生活中的金、木、水、火、土五种物质来说明各种事物的起源。这两种说法结合到一起就叫"阴阳五行说"。"缊缊"（yīn yūn），是中国古代哲学术语，是指天地间万物因阴阳五行之气相互作用而变化生长的意思。作者认为天地间万物都是阴阳之气化育而成的，所以"上帝亦心心爱念"，老天爷都一视同仁，对世间万物都有爱怜之心。"而万物之性人为贵，吾辈竟不能体天之心以为心，万物将何所托命乎？"天地间万物以人最为聪明，但我们作为人却不能体察老天爷的爱怜之心，摧残其他生灵，这些生灵将何以寄托生命呢？

这一段从"笼中养鸟"讲到"发系蜻蜓""线缚螃蟹"，引发作者一通议论，无非是要告诉他弟弟不要以摧残异类的方式做"小儿玩具"，应当使小孩从小就有怜爱之心，培养他们忠厚仁爱的性情。作者在这封信的后面还附了一段话，专门就笼中养鸟的问题谈了自己的看法，他认为要想养鸟的话，就应当在房前屋后多种一些树木，使之成为鸟的天堂，让鸟在这里自由地飞翔、鸣叫，只有这样才适合鸟的天性。这些都从一个侧面反映了作者忠厚慈爱的性情和自由解放的思想。

接下来的一段，作者要求他弟弟严格管教他的儿子。"我不在家，儿子便是你管束。""管束"，就是管教、约束的意思。作者说，我在外做官，平时都不在家，儿子就由你来管教他。如何管教呢？"要须长其忠厚之情，驱其残忍之性，不得以为犹子而姑纵惜也。"这几句是承接上文的意

武之在家学好些便是少管束要须慎其初十

驱其残忍之性不得以为猶子而姑纵惜也家人儿女總

是天地间一般人當一般愛惜不可使吾兒凌虐他凡

魚餐果饼宜均分散给大家歡嬉跳躍若吾兒坐食

好物令家人子遠立而望不得一沾唇齿其父母见而憐

之無可如何呼之使去豈非割心剜肉乎

夫讀書中举中進士做官此是小事第一要明理作個

好人可将此書讀與郭嫂饶嫂听使二婦人知愛子

之道在此不在彼也

丙申夏至後五日宕加州奉為吾師

熊覺教授書鄭板橋與舍弟書一文

亚琳

● 丁亚琳 作 （丁亚琳，青年女书法家）

余五十二歲始得一子豈有不愛之理然愛之必

以其道雖嬉戲玩耍務令忠厚排惻毋為刻

急也

平生最不喜籠中養鳥我圖娛悅彼在囚牢何情

何理而必屈物之性以適吾性乎至於繫繩縛

蜻蜓為小兒玩具不過一時半刻便折拉而死夫天地

生物化育勤勞一儀一息皆本陰陽五行之氣絪縕而

出上帝亦心心之愛念而萬物之性人為貴吾輩竟不

能體天主之心以為心萬物將何所托命乎

思，再一次强调要培养增长孩子的忠厚之情，驱除他的残忍之性，不能因为是自己的侄儿就放纵迁就他。"犹子"，就是侄子。

接着，就教育儿子如何与家中仆人的儿女很好相处的问题提出了一些具体要求。"家人儿女，总是天地间一般人，当一般爱惜，不可使吾儿凌虐他。"这几句也与上文紧密相连，上文说到天地生万物，老天爷都有爱念之心；这里讲天地间的人类，更应当平等相待、"家人"，就是家里的仆人。在有的人看来，主人与仆人是等级森严的，主人的儿女与仆人的儿女更是要严格区分开来。但作者却不这样看，认为对仆人的儿女要平等相待，要同样爱惜，不允许自己的儿子欺负他们，虐待他们，凌驾于他们之上。那么，对"家人儿女"如何平等相待，同样爱惜呢？"凡鱼飧果饼，宜均分散给，大家欢嬉跳跃。"这里的"鱼飧"，原指鱼做的食物，一说即鱼羹，这里泛指一般零食。这几句的意思是，凡是水果、糖饼之类的点心零食，都应当平均分给孩子们，使大家都高兴。为什么要这样做呢？作者进一步分析："若吾儿坐食好物，令家人子远立而望，不得一沾唇齿"，如果只是我们的孩子得到了好东西吃，"家人"的孩子只能远远地望着，得不到一点尝尝，"其父母见而怜之，无可如何，呼之使去，岂非割心剜肉乎！"他们的父母看到这种情景，自然十分怜爱他们，但又无可奈何，因为他们没有钱给自己的孩子买零食吃，只得喊他们离开。这时候做父母的心情怎能不像"割心剜肉"一样难受呢？这一段，作者从"鱼飧果饼"这类家常琐事入手，教育子女要与穷人的孩子平等相待。

最后一段强调教育子女要明确读书的目的："夫读书中举中进士作官，此是小事，第一要明理作个好人。"我国封建时代，通过科举取士，只有考上了举人，考上了进士，才有可能升官发财，这几乎是所有读书人所追求的。然而作者并不这样认为，在他看来，中举中进士做官是小事，最重要的是通过读书明白道理，提高道德修养，最终做一个好人。

最后，作为书信，作者还有几句交代的话："可将此书读与郭嫂、饶嫂听，使二妇人知爱子之道在此不在彼也。""郭嫂、饶嫂"，是郑板桥的妻和妾，可能她们都不识字，所以作者让弟弟把信读给两位嫂嫂听，使她们懂得"爱子之道"，共同教育好子女。所谓"爱子之道在此不在彼"，就是说要按照上文所说的那些去教育孩子，而不是别的什么。因为做母亲的往往宠爱孩子，容易把孩子惯坏，所以特别叮嘱了一番。

以上就是郑板桥这封书信的主要内容。作者在信中除了强调对孩子要培养忠厚悱恻之心，要与"家人儿女"平等相待，要读书明理做个好人，等等，可以给我们许多教益之外，我想还有十分重要的一点，就是这封信自始至终贯穿了一种平等的思想和人道主义的精神。作者推己及物，认为天地万物，虽一虫一蚁，也要加以爱惜；尤其推己及人，强调对家中仆人儿女要平等相待。作者甚至站在仆人的角度，先分析儿童心理，再体会父母心情，写得入情入理，感人至深！郑板桥作为一个封建时代的知识分子，作为一名统治阶级的下层官吏，具有这种进步的思想，应该说是难能可贵的！

篆刻释文：明月松间照（肖春光 作）

扫码收听

叁拾伍

欲速则不达，躁急者自败

庚寅冬，予自小港欲入蛟川城，命小奚以木简束书从。

时，西日沉山，晚烟萦树，望城二里许。因问渡者："尚可得南门开否？"渡者熟视小奚，应曰："徐行之，尚开也；速进则阖。"予愠为戏。

趋行及半，小奚仆，束断，书崩，啼，未即起。理书就束而前，门已牡下矣。

予爽然思渡者言近道。天下之以躁急自败、穷暮而无所归宿者，其犹是也夫，其犹是也夫！

《小港渡者》　周容

这篇文章的作者周容，是明末清初浙江鄞县（现为鄞州区）也就是现在的宁波人，明诸生（科举中已通过省级考试）。明亡后他削发为僧，浪迹天下，以表示对清朝统治者的痛恨。后来有人推荐他做官，他竟然以死相拒。擅长画松林枯石，著有《春涵堂诗文集》。这篇短文，大约是他云游四方的时候，以他作为僧人所特有的禅机佛理，对自己亲身经历的一件小事有所感悟而写下来的，下面我们就来赏析《小港渡者》这篇文章。

文章开头三句交代时间、地点、人物和事件。"庚寅冬"，庚寅年的冬天。我国古代以干支纪年，"庚寅"，指庚寅年，就是清顺治七年（1650）。"予自小港欲入蛟川城"，我从小港出发打算进入蛟川城。"蛟川城"，据从前的注解说，浙江镇海县东海中有蛟门山，蛟川城当指镇海县的县城；"小港"，也许就是蛟川城附近的一个小渡口。从文章中体会，作者可能刚从小港下船，打算由此而入蛟川城。下面将要叙述的故事，就发生在从小港到蛟川城的路上。"命小奚以木简束书从"，吩咐书童用木板夹着捆了一摞书跟随着。"命"，指派的意思；"小奚"，这里就是小书童；"木简"，指用木板做的书夹子，捆扎书籍时既便于捆扎又能在外面起到保护书的作用；"束书"，就是把书捆起来；"从"，就是跟着。以上是文章的第一段。因为这是一篇叙事文，所以一开始就交代了时间（庚寅冬），交代了地点（小港），交代了人物

（作者和小奚），交代了事件（命小奚以木简束书从）。

接着第二段，主要写离开小港渡口之前与渡者的对话。作者先宕开一笔，描写当时的景色："时，西日沉山，晚烟萦树，望城二里许。"当时，太阳已经落山了，傍晚的炊烟萦绕在树梢上，远远望去，距离蛟川城还有两里多路程。这里的景物描写历历如画，使人有身临其境之感。这几句看似闲笔，实际上很起作用，不仅交代了具体时间和去县城的路程，更主要是营造了一种气氛——日暮时分赶路人的急迫和忧虑，为下文做好铺垫。

"因问渡者：'尚可得南门开否？'"于是作者向摆渡的人打听：能在南城门关闭之前赶到那里吗？这里又点出了第三个人物。根据文章题目来看，这位渡者正是这篇文章的主人公，是作者要着力表现的人物。这位渡者大概就是刚刚把作者摆渡过来的那位艄公。他常年在这里摆渡，不仅对这一带的情况十分熟悉，而且应付形形色色的搭船人当然也是很有经验的。听到作者询问之后，他没有马上回答，而是先"熟视小奚"，先仔细地打量了一番小书童。"熟视"二字，值得玩味。渡者为什么要仔细打量这位小书童呢？也许他发现了小书童捆扎书籍捆扎得不结实，也许他看到了小书童露出了慌乱的神色，也许他还看到了别的什么……"熟视小奚"之后，渡者"应曰：'徐行之，尚开也；速进则阖。'"渡者回答说：如果你们慢慢地走，到了那里也许城门还开着；如果你们急急忙忙地赶路，到了那里城门可能就关上了。"阖"，就是关闭的意思。听到渡

● 渡者图　李乐然　作　（李乐然，中国艺术研究院美术学博士）

者如此回答，作者大惑不解：为什么"徐行尚开"，而"速进则阖"呢？因此，"予愠为戏"，我很生气，以为渡者在捉弄人。"戏"，就是开玩笑，捉弄人。"愠"，就是生气。是啊，听到如此不合常理的回答，怎能不叫人生气呢？于是，他带着书童，也带着怒气上路了。接下来第三段就是描写在去蛟川城途中发生的事情。

由于当时"西日沉山"，天色已晚，再加上与渡者一席谈话，招来了不快尚属其次，又耗去了一些宝贵时间，因此，可以想见，他们上路之后，为了赶在城门关闭之前能够进城，一定急急忙忙，速速赶路。谁知"趋行及半"，快行疾走了一半路程的时候，"小奚仆"，小书童摔倒了。"仆"，是倒了的意思。因为"奚仆""束断"，捆书的绳子也断了。"束"，这里作绳子讲。随着"束断""书崩"，书籍立即崩裂开来，散了一地。"啼，未即起。"小书童也摔哭了，好半天没有爬起来。看样子还摔得不轻。俗话说，急行无好步，越忙越添乱。就因为摔了这一跤，现在变得更加被动了。等到小书童啼哭停止，慢慢从地上爬起来，"理书就束而前"，再把书籍重新整理捆扎好了向前赶路，"门已牡下矣"，这时候城门已经关上了。"牡"，本是指雄性动物，后来引申为门闩；"牡下"，就是门闩闩上了的意思。

以上三段是文章的前一部分，属于叙事部分；剩下最后一段是作者就前面发生的事情所做的思考，属于说理部分。看到城门已关，进城的希望彻底破灭，"予爽然思渡者言近道"，这时我豁然开朗，觉得渡者的话是有道理的。作者刚刚还对渡者之言大惑不解，怎么慢慢走还可以赶得上，走快了反倒赶不上了呢？现在他醒悟过来了。这里，说"渡者言近道"的"道"，就是我国古代大哲学家老子所说的"形而上者谓之道"的"道"，也就是适合宇宙间万事万物的一种普遍的道理。不用说，这个道理就是我们常说的所谓"欲速则不达"。真是"卑贱者最聪明"，那位摆渡的老艄公居然懂得事物发展的辩证法。由于终于领悟了渡者之言的深刻道理，现在作者自然也就明白自己今天失败的教训了："天下之以躁急自败、穷暮而无所归宿者，其犹是也夫，其犹是也夫！"世上因为急躁鲁莽而给自己招来失败，弄得昏天黑地到达不了目的地的，大概就像我今天这样狼狈不堪吧，大概就像我今天这样糟糕透顶吧！"以躁急自败"中的"以"，是因为的意思；"躁急"，就是急躁。"其犹是也夫，其犹是也夫！"全文以反复加重的自责语气作总结，意在提醒自己，也是提醒别人，以后可不应该再犯"以躁急自败"的错误了。

《小港渡者》这篇短文虽然写的只是日常生活中的一件小事，却能以小见大，富于哲理，耐人寻味。在写作手法上，这篇文章的最大特色是语言简练，笔墨经济。如第三段描写书童摔跤，只连用了几个短语，一共不过十一个字——"小奚仆，束断，书崩，啼，未即起"——就把书童摔跤后的窘况刻画得活灵活现，好像就在我们面前。整篇文章写得一波三折，跌宕有致，读来引人入胜，情趣盎然。

扫码收听

● 王家新 作 （王家新，中国书法家协会副主席）

独立寒秋湘江北去橘子洲头看万山红遍层林尽
染漫江碧透百舸争流鹰击长空鱼翔浅底万
类霜天竞自由怅寥廓问苍茫大地谁主沉浮
携来百侣曾游忆往昔峥嵘岁月稠恰同学少
年风华正茂书生意气挥斥方遒指点江山
激扬文字粪土当年万户侯曾记否到中流
击水浪遏飞舟

毛泽东词沁园春长沙 王家新敬书

叁拾陆

风华正茂，指点江山

独立寒秋，湘江北去，橘子洲头。看万山红遍，层林尽染；漫江碧透，百舸争流。鹰击长空，鱼翔浅底。万类霜天竞自由。怅寥廓，问苍茫大地，谁主沉浮？

携来百侣曾游，忆往昔峥嵘岁月稠。恰同学少年，风华正茂；书生意气，挥斥方遒。指点江山，激扬文字，粪土当年万户侯。曾记否？到中流击水，浪遏飞舟。

《沁园春·长沙》　毛泽东

《沁园春·长沙》是毛泽东同志已经发表的诗词中最早的篇什之一，写于1925年秋。这一年的春天，毛泽东同志从上海回湖南老家养病，秋天离开湖南前往广州主持农民运动讲习所。这首词就是在前往广州途经长沙时所作。词中通过对湘江壮丽秋色的描绘和往昔峥嵘岁月的回忆，抒发了诗人朝气蓬勃、奋发有为的青春豪气，体现了作为一个无产阶级革命家以天下为己任的伟大抱负和崇高的革命理想，是青年毛泽东的生动写照。

　　词的内容分为两部分，即按词调有上下两阕，上阕写景抒情，下阕追忆往事，但前后照应，革命激情贯穿始终，使上下两阕成为一个紧密相连的整体。

　　先来看上阕。

　　"独立寒秋，湘江北去，橘子洲头。"开头这几句既交代了时间、地点，点明了题目，又突出了诗人自己的形象。"寒秋"，即深秋、晚秋。由于深秋，使人感觉已有寒意，所以叫"寒秋"，这是点明节令、时间。"湘江"，是湖南的一条江，源出广西兴安县阳海山，全长2000多里，流经长沙，北入洞庭，所以说"湘江北去"。"橘子洲"又名水陆洲，是湘江上的一个沙洲，位于长沙城西，岳麓山东麓，因洲上多产美橘，所以叫橘子洲。橘子洲自唐以来就是游览胜地，毛泽东同志在长沙第一师范求学期间，也常常和同学到这里游赏。这两句既点明了地点，又点明了题目。这首词题为《长沙》，诗人用代表长沙的山水来点明题目，既有形象性，又显得含蓄。毛泽东同志的其他诗词往往也采用这种手法，如《七律·登庐山》，"一山飞峙大江边"，这是说"庐山"；"跃上葱茏四百旋"，这是说"登"。像这样的地方，要仔细体会，不可忽略。开头这几句的次序，本来似乎应当是：湘江北去，橘子洲头，独立寒秋。但诗人把"独立寒秋"提到了前面，这不仅是词律的需要（韵脚），更主要的是为了突出"独立寒秋"这四个字所蕴含的意义和境界。为什么是"独立"呢？因为毛泽东同志在湖南养病期间，积极从事农民运动，短短几个月内就组织了二十多个农民协会，因而遭到湖南反动军阀赵恒惕的通缉，毛泽东同志只能秘密开展工作，所以这次南下广州也是单独行动。他来到长沙城外，面对滚滚北去的湘江，迎着秋风，独自站立在橘子洲头。这"独立"二字显示了诗人从容镇定、无所畏惧的英雄气概。一开头，一个高大的诗人形象就出现在我们面前。"独立寒秋"这四个字还起到了总领全篇的作用，由于是"独立"，所以诗人浮想联翩，追怀往昔；由于是"寒秋"，所以很自然地引带出下文一系列壮丽的秋景。

"看万山红遍，层林尽染；漫江碧透，百舸争流。鹰击长空，鱼翔浅底。万类霜天竞自由。"诗人用极其生动而洗练的笔墨描绘了一幅色彩缤纷、生机盎然的湘江秋色图：岳麓山上，霜林如染，重重叠叠，一片火红。湘江秋水，碧绿澄清，无数船只，争相疾驶。雄鹰在万里长空中矫健地翱翔，鱼儿在清澈见底的江水里轻快地游嬉。一切物类都在秋光中自由自在地生存运动，充满着生命活力。一个"看"字直贯以下七句，都是诗人站在橘子洲头所见。"万山红遍，层林尽染"，这两句写山，写岳麓山的红叶。"万山"，形容岳麓山起伏的峰峦，这是夸张。"层林"，是说山上的林木随着山势生长，在山下朝山上望去，好像一层一层地渐渐上升。岳麓山上有很多枫树，有一枫林坡，坡上有一亭，名叫"爱晚亭"，就是取唐代诗人杜牧《山行》诗中"停车坐爱枫林晚，霜叶红于二月花"的句意而命名的。此亭1952年重修，毛泽东同志还亲笔题写了"爱晚亭"三字匾额。这两句说岳麓山上的枫叶经霜之后，远远望去，一片火红，就像经人工染过一般。这里也许还有某种象征意义，当时上海爆发了五卅大罢工，工人运动席卷全国。农民运动以湖南为中心，也在各地蓬勃开展。眼前这满山红叶，就像工农革命运动的烈火在熊熊燃烧。

秋天的岳麓山是如此壮美，那么秋天的湘江水又是怎样的景色呢？"漫江碧透，百舸争流。""漫江"就是满江。"碧"是写水色。"透"是彻底的意思，是说湘江水清澈见底。"舸"是大船，这里泛指一般船只。"百舸"形容船只之多。"流"是流逝、行驶。"争流"是争着向前流逝，形容船只走得很快。这两句描写了碧绿透明的湘江秋水以及江面上船只来往穿梭的动人景象。一个"争"字，凸现了一种千舟竞发、争先恐后的气氛，给人以一种昂扬奋进的精神。

诗人远望了山头红叶，瞄了一眼江面船只，随后又仰视长空，俯察水底，只见"鹰击长空，鱼翔浅底"。这里用一"击"字，写出了雄鹰在天空飞行既速且猛的英姿和气势。"翔"本是形容鸟在空中盘旋时两翅张开不扇动的姿态，这里用来形容游鱼在清澈的江水里自由自在地游嬉，既贴切又有新意。另外，"鱼翔浅底"的"浅"字，并不是说湘江水真的很浅，而是因为江水清澈见底，看起来给人以"浅"的感觉，这是与上文"漫江碧透"相呼应。

诗人描绘了色彩瑰丽的湘江秋色之后，用"万类霜天竞自由"一句加以总括，把这些景物贯串起来，使之有了统一而深刻的意蕴。诗人描写景物，总是一定思想感情的表现，即主观的思想感情和客观的事物统一于艺术形象之中。诗人笔下的秋景，一反旧诗词中肃杀、沉暮的悲秋情调，把秋天描写得爽朗、活泼、充满生机，正是因为这些景物寄托了诗人满腔的革命激情的缘故。在诗人的眼里，秋天没有衰败和悲哀，只有生存和奋斗。"万类霜天竞自由"所概括的意义就在于此。"万类"即万物，这里指包括上文所列举的自然界的各种物类。"霜天"即秋天。"竞"就是争竞、争取。自然界中，天上飞的，水里游的，所有的物类都在争取自由。面对这一切，诗人陷入了沉思。

"怅寥廓，问苍茫大地，谁主沉浮？""怅"即惆怅。"寥廓"，广阔、高远的样子，这里指宇宙的广大无边。"沉浮"，即升沉起伏，指事物的兴衰变化。这几句字面上的意思是说，广阔的宇宙，苍茫的大地，一切物类都在那里生息争竞，它们的兴衰变化究竟是由谁来主宰的呢？这似乎是在探索宇宙规律和大自然的奥秘，实际上其中含有更深层的含义——诗人独自站在湘江边上，面对红叶碧水、游鱼飞鹰，他十分感慨：祖国的山河是这样美好，自然界中的万物是如此自由，可是中华大地，军阀混战，生灵涂炭，广大人民处在水深火热之中！这不能不使诗人感到惆怅和愤慨。苍茫大地，到底该由谁来主宰呢？此时此刻，诗人心里想的是国家兴亡和人民命运的问题。这一深沉有力的疑问，十分含蓄而充分地体现了毛泽东同志以天下为己任的广阔胸怀和伟大气魄。上阕最后这几句不仅使前面的景物描写得以升华，衬托出深厚的词意，而且十分自然地过渡到下阕。

"携来百侣曾游，忆往昔峥嵘岁月稠。"这两句是下阕的总写。诗人用"峥嵘岁月稠"五个字概括了他青少年时期在长沙求学和进行革命活动的许多往事。毛泽东同志1911年开始到长沙求学，1913年至1918年在长沙第一师范读书六年。读书期间就与同学蔡和森、陈昌、张昆弟、罗学瓒等积极组织学生运动和从事革命活动。1917年毛泽东同志发起成立了以"改造中国与世界"为宗旨的革命团体"新民学会"。1919年又成立了湖南学生联合会，并创办了会刊《湘江评论》，毛泽东同志担任主编，撰写了一系列文章，对革命运动起了很大的指导作用和推动作用。五四运动期间，毛泽东同志领导"新民学会"的成员积极响应，同时还组织和领导了驱逐湖南军阀张敬尧、谭延闿的斗争。1920年冬，毛泽东同志又组织了湖南共产主义小组和社会主义青年团，1921年他作为湖南共产主义小组的代表出席了中国共产党的成立大会。……如今诗人旧地重游，怎能不回想起往日的斗争生活以及那些学友和同志呢！"携来百侣曾游"就是"携百侣曾游"，"来"是语气助词，没有什么意义。"携"是携手，即手拉手。"百侣"是说往日一同游览的伴侣很多，指蔡和森等一些至交好友；同时又与上阕的"独立"相呼应，给孑身独游的诗人顿时增添了无限力量。"峥嵘"本是形容山势高峻，这里借指岁月的不同寻常。"稠"即多的意思。这两句总写在长沙度过的峥嵘岁月，下面具体叙述其中的片段回忆，描写了一群胸怀大志、意气风发的"同学少年"。

"恰同学少年，风华正茂；书生意气，挥斥方遒。指点江山，激扬文字，粪土当年万户侯。"那时，同学们正当青春年少，才华横溢，血气方刚，富有强烈的革命热情和斗争精神。大家经常在一起纵谈国事，评论时局，并写成慷慨激昂的文章，批评腐败政府，抨击黑暗社会，把当时的反动军阀和官僚看得粪土不如。"恰"是正当、正值，当时毛泽东和蔡和森等同学都是刚刚二十出头，所以说"同学少年"。"风华正茂"，"风华"是风度才华，"茂"是旺盛的意思。

"挥斥方遒","挥斥"就是放纵的意思;"遒"是刚劲有力。"挥斥方遒"是形容他们谈论问题时热情奔放、劲头十足的样子。"指点江山",有人说是一面游览,一面指点给人看,这未免过于拘泥。"指点"即指指点点,犹言批评;"江山"指国家,这是说他们在一起批评国事,纵论天下形势。"激扬文字","激扬"有人说是激浊扬清,其实它的句式与"指点江山"相同,是说他们把讨论的问题写成激愤昂扬的文章。"粪土当年万户侯","粪土"在这里是名词动用,也就是把"万户侯"看成粪土,这表现了诗人及其朋友对当时官僚军阀的鄙夷和藐视。当时,毛泽东同志和蔡和森、陈昌、张昆弟等一群同学好友常常来到岳麓山上,爱晚亭中,或是橘子洲头。他们在这些地方读书看报,讨论问题,或者锻炼身体。他们聚谈的问题通常都是历史和政治,修身,齐家,治国,平天下和民族国家,等等。讨论起来,一个个书生意气,慷慨激昂。特别是毛泽东同志,当时同学们就风趣地说他"身无半文,心忧天下"。这段文字就是毛泽东和他的青年朋友们的真实写照。我们读后,仿佛看到了一群热血青年在那里指点江山时豪放潇洒的身影,听到了他们慷慨陈词时滔滔不绝的声音。

最后,诗人以回忆在湘江游泳的一幕作总结:"曾记否?到中流击水,浪遏飞舟。""击水"就是游泳。"遏"是阻止、阻挡。"浪遏飞舟",是说湘江浪头大,那滔天的巨浪以至于把快速行驶的船只都阻止了,这也是夸张。最后这两句是倒装句，应当理解为到浪遏飞舟的中流击水，而不是说在江中游泳时，掀起的浪花阻挡了船只。诗人用"曾记否"三字轻轻一点，唤起回忆。毛泽东同志自幼爱好游泳，重视体育锻炼。在长沙求学期间，他经常和同学到湘江游泳，在大风大浪中锻炼意志，增强体魄。1917年，毛泽东同志在《新青年》杂志发表《体育之研究》的文章，主张尚武勇，强体力，"文明其精神，野蛮其体魄"。这几句就是这些思想的生动体现。同时，这句也象征着革命者在惊涛骇浪中搏击风浪、一往无前的坚强品格和斗争风貌。

毛泽东同志的诗词不仅内容丰富、思想深刻，而且形象生动、境界宏大、气势磅礴。这首词除了具有这些特色之外，还有另外一些特色。

先说说这首词的谋篇布局和立意。毛泽东同志写有两首《沁园春》词，一写南国景色，一咏北国风光，它们在谋篇和命意方面似乎有某些共同之处。《沁园春·雪》上阕描写雪景，下阕回顾历史，诗人从高原的壮美雪景引申到"江山如此多娇"；从批评历史人物引申到"数风流人物，还看今朝"，即从赞美祖国山河引申到赞美人民革命，达到了情景交融的境界。这首《沁园春·长沙》也是上阕描写秋景，下阕回忆旧事，诗人描绘了壮丽的湘江秋色之后，归结为一句"万类霜天竞自由"，这种革命乐观主义基调就成了全词的主调。接着又发出"问苍茫大地，谁主沉浮"的疑问，更加突出了诗人以天下为己任的革命情怀，使前面的景物描写有了深刻的含义。如果没有前面的描写，后面的疑问就不能顺利提出；没有后面的疑问，前面的描写就只能是零碎的风景画面，意义不大。而下阕对峥嵘岁月的回忆，又使诗人提出的疑问有了回答，使"主沉浮"的天下意识和责任感得到了充分体现，从而深化了主题。所以，全词的布局是严谨的，上下两阕是一个有机的整体。

再来谈谈这首词在语言方面的特色。词中有很多对句，如"万山红遍，层林尽染"对"漫江碧透，百舸争流"，以山对水，以红对碧，一远一近，一静一动，把岳麓山的红叶和湘江水的碧波描绘得色彩鲜明，瑰丽动人。再如"鹰击长空"对"鱼翔浅底"，"风华正茂"对"挥斥方遒"都是非常工整的对句。有些对句如"同学少年"对"书生意气"等虽然不是那么工整，但也自然流畅，没有雕琢的痕迹。其次，诗人用词十分准确、精练，如"层林尽染"的"染"，"漫江碧透"的"透"，"鹰击长空"的"击"，"鱼翔浅底"的"翔"，"峥嵘岁月稠"的"稠"，等等，都善于抓住事物的特征，极其生动有力地表现出来，简直达到了不可移易的地步。这些都说明毛泽东同志作为一个诗人，具有娴熟的语言技巧和卓越的艺术才华。

扫码收听

叁拾柒

气势磅礴的
长征颂歌

红军不怕远征难，万水千山只等闲。

五岭逶迤腾细浪，乌蒙磅礴走泥丸。

金沙水拍云崖暖，大渡桥横铁索寒。

更喜岷山千里雪，三军过后尽开颜。

《七律·长征》 毛泽东

举世闻名的二万五千里长征，是中国革命史上的伟大壮举。毛泽东同志这首《七律·长征》是一首气势磅礴的长征颂歌，是一首中国革命的壮丽史诗。这首诗高度概括了二万五千里长征艰苦卓绝的战斗历程，形象地描绘了红军不屈不挠、勇往直前的英雄气概，歌颂了红军的革命英雄主义和革命乐观主义精神。

　　毛泽东同志在长征途中一共写了七首诗词，如《忆秦娥·娄山关》《清平乐·六盘山》等，大都描写一时一地或某一次战役，而这首七律，题为《长征》，则是总写长征的。诗题下有创作年月——1935年10月，这时候毛泽东同志率领的红一方面军已到达陕北吴起镇，与陕北红军、红二十五军胜利会师，红军长征将要取得胜利，中国革命将要出现新的转折，毛泽东同志豪情满怀，写下了这首对长征带有总结性的伟大诗篇。

　　这是一首七律，共有八句四联。全诗结构严密，环环相扣，前后照应，浑然一体。

　　我们先来看第一联："红军不怕远征难，万水千山只等闲。"开头这两句点明题意，总括全篇，英雄的红军战士不怕长征途中的一切艰难险阻，跨越了千山万水，却把它只看作是很平常的一件事。红军长征是因为当时党内机会主义路线造成了革命事业的重大损失，中国革命处在危急关头被迫而进行的一次战略大转移。长征是一次史无前例的伟大壮举，历时一年多，纵横11个省，确实像诗中所说的那样，是一次"远征"。这样一次"远征"，其艰难困苦是可以想象的，那时候没有现代交通工具，完全靠双脚步行，加之长征的路线多是崎岖的山路。一路上红军要战胜严寒酷暑，饥饿疾病，还要战胜兵力远远超过自己的几十万敌军的围追堵截，同时还要同党内"左"倾、右倾机会主义做斗争。"远征难"三字概括了红军长征途中所遇到的种种困难。面对这些困难，红军不但"不怕"，而且十分藐视它，把跨越"万水千山"的"远征"视为"等闲"之事。这两句充分表现了红军不畏艰难的英雄气概和伟大气魄。

第二联和第三联与第一联紧密相扣，由第一联的"万水千山"引出第二联的写山和第三联的写水。

"五岭逶迤腾细浪，乌蒙磅礴走泥丸。"第二联这两句说：那连绵起伏的五岭山脉，在红军面前，就像轻轻翻腾的细浪；高大雄伟的乌蒙山，在红军的脚下，就像缓缓移动的泥丸。"五岭"，即五岭山脉，绵延于江西、湖南、广东、广西、贵州几个省，红军长征曾从这些地方走过。"乌蒙"，即乌蒙山，在贵州西部和云南东北部，海拔2300多米，山势险峻。这两句承接第一联"万水千山只等闲"的"千山"。诗人的丰富想象，生动的比喻，大胆的夸张，有力地烘托出红军无比高大的形象。五岭山脉，重峦叠嶂，绵延千里，只

● 查振科 作 （查振科，中国艺术研究院研究员、文化艺术出版社原社长）

將軍不慣逐征輪

難高水手山兵

刁斗玉顏迢迢

騰匃浪烏崇碑

不过像小河的细浪一样从红军的身旁流过；乌蒙山气势雄伟，高峰耸立，只不过像小小泥丸一样从红军的脚边滚过。"腾""走"二字，化静为动。"逶迤""磅礴"都是往大处说；而"细浪""泥丸"却又极力往小处说，两相映衬，更突出了红军的高大形象。

接下来第三联描写红军抢渡金沙江、飞夺泸定桥两次战役的伟大胜利，承接第一联的"万水"，用典型化的手法写水。"金沙水拍云崖暖，大渡桥横铁索寒。"金沙江巨浪翻滚，拍打着高耸入云的峭壁悬崖，但见暖雾蒸腾；大渡河惊涛骇浪，泸定桥上铁索高悬，只觉寒气袭人。敌人凭借天险，封锁渡口，但红军在毛泽东同志的亲自指挥下，采用灵活机动的战略战术，终于抢渡成功。大渡河较金沙江更为险要，由于流水太急，无法架桥，只有泸定城西有一座铁索桥。这座桥由13根碗口粗的铁链组成，铁链两端系于两岸石壁之上。敌人守在北岸桥头，把平时铺在铁索上当作桥面的木板抽掉，只剩下几根空荡荡的铁索。红军勇士冒着枪林弹雨，踩着悬空的铁索，飞夺泸定桥，胜利渡过了大渡河。这两句描写红军压倒一切敌人的气概，攻克天险，给人以动人心魄的感受。

二、三两联概括描写红军长征跨越千山万水的典型事例，是第一联"红军不怕远征难，万水千山只等闲"具体而生动的体现。最后一联描写长征即将取得胜利，充满了喜悦之情，是全诗的高潮。"更喜岷山千里雪，三军过后尽开颜。"这两句说，更加令人喜爱的是岷山一带一望无际的千里雪峰，红军通过之后，一个个都笑逐颜开，充满了胜利的喜悦。岷山，绵延于四川、陕西、甘肃、青海几省，主峰是四川境内的夹金山，海拔5000多米，终年积雪。红军于1935年秋翻过了夹金山、梦笔山、打鼓山等大雪山，接着越过了人迹罕至的草地，很快就要到达陕北根据地，长征即将胜利结束，这时候全军上下，兴高采烈，笑逐颜开，所以诗中说"三军过后尽开颜"。这里的"三军"，是指红军长征队伍中的一方面军、二方面军和四方面军。当时，二、四方面军还在长征途中，毛泽东坚信他们一定能够战胜各种困难，与一方面军胜利会师，完成长征的伟大历史任务。最后这两句表现了红军在长征胜利后的喜悦之情和高昂士气。过雪山的时候山上空气稀薄，气候多变，经过长途跋涉的红军要克服多大困难是不难想象的，然而诗人却用一个"喜"字加以形容，显示了红军蔑视困难的英雄本色。全诗最后以"三军""尽开颜"作总结，这既是胜利的欢笑，也是长征胜利后迎接新的革命高潮到来的喜悦。

中国工农红军长征，包含着丰富的历史内容和无数可歌可泣的英雄事迹，而《七律·长征》采用典型化的手法，以极其洗练的笔墨，选取长征途中具有典型意义的几个方面进行描写，高度概括了长征的战斗历程。也许，只有这样笔力雄健、大气磅礴的诗才能表现长征这样史无前例的伟大壮举。

篆刻释文：山间明月（祖京强 作）

后记

这是二十多年前为中央人民广播电台《阅读和欣赏》节目撰写的古诗文赏析稿，十几年前曾结集由宁夏人民教育出版社梓行，书名为《含咀编——中国古典诗文名篇赏析》。出版后不久，很快就告罄，这薄薄的一册书，现在网上书店居然炒到100多元，有人甚至干脆去图书馆借出来复印。当年把书送给同事和朋友，有的告诉我说，自己根本没看着，一拿到家就被读中学的孩子们抢了去，并在同学中互相传看。因此，朋友们建议我尽快再版。

趁着这次再版之机，我想给这本书"升级"。一是配上中央人民广播电台的录音。上次出版的书只有古诗文的原文和我撰写的赏析稿，不免单调；如能将中央人民广播电台这些著名播音员声情并茂的录音附上，成为"有声读物"，岂不美妙！二是请书画名家为古诗文创作书画，既丰富了古诗文的内涵和表现形式，又能使读者赏心悦目，进一步体味古诗文的意境和情趣。这样一来，原来的"三名"就成了"四名"了（关于"三名"，请参考书前自序）。

中央人民广播电台《阅读和欣赏》节目的播音员，时隔二十多年，有的已经离世，有的早已退休，因而他们当年的录音显得愈加珍贵。我通过在广电总局和中央人民广播电台工作的朋友，找到台里资产管理中心版权处，刘振宇处长和方媛小姐热情帮助查找资料，录制光盘，办理版权协议。但遗憾的是，由于时间过久，只找到了其中的15篇，也许还不到总数的一半。不过即便如此，现在还能听到夏青、葛兰、林如、铁城、方明这些播音艺术家当年的声音，已是十分难得的享受了。

书中这些精美的绘画、书法、篆刻作品，绝不只是简单的插图，而是书画家们根据古诗文的内容精心创作的艺术品。这些书画家都是我的师长、同事和朋友，有的是当今书画界的泰斗，有的则是潜力无限的新秀。当我向他们提出自己的设想和请求时，他们都慷慨应允，热忱支持，并精心创作，按时完成。范曾先生创作庄子的《山木》，我向他提出请求时，这位对《庄子》造诣精深的画坛巨擘当场就给我谈了他对画面的构思，十天后就告诉我画作已经完成。何家英先生本擅长画当代女性，懵懂无知的我却乱点鸳鸯谱，请他画屈原的《橘颂》，当我得知实情提出请他改画别题时，他却坚持不改，说是要挑战自己，有所突破。……这样的故事还有很多很多，令我感动不已。

恩师袁行霈教授、师母杨贺松教授都是北京大学的教师，他们的书法都有很深的功力，字里行间充溢着温雅的书卷之气，属于学者书法或曰文人书法。但他们平时从不以书法示人，这次破例为本书各写了一幅书法作品，体现了浓厚的师生情谊。恩师在繁忙的工作之余，还为本书写序，给予奖掖和勉励。

北京时代华文书局余玲副总编对本书垂爱有加，对编辑和装帧设计的具体环节都亲自过问，配备了最强的编辑力量，力图做成一本尽可能完美的精品书。他们的敬业精神，促使我不敢有丝毫的疏忽，必须共同努力做好此书，希望能够赢得广大读者的喜爱和赞誉。

借此机会，向所有为本书付出过心血和劳动的师长及朋友们表示深深的谢意！

王能宪

2015年1月30日

　　《中国最美古诗文》自2017年由北京时代华文书局出版，4年来先后加印了多次。2017年7月第1次印刷后，当年就加印了两次。即便如此，也还是供不应求。不久就有朋友告诉我，深圳的书肆出现了盗版书。今年春天，我到西安讲学，热情的朋友在西安多家书店搜罗了十来本《中国最美古诗文》让我签名赠书。我发现居然全是盗版书，与我带去的两本正版书一比较，形成鲜明的对照，不仅封面颜色灰暗，内文的墨色也不清晰，彩色图案色泽不正。这是我第一次见到了自己的盗版书。

　　有鉴于此，北京时代华文书局陈涛社长、余玲副总编与我商议，拟对此书重新设计，进一步提升品质。这次重新制作，不仅将书名改为《古诗文课》，还紧扣中、小学生和传统诗文爱好者学习、热爱古诗文的时代主题，而且精心策划营销，努力使此书印刷更加精美，渠道更加畅通，影响更加扩大，读者更加欢迎。

借此机会，向北京时代华文书局这些精益求精的出版人表示敬意和感谢！

王能宪

2021年8月12日，于什刹海畔之忘机斋